아스팔트를 뚫고 나온 여린 순처럼

살리미로 살아온 여신학자 이야기

아스팔트를 뚫고 나온 여린 순처럼

기독여성살림문화원 엮음
안상님 지음

동연

머 리 말

우리는 이 땅에 여성으로 태어나 저마다 예수의 길을 따라가다가 한 집에서 만났습니다. 그 집의 이름은 〈기독여성살림문화원〉. 여기서 우리는 이 시대에 만연한 죽음과 죽임의 문화를 거부하고 생명을 살리는 살림살이를 같이 꾸리고 있습니다. 살림밥상 나누기, 성서 바로읽기, 몸 살리기, 살림 나들이, 성서 사랑방, 마음살림, 살림예배, 생태독서, 생명살림 펼치기, 살림독서가 〈기독여성살림문화원〉의 살리미들이 함께 꾸리는 살림살이입니다.

2015년 우리는 우리 집의 역사를 돌아보며 함께 배우고 성찰한 것을 한 권의 책으로 엮었습니다. 역사 배우기의 다양한 방식 가운데 우리가 선택한 것은 '생애사 이야기'. 그 주인공은 안상님 목사님. 우리 살리미들의 큰언니가 한 평생 걸어온 길을 함께 걸으며 그분이 틈틈이 기록한 글을 함께 읽고 이야기를 나누면서 공동의 작품을 만들었습니다.

안상님 목사님은 〈기독여성살림문화원〉의 전신인 〈아시아여성신학교육원〉(1989년 설립/원장 이우정, 안상님, 한국염 역임)과 〈아시아기독교여성문화연구원〉(1999년 개명/원장 최만자, 임희숙 역임)에 참여하시고 2009년에 개명한 〈기독여성살림문화원〉의 초대 이사장을 맡으셨습니다. 안 목사님은 이 긴 역사에 헌신적으로 동참하시면서 우리

역사와 사회에서 여성들의 삶과 경험을 성찰하는 여성신학을 발전시키는 데 이바지하셨습니다.

여성신학자 안상님 목사님은 한국 기독교에 여성신학을 소개하고 가르치고 실천하시면서 여성신학이 여성들의 삶에 깊이 뿌리를 내릴 수 있도록 일한 선구자이십니다. 여성신학을 개척할 때부터 오늘에 이르기까지 안 목사님이 집중한 주제는 '살림'입니다. 그래서 우리는 그분의 신학을 '살리미 신학'으로 이름 짓고 그 신학을 이 땅에서 펼치는 운동을 하고 있습니다.

'살리미 신학'은 생명의 유기체적 특성에 따라 다양성과 조화를 추구합니다. 우리는 안 목사님이 개인의 일상과 사회 현실, 교회와 세계, 정치와 종교를 분리하지 않고 생명살림의 운동을 펼쳐온 역사를 되짚으면서 '살리미 신학'을 배웁니다. 이 책은 생활살림, 교회살림, 사회살림, 신학살림 등 네 부분으로 구성되어 있습니다만, 각 부분은 서로 유기적으로 연결되어 생명의 그물망을 이루고 있습니다.

안 목사님이 평생을 통해 걸어오신 길 자취를 공부하면서, 우리는 그 분이 "아스팔트를 뚫고 나온 여린 순" 같다고 생각했습니다. 여린 순처럼 연약하고 조용한 안 목사님에게서 아스팔트를 뚫고 나오는 힘과 용기를 느끼고, 약함과 강함의 경계를 넘어서 "그리스도 안에서 누구나 새로워지는" 경이로움과 희망을 보았던 것입니다. 이 책을 읽는 모든 분들이 우리가 누린 이 즐거운 경험을 함께 나누기를 바랍니다.

"아스팔트를 뚫고 나온 여린 순"처럼 굳어진 세상에 균열을 내고 새로운 길을 만드신 살리미, 안상님 목사님께 우리의 사랑과 존경을 담아 이 책을 드립니다.

2015년 12월
기독여성살림문화원 살리미 일동

차 례

생활살림

집 2층에 온실을 가꾸는 지은이

윤경원: 1. 목사님을 뵐 때마다 팔순의 연세에도 소녀같은 천진스런 웃음진 얼굴을 간직하시고, 조용하고 유순한 어조이나 해야 할 말은 단호하게 밝히시기도 하며 남더러 이래라 저래라 하시지 않고 스스로 본이 되시는데, 위압적인 모습이 전혀 없이 편안하고 자연스럽단 느낌을 받고는 했습니다. 주어지는 대로 떠밀려서 살아왔다고 말씀하시지만 훈련없이 가질 수 없는 모습인 것 같아요. 목사님께서 지켜 오신 어떤 좌우명이랄까 신념같은 것이 있다면 어떤 것일까요? 가장 영향을 받으신 인물이나 사건 같은 것이 있다면 무엇일까요?

2. 생명과 여성, 목사님께서 평생을 살아오신 화두라고 생각되는데요, 기억하시는 가장 아름답거나 행복한 시간이나 내용은 무엇인지요? 살리미로서 살아내기에 가장 어려웠던 경험은 어떤 것들이었나요?

효소를 만들다

마당에 가득한 잎들을 땄다. 좀 일찍이 했더라면, 훨씬 많은 잎들이 있었을 텐데. 옥잠화도 이미 단풍이 들은 잎이 많다. 수세미는 들풀은 아니지만 아직 어린 수세미들이 달려있어서 줄기도 일부 함께 넣었다. 산야초라고 하니까 나뭇잎은 아니고 풀잎을 말하리라. 산에 가서 잎을 뜯는다는 사람도 있지만 나뭇잎은 이미 단풍이 다 들었다. 인동이 아직 잎들이 많지만 분홍인동은 지금 한창 피어있으니 잎을 딸 수 없다.

개미취 꽈리 구절초 난초 머위 박하 붓꽃 비비추 산노랑꽃 산흰꽃 설화 쑤세미 씀바귀 신선초 아주까 역귀 옥잠화 차조기 취 하늘나리 호랑이난 21가지나 되니까 그대로 해도 되겠지. 옥잠화는 대가 길어서 셋으로 자르고 난 잎도 셋, 넷으로 잘랐다. 씻어서 큰 채반에 쌓아놓으니 씽크와 그 옆이 하나 가득이다. 물이 빠져야 하니 하룻밤이 지난 다음에 설탕과 버무려 묻어 논 항아리에 차곡차곡 집어넣고 돌로 눌러 놓았다. 작은 독도 또 채웠다. 일주일 후에 뒤적여야 하겠다. 아직도 두 항아리에 효소가 있으니 수일 내로 또 건더기를 꺼내야겠다. 꺼낸 건더기를 옥잠화 벤 자리에 늘어놓았더니 마당에 들어서면 효소 냄새가 진동을 한다. 전에는 그것도 다 한번 끓여서 즙을 내 먹었지만 이번에는 그만 두기로 했다. 거기 당분이 좀 남았으면 개미나 다른 미생물

이 이용하리라 싶었다. 다 땅으로 돌아가 썩으면 걸음이 될 것이니 아
까울 것이 없다.

우리 집 풀로 효소 만들기

작년에 외국인노동자문제 대책협의회에서 외국인 노동자들의 강제 추방을 막기 위하여 그 협의회의 성직자들이 단식농성을 했다. 우리 교회는 금곡에 외국인이주노동자 여성센터를 하고 있으니 그 책임자인 나는 자동적으로 그 단식에 참여하였다. 그때 단식이라고 무조건 굶는 것이 아니고 물을 많이 마시고 소금을 먹으며 끼마다 효소를 한 숟갈 물에다 타서 먹으라고 했다. 끼마다 함께 단식하고 있던 원불교 교무님이 정성껏 그 효소를 물에 타서 준비해 주어서 6일간 단식하는 데 견딜 만 했다. 그래서 효소에 대해서 관심을 갖게 되었다. 마침 향린교회에서 효소 강좌를 한다기에 한 학기 동안 열심히 가서 배웠다. 작년 가을에 우리 집에서 나온 나뭇잎과 풀들을 따서 효소를 만들었다. 30여 가지 풀들을 씻어서 물기를 뺀 후에 같은 중량의 설탕을 뿌려서 항아리에 넣고 돌로 꾹 눌러두었다. 100일 후에 뚜껑을 열어보니 효소 냄새가 그럴듯했다. 건더기를 꺼내고 효소를 담아보니 주스 병으로 셋이나 되었다. 일 년 양식은 거뜬히 될 것 같다. 참으로 신기하고 뿌듯했다. 이제 금년에는 요령이 생겨서 더 잘 할 것 같다. 해마다 가을이면 나뭇잎을 거두어서 퇴비를 만들었는데 이제 그 잎들이 효소의 자료가 될 수 있겠다. 그렇게 귀하게 여기는 효소를 손쉽게 할 수 있으니 참으로 신기하다. 가만히 보면 먹을 것이 널려 있는 것 같다. 길을 가다 보면 시멘트 틈 사이로 나물들이 잘 자라고 있다. 가로수 밑의 좁은 공간을 비집고 자라나는 야생초가 참으로 신통하다고 생각했는데 어느 날 보니 다 뽑혀져 버렸다. 서울시에서 인부를 사서 다 뽑아버린 것이다. 도시를 미화한답시고 우리 세금을 낭비하였겠지만 그 풀들은 도시를 더럽히는 것이 아니고 산소를 공급하는 정화제 역할을 하고 있다. 『야생초 편지』를 쓴 황대권 씨의 글을 읽으면 먹지 못하는 풀이 거의 없을 지경이다. 그는 서문에서 "아무도 보아주지 않는 잡초이지만 그 안에 감추어진 무진장한 보물을 보며 하느님께서 내게 부여하신 무한한 가능성에 대해 신뢰하게 되었다." "모든 생명은 본질적으로 같으며, 그것이 아무리 하찮아 보일지라도 이 우주에 하나뿐이라는 생명의 동질성과 소중함을 읽어주기 바란다. 그리하여 사람들 사이에 생태주의적 시각이 널리 확산되는데 조금이라도 기여할 수 있다면 더 없는 기쁨이겠다."고 한다. 이런 생태주의적 시각이 바로 공생 공동체를 지향하는 여성신학의 전망이 될 수도 있겠다. 하찮은 풀을 소중하게 보는 마음이라야 자연과의 공생을 말할 수 있을 것이다.

2004-11-08

겨울맞이

어느새 11월이 되었다. 이제부터 몸과 마음이 더 바빠질 계절이다. 사계절이 분명한 나라에서 살려니까 계절의 변화에 재빠르게 대응하는 것이 생활의 지혜가 되어 있다. 가을의 절정인 단풍이 그 아름다움을 흩날리기 시작하면 어김없이 가을비가 한축씩 지나가며 겨울맞이를 일깨운다. 며칠 째 알타리무를 들여다보며 벌써 뽑았어야 하는데 너무 많이 자라서 걱정이다. 8월초에 심어놓고, 김장거리는 다시 한번 심으려던 것이, 미처 뽑아먹지를 못해서 그대로 놔두었더니 이 꼴이다. 60일이면 다 자라는 알타리를 90일이 되도록 두었으니 이제는 하루가 급하게 뽑아야 하는데 김장으로 하려니 너무 일러서 어정쩡하니 지나가고 있다. 오늘은 날씨도 따뜻하니 알타리 김장을 해야겠다고 마음먹고 마늘을 물에 불리려고 꺼내러 가는데, '아차 오늘 그 수필을 쓰기로 했지 않아?' 하는 생각이 났다. 내일 모레 모이는 성경공부 그룹에서 수필을 써서 발표하고 교정 받기로 했는데 아직 시작도 안하고 있었다. 지난달에도 써가지 않아서 숙제 못해 간 학생 꼴이었는데 이번에는 꼭 써가야 된다. 하는 수 없이 빈 그릇을 들고 되돌아 왔다.

아직 남편이 나가지 않았으니 글을 쓴다고 앉아 있기도 뭣해서 어쩔까 하다가 글을 쓰는데 오늘은 저 알타리를 처리해야 되겠다는 마음이 들었다. 김장을 나누어서 알타리만 먼저 담그고 배추는 다음에 하면 힘도 덜 들테니 할 만할 것이다. 오늘 뽑아서 다듬고 소금물에 절이기만 하면 밤에 고명거리 만들어 놓고 아침에 씻어서 버무려 넣으면 될 것 같다. 다시 마늘을 꺼내다 물에 담가 놓고 고추 1킬로 말린 봉지를 꺼내 왔다. 지난 번 서울연합회 바자회 때 사다 놓은 고추가 봉지 채 그대로 있다. 게다가 그 고추도 순전한 태양초는 아닌 듯 싶어서 고추를 1킬로씩 사다 툇마루에다 말려놓았다. 이전 같으면 김장 전에 일찌감치 고춧가루를 빻아다 났겠지만 지난 몇 년은 시골에서 보내준 것으로 편히 먹었다. 그런데 그 고춧가루가 새빨갛지도 않고 영 옛 맛이 아니었다. 이젠 시골에서 일손도 모자라고 또 대량 생산이 되어서 햇볕에 말리는 일을 하지 않고, 고추를 쉽게 말리느라고 쪄서 말리기 때문이란다. 태양초를 구하려고 여기저기 물어봐도 헛일이었다. 그래서 철이 늦었다고 하는데도 앞집 가게에 부탁해서 고추를 사왔다. 해가 잘 들어서 널어놓고 그대로 두었더니 2주일이 되니 아주 잘 말랐다. 언젠가 한번 친구네 집 김치가 하도 맛이 있기에 비법이 무엇이냐고 물었더니 생 고추를 자기 집에서 말려서 쓴다고 했다. 그게 부러워서 고추를 말린다고 널어놨다가 비가 와서 방안에다 펴놓고 방을 덥히면서 말리다가 해가 나면 밖으로 끌고 다니다가 결국은 다 골아 버렸다. 내 평생에 두 번째로 고추를 말리는데 이번은 대성공인 셈이다. 재미가 나서 또 1킬로씩 두 번이나 더 말렸다. 마른 고추의 꼭지 따는 일도 여간 힘이 드는 것이 아니다. 두 번째 말릴 때는 내 깐에 꾀를 내서 꼭지를 다 따서 널어 놨다. 복덕방 아저씨랑 전기 고치는 사람이 왔다가 이걸 보더니 깜짝 놀라면서 고추에 바람이 들어서 맛이 없어진다고 질색을 했다.

바로 그 고추를 꺼내 왔다. 우선 꼭지 따는 일은 안 해도 되니까 손질이 쉽기도 하겠거니와 맛이 없더라도 알타리에 넣는 것이 나을 것 같다.

　이 글을 막 쓰기 시작했는데 우리 모임을 연기하자는 전화가 왔다. 사실 이번 월요일 12시에 당내의 여성 모임이 있어서 양쪽을 어떻게 조정할지를 걱정하던 나로서는 아주 반가운 일이다. 그래도 이 글은 마저 마쳐야 되겠다. 고추를 쏟아놓고 젖은 수건으로 하나씩 닦으면서 '이 고생하지 말고 사다 먹을 것을…' 하면서도 아예 도 닦는 마음으로 하면 되지 하고 마음을 고쳐먹었다. 하찮은 일로 내 시간이 없어질 때는 의례 스스로를 위로하며 격려하는 말이다. 전에 여신학자협의회 총무 일을 하면서 간사 하나 없이 혼자서 위아래 일을 다 하다가 봉투를 쓰려고 우표를 붙일 때면 곧잘 이런 생각을 했다. 이름과 주소를 쓰면서 회원들 한 사람 한 사람을 위해서 기도하는 마음으로 하니까 별로 힘이 들지도 시간이 아깝지도 않았다. 이름을 쓰고 얼굴을 떠올리며 주소를 쓰면서, 그 집에서 우리 모임까지 오는 거리를 생각하면서, 또 우표를 붙이면서 이 편지를 받고 뜻이 잘 전달되기를 바라느라면 자연히 그 회원을 위한 기도가 되었다.

　물에 불린 마늘을 만져보니 물컹한 것이 잡힌다. "아이구 또 속았네." 작년에 산 마늘이 좋지 않았었기 때문에 올해에는 일부러 골목 안 가게에서 샀는데도 여전히 썩은 마늘이 있는 것이다. 이 동네는 채소, 생선, 과일 등을 트럭에 싣고 팔러 다니는 장사가 많이 온다. 집 앞에서 살 수 있어서 편하기는 한데 좀 싼 물건을 가져오기 때문에 좋은 것을 사려면 가게에 부탁을 한다. 이 마늘도 가게 집 아줌마가 하도 좋은 것이라고, 저장용이라고 호들갑을 떠는 바람에 내가 또 넘어갔나 보다.

사실은 미국에 있는 딸이랑 며느리한테 보낼 생각을 하고 꽤 많이 샀는
데 이 모양이다. 하여튼 마늘은 저녁에 텔레비전을 보면서 까면 되고,
생강은 영암에서 장날이라고 구경 갔다가 줄기와 잎이 함께 있는 것이
신기해서 사온 것으로 넉넉하고, 파가 얼마 없으니 옥파를 넣어야겠다.
지난번에 내가 손목을 다쳐서 기브스를 하고 있을 때 친구가 가져온
김치에 옥파를 넣었다는데 먹어보니 괜찮았었다. 그래서 나도 한번 해
볼 판이다. 벌써 12시가 넘었으니 우선 점심을 먹고 오후에 볕이 따뜻
할 때 알타리 추수를 해야겠다. 손바닥만한 옥상 밭에서 내 장난감이던
채소들로 겨울맞이를 하는 기분은 여간 대견한 것이 아니다.

　알타리를 뽑기 전에 우선 큰 독에다 소금물을 풀었다. 이것도 오래
간만에 하는 짓이다. 아파트에서 김장할 때 욕실 탕 속에다 절이곤 했
는데 이집으로 이사 온 뒤에도 안에서 하는 것이 따뜻하고 편하니까
그대로 해왔었다. 오늘은 이른 김장이니 밖에서 해도 별로 추울 것 같
지는 않다. 알타리를 뽑아 놓으니 꽤 많다. 얼마나 되는지 세어보니
120여 개다. 뿌리들이 덧 자라서 갈래마다 살이 붙어서 사방으로 삐죽
삐죽 뻗친 것이 참으로 가관인데 가닥가닥 겹쳐있으니 다듬는 일이 여
간 더딘 것이 아니다. 20개쯤 모이면 소금물에 갖다 넣기를 대여섯 번
하니까 해가 넘어 가려든다. 제쳐놓았던 겉잎을 엮으려다가 작년에 시
래기를 별로 먹지 않았었기에 데쳐서 말리기로 했다. 그중 반은 우거지
할 것으로 소금물에 함께 넣었다. 툇마루에 신문지를 겹겹이 깔고 데친
무 잎을 하나씩 펴서 나란히 널어놨다. 우리가 수유리 학교 사택에 살
때에 문 목사님 어머니가 가르쳐 준 방식이다. 그냥 말린 시래기 보다
영양가가 훨씬 높다고 하기에 해봤는데 언니가 얻어가더니 아주 맛있

어 했다. 수유리를 떠난 후로 처음 하는 것이니 그것도 15년쯤 되었나 보다.

아침에 5시에 일어났는데도 마늘 대가리 자르기부터 시작해서 생강 껍질 벗겨서 갈아놓고, 멸치젓에 어제 빻아온 고춧가루 축여놓고, 갓 뽑아다 씻어서 썰어놓고, 고명거리 다 섞어 놓는데 몇 시간이나 걸렸다. 절인 알타리 꺼내다 씻고 지저분한 껍질 다 긁어내고 무가 크니까 일일이 자르고 하다 보니 남편은 벌써 나갈 준비를 다하고 서성거린다. 교회 갈 시간이 가깝다는 신호이다. 10시 훨씬 넘어서야 다 한데 넣고 버무리고 나서 남편을 불러서 양자배기 째 함께 들고 나가자고 했다. 전처럼 나 혼자서 작은데다 담아서 김치 독에 옮기려면 아직도 한참 걸려야 하니까 별 수 없다. 자기도 염치가 있지 김치 먹으려면 거절은 못하겠지 하는 나의 배짱도 작용한 것이다. 작년에 손목을 다친 후로는 좀 무거운 것을 들지 못하게 된 내 팔도 생각해서 남편에게 전에 없이 도움을 청한 것이다. 어떻게 하라느냐면서 어정쩡하게 구부리는 남편의 손을 끌어다가 양자배기 가장자리를 쥐게 하고 내가 한쪽을 들고 먼저 나가니 낑낑대며 따라온다. 마루 끝에다 내려놓고 댓돌을 딛고 내려오는데도 디뚝디뚝하니 곧 넘어질 듯해서 나를 불안하게 한다. 통풍으로 발이며 팔 고생을 하면서부터 더더욱 무거운 것을 들지 못하는 그의 사정을 알기에 이렇게나마 거들어 주는 것이 고맙기는 하다. 댓돌을 다 내려와서 김치독 옆에다 그릇을 내려놓으니 무슨 큰일이나 한 듯이 대견하기까지 했다. 나무 밑에 묻어놓은 김치 독은 여름에 물을 채워 우려냈던 것인데 아까 행주로 깨끗이 닦아내고 마른행주로 여러 번 훔쳐냈으니 다행이다. 항아리 어귀까지 채운 김치를 꼭꼭 눌러

놓고 나니 이제 겨울맞이 한 가지 해냈다는 흐뭇함에 젖었다.

서둘러 교회를 가는데 왼손 엄지손톱을 건드리고 깜짝 놀랐다. '어마' 소리가 나도록 아프다. 어제 밤에 마늘 까는 것이 어찌나 힘들고 오래 걸렸는지 아주 지겹던 생각이 난다. 그전에는 마늘을 물에 불려놓으면 껍질이 술술 잘 벗겨졌는데 이번에는 이상하게 껍질을 일일이 벗겨야 했다. 60 넘은 할머니들을 잡아다가 마늘 까기를 시킨다는 말을 들었는데 정말 그런 일이 있을법하다 싶다. 누가 이 귀찮은 일을 하자고 하겠나. 그래도 주부들은 그 일들을 다 해내고 살아간다. 김장을 할 때마다 '내년에는 집에서 하지 말고 사다 먹어야지' 하면서도 또 철이 되면 '내가 조금 고생하면 되지' 하면서 다시 하게 되는 것은 나만의 어리석음일까? 교회에서 돌아오자마자 우거지 절여 논 것을 씻어서 김치 위에 차곡차곡 덮어놓고 위에 소금을 뿌리고 납작한 돌을 세 개 눌러 놨다. 그 돌들은 한 10년 전에 포천에서 가져온 것이다. 내가 교회여성연합회 회장을 맡았을 때에 원폭피해자를 돕는 사업이 있었다. 2세들 중에 좀 건강한 아이들은 부모들의 약을 받으러 오기도 하고 우리 사무실에 가끔 들른다. 그중 한 아이가 소식이 없어서 박수복 씨와 함께 포천을 찾아 간 일이 있었다. 거기 개천에서 돌들이 아주 납작하고 예쁘기에 김치 돌을 하면 좋겠다고 주어 온 것이다. 그런데 그 아이가 그 다음 해 인가 자기 몸의 병을 비관해서인지 자살을 했다는 소식을 들었다. 이 돌들은 그 아이를 생각나게 하면서 동시에 핵 문제를 일깨워주는 기념물이기도 하다. 누런 종이와 비니루로 항아리를 덮고 고무줄로 묶은 다음에 가위로 동그랗게 잘라내고 뚜껑을 덮으니 이제서야 겨울김장 한 가지를 마친 것이다. 이제 저 나머지 배추는 3주일쯤 후에 해야겠다. 또 거의 똑같은 일을 반복해야 하는데 사람을 불러서라도 아주 한꺼번에 할 것을 또 어떻게 하나 싶어 걱정이다.

1995-11-04

땔감

우리 동네가 주거환경 개선지구가 되어 도시가스 시설 공사를 하는 데 몇 년이 걸렸다. 나는 지금 따뜻한 방 안에서 이젠 도시가스가 들어왔으니 땔감 걱정을 안 해도 되겠지 하면서 새삼스러이 고마워하고 있다. 어릴 때도 이렇게 따뜻한 방바닥에 등을 대고 누우면 온 몸에 번져오던 그 포근함을 즐겼다. 그리고 보니 땔감도 참 많이 변했다. 우리 아이들은 상상도 못할 일들이 아닐까? 어릴 때 장작을 싣고 가던 소마차, 피난 가서 나뭇가지 몇 개 주어다 밥 해먹던 일 등등…. 땔감에 얽힌 기억들이 그림처럼 펼쳐진다. 아, 이 기억들이 어느 뇌엽 갈피에 서려 있다가 이렇게 끝도 없이 풀려나오는 것일까? 마냥 누워서 그 옛일들 속을 헤집고 돌아다니니 오륙십 년의 세월이 후딱 지나간다. 땔감 걱정을 해본 일이 없는 그 애들이 내 머리 속에 서려있는 그 많은 이야기들을 어찌 상상인들 할 수 있으랴. 그러니 내가 잊어버리기 전에 모두 다 써두는 것이 좋겠다. 우리 세대가 다 떠나고 나면 아무도 그런 땔감 문제가 있었던 것을 생각조차 못할지도 모르니까. 우리는 너무도 기록을 하지 않는다던 말이 생각난다. 역사는 좋든 나쁘든 기록으로 남아야 다음 세대로 이어지는 것이니 이런 생활사도 남겨야 할 것이다.

내가 어릴 때는 일제 시대였는데 장작과 숯이 땔감이었다. 부엌에서 아궁이에 불을 때면 부뚜막에 걸린 솥에는 밥을 짓고 곁불로 국이나 찌개도 끓였다. 아궁이 뒤로 넘어가는 불은 구들을 통해 굴뚝으로 나가면서 방을 덥혀주었다. 불을 때고 나면 불덩어리들을 긁어내서 화로에 담아 방안으로 들여간다. 화로에는 작은 부삽과 부젓가락이 있어서 불덩이를 이리저리 뒤적이기도 하고 된장찌개 같은 것을 올려놓아 자글자글 끓이기도 하고 또 뭉근하니 식지 않게 옆으로 밀어 놔두기도 했다. 화로는 방안의 공기를 덥히기도 하고 밖에서 들어오는 사람의 언 손을 녹여주었다. 또 그 불덩어리들을 꺼내서 헌 들통 같은 것을 엎어서 꼭 덮어 놓으면 불에 공기가 안 통하니까 그대로 숯이 된다. 그것은 뜬 숯이라고 하는데 숯불 피울 때 불쏘시개로도 쓰인다. 물론 숯으로 쓰이기도 하지만 나무를 때서 타고 남은 것이어서 참숯보다 화력이 약하다. 참숯은 참나무를 숯가마에서 구운 것으로 싸리나무로 원통처럼 엮은 숯섬에 넣어 팔았다. 언제인가 한번 불고기 집에서 그 숯섬을 보았는데 아주 오래간만에 본 것이어서 참 반가웠다. 나무는 주로 시골 아저씨가 소마차에 싣고 다니며 팔았다. 장작 한 마차 들여놓으면 한동안 쓸 땔감 준비가 되어 뿌듯한 것이었다. 가게에는 한 단씩 사다 때는 사람들을 위해 한 구석에 장작더미가 있었다.

1945년 해방이 되었을 때 우리집은 시골로 소개를 가다 말고 되돌아와서 집도 없어지고 동대문 밖 창신동에 셋방을 들어 살게 되었다. 그 때 땔감이 없으니 산에 올라가서 소나무 가지를 꺾어다 땠다. 동네 사람들이 많이들 가서 꺾어오니까 나도 따라가기는 했어도 들키면 잡혀간다고 해서 무척 마음 조이던 일이었다. 생소나무는 송진이 많아서 탁탁 소리를 내며 잘 타다가도 불이 나면 연기가 다 아궁이로 쏟아져 나오면서 불이 꺼진다. 연기가 매워서 눈물을 흘리면서 불씨를 후후 불면 불이 살아나곤 했다. 학교에는 석탄난로가 있었다. 무쇠 난로인데 못 쓰는 종이들을 뭉쳐 놓고 그 위에 나무 부스러기 불소시게를 얹은 다음에 석탄을 놓고 종이에 성냥불을 붙여서 불을 지핀다. 매일 아침 당번은 제일 먼저 와서 석탄을 가져다 불을 지펴놔야 한다. 그 불이 타서 교실이 더워지려면 한참 있어야 하니 어차피 교실은 추운 곳이어서 오버를 다 입고 수업을 했다. 난로 위에 도시락을 올려놔서 밥을 덥히기도 하고 먹을 물을 데우기도 하고 들통에 물을 데워서 청소할 때 쓰기도 했다.

4학년 때인가 청량리로 이사를 했는데 그 동네는 다 석탄을 때고 있었다. 청량리역에 근무하는 사람들이 들어나르는 석탄을 사서 때는 것이었다. 기차에 쓸 석탄을 빼오는 것이었으리라. 석탄가루를 모았다가 진흙 같은 것을 넣고 반죽을 해서 주먹으로 떡반죽 만지듯이 걀쭉걀쭉하니 덩어리를 만들어 말리면 또 숯처럼 풍로에 쓰는 연료가 되었다. 풍로에 불을 피울 때에는 풍로 아래쪽에 있는 동그란 구멍에 부채질을 하거나 풀무질을 해서 바람을 넣었다. 풀무는 대장간에서 쇠를 달굴 때 불길을 세게 하기 위해 바람을 내는 것이다. 그와 같은 원리로 집에서는 동그란 바퀴 같은걸 손으로 돌리면 거기 감겨있는 용수철 줄이 바람개비를 돌려서 바람을 내는 것이다. 그때는 집집마다 풍로와 풀무가 지금 혼수의 렌지처럼 필수품이었으리라.

6·25를 서울에서 지내고 1·4 후퇴 때는 무조건 피난을 떠났다. 가다가 잘 곳을 얻지 못하면 들판에서 볏짚을 태우면서 그 둘레에서

잠이 들기도 했다. 남의 집 부엌 아궁이 옆에서 불을 쬐다 옷 입은 채로 그냥 잔 때도 있었다. 이리저리 헤매다가 서울에서 20일 만에 다다른 곳이 이리였다. 거기는 산이 멀어서 나무를 구할 수 없었다. 과수원 울타리에 석가래 크기의 나무 기둥을 세우고 가시 철망을 쳐놨는데 피난민들이 그 기둥을 빼서 조그만 쏘시개처럼 패서 밥을 끓여 먹었다. 길가에서 나무라고 생긴 것은 아주 조그만 것도 다 주어다가 까치발처럼 앙상하게 쌓아서 밥을 끓이면 한 끼를 먹을 수 있었다. 방에는 불을 땔 것이 없으니까 짚을 두둑히 깔아서 한기를 면하게 했다. 아예 난방이 없이도 얼어 죽지는 않을 정도의 날씨였나 보다. 그 여름이 지나고 서울로 돌아오니 자기 학교에 다니지 못하고 여러 학교 학생들이 남녀 한데 모인 종합 학교에서 공부를 했다. 그 때는 조개탄을 땠다. 석탄보다 그을음이 없어서 좋았다. 석탄을 조개 모양으로 만들어서 그런 이름이 붙었을 것이다. 그 다음에 구멍탄이 생겼다. 처음에는 구멍이 아홉 개이던가 하던 것이 세월이 지날수록 많아져서 22개가 되고 연탄이란 이름을 얻었다. 한 동안은 거의 모두 연탄을 써서 삼천리표니 샘표니 하면서 연탄 산업이 아주 번성하였다.

1959년 내가 결혼하고 방 하나 얻어서 신혼살림인데 방에다 연탄 난로를 놓았다. 그것이 난방과 취사를 겸한 우리 생활용품이었다. 부엌, 식당, 서재, 침실이 모두 그 한 공간 안에 있었다. 지금에 비하면 아주 초라한 살림이었다. 그래서 우리 신혼살림을 보러왔던 고등학교 친구가 "어머, 내 방보다 작지 않아?" 하며 놀라워했다. 그래도 우리는 별 불편 없이 오손도손 소꿉장난하듯이 재미있었다. 아마 지금 내 살림이 너무 거추장스러운 것인지도 모른다. 어차피 내가 세상을 떠나면 거의 다 없어질 것이라는 마음이 들어서인지 근래에는 별로 살림살이를 새로 사들이지 않는다. 추운데 연탄 가지러 밖에 나가기 싫으면 남편과 화투로 내기를 해서 지는 사람이 가져오기도 하면서 그 작은 방에서 깨가 쏟아졌다. 둘이 다 학생이었으나 난방시설이 없었던 학교는 12월 초순에 학기말 시험이 끝난 뒤 다음 해 3월에야 개학이었다. 지금 생각하니 그 긴 겨울이 우리의 37년 결혼 생활 중에 둘이서만 함께 지낸 가장 긴 시간이었을 것이다. 아이들이 짝을 지어 함께 살면서 한동안 부산하더니 이제는 다 떠나 빈 둥지 같은 우리집에 또다시 남편과 단 둘이 되기는 했지만 지금은 그때처럼 모든 시간을 함께 하지는 못한다.

1966년에 우리 세 식구는 그 전 해에 미국으로 유학 간 남편을 따라 일리노이주로 이사를 했는데 주말 목회를 하는 남편이 시무하는 교회의 목사관에서 살게 되었다. 부엌에서는 가스를 쓰고 지하실에는 기름 보일러가 있어서 난방과 온수가 자동으로 다 돌아가고 내 손이 갈 일이 없었다. 냉장고를 비롯하여 텔레비전, 레디오, 시계, 커피포트, 프라이팬, 그릴, 토스터, 재봉틀, 세탁기, 건조기, 칫솔, 면도기, 가습기, 습기 제거기, 청소기 등 전기 기구가 많아서 참으로 신기하고 편한 세상이었다. 사람의 힘으로 하던 일을 전기 에너지라는 땔감으로 다 해결했다. 그런데 하루 밤에 난방이 꺼졌다. 관리 집사가 달려오더니 기름 탱크가 비었다고 한다. 내가 처음이라서 그런 것을 미리 점검할 줄 몰랐기 때문이었다. 아무리 시설이 좋아도 땔감이 없으면 열을 낼 수 없다는 평범한 진리를 터득하게 되었다.

1970년 여름에 남편이 학위를 받고 위스컨슨주의 장로교회 담임목사로 취임하여 이사를 했다. 사택이 먼저 살던 데 보다는 작았지만 우리 다섯 식구가 살기에는 충분했다. 그 곳은 겨울에 보통 영하 20-30도 내려가는 혹독한 추위이나 집안에 들어가면 여름처럼 따뜻했다. 단열재를 많이 써서 벽이 두껍고 창들이나 문이 다 이중이었다. 단열재로 한국보다 3배나 두꺼운 자재를 쓰는 것을 보고 놀랐다. 그렇게 단단히 지으니 땔감의 손실도 적을 것이다.

1973년에 귀국하니 여기는 아직도 그 연탄을 때고 있었다. 편하게 살다가 갑자기 옛날의 고역을 다 치르려니 무척 힘이 들었다. 큰딸이 자주 머리가 아프다고 하는데 병원에서는 아무 원인도 찾지 못하고 귀국후유증이라며 딸 하나 이기지 못하는 엄마를 나무랬다. 혹시 연탄가스가 방으로 새어드나 싶어서 방을 다 뜯어 고쳤다. 그 딸은 뇌수술을 받고 암으로 앓다가 일 년 만에 세상을 떠났다. 넋이 나간 우리 식구들은 아무 말 없이 하루하루를 넘겼다. 그러면서 몇 년을 지나다가 연탄에 시달리며 참고 살기가 너무나 힘들어서 나는 거금을 들여서 기름보일러로 고쳤다. 남들은 학교 사택에다 그렇게 돈을 쳐 넣었다고 흉을 보았지만 나는 하루를 살더라도 고쳐서 편안히 살고 싶었다. 방바닥에 파이프를 깔아 배관을 하고 기름보일러의 뜨거운 물이 파이프를 지나가면서 방을 덥혀주니 따뜻한 온돌이 되었다. 미국에서 살던 집만은 못해도 방마다 연탄 갈러 뛰어다니는 일은 줄었다. 혹시 보일러가 고장이 날 때를 대비해서, 또 기름이 비싸니까 따뜻하게 살려면 너무 경비가 많아지니 안방 하나는 연탄을 쓰는 대로 그냥 두었다. 그 연탄 가는 일 때문에 밖에 나갔다가도 그 시간에 맞추어 허둥지둥 돌아와야 했다. 연탄아궁이가 여럿일 때에는 한 곳이 꺼져도 다른 아궁이에서 불을 붙여오기가 쉬웠지만 아궁이가 하나일 때는 불이 꺼지면 옆집에서 붙여

올 수 있으면 다행이지만 그렇지 못하면 꼼짝없이 새로 피워야 하는데 여간 성가시고 시간이 걸리는 게 아니다. 그 짓을 안 하려면 연탄불을 꺼뜨리지 말아야 한다. 요즈음은 번개탄이라는 것이 생겨서 신문지 한 장으로도 불이 붙는 연탄 불쏘시개가 생겨서 좀 편리해졌지만 그때는 석탄 불붙이듯이 번거로웠기 때문이다.

1977년 말에 스위스에 있는 보쎄이 에큐메니칼 연수원 대학원 과 정에 들어갔다. 10월에 시작인데 민주화운동하는 데 따라다녔다고 여 권이 안 나와서 고급 공무원이던 집안 동생의 보증을 얻어 겨우 나갔 다. 거기서 나를 감탄하게 한 것은 집집마다 가지런히 쌓여있는 장작더 미였다.

마치 예술작품처럼 조금도 흐트러짐이 없이 한 마차나 됨직한 장작 을 벽난로용으로 예비해둔다. 하지만 온돌에서 지내던 나에게는 침대 가 너무나 추웠다. 쉐타를 입고 양말도 신은 채 잤다. 나중에 알고 보니 자기 전에 더운 물로 목욕을 해서 몸을 녹인 다음에 오리털 이불 속에 온기를 보존한단다. 그 사람들은 그렇게 춥게 사는 것이 습관이 되었나 보다.

1982년에 압구정동에 있는 아파트로 이사를 했다. 남편이 우리 신 학대학의 학장이 되면서 수원으로 새 교사를 짓게 되니 양쪽 학교로 다니기가 너무 멀어서 우리 집을 중간쯤에 마련한 것이었다. 그 때는 아파트가 선망의 대상이었다. 재래식 주택의 불편함이 싹 없어지는 곳 이니 주택 관리에 지친 주부들은 거의 다 아파트를 좋아했다. 밤에 자 다가 남편이 "여보 연탄 갈 시간 아냐?" 하고 나를 놀린다. 그 때마다 연탄의 노예에서 해방된 것을 환호하며 기뻐했다. 아파트는 기름 탱크가 비었는지 점검할 일도 없다. 중앙난방식이어서 보일러를 켜는 일조차 없다. 조금만 이상하면 관리실에 전화하면 득달같이 달려와서 고쳐준다. 땔감이라는 어휘조차 생각할 일이 없다. 그저 매달 나오는 관리비만 꼬박꼬박 내면 된다. 난방, 온수, 취사용 가스. 전기요금 등이 다들어 있다. 그러고 보니 사람의 입으로 들어가는 음식도 바로 사람을 움직이는 에너지를 만들어 내는 땔감이나 마찬가지이다. 음식이 들어가지 않으면 사람은 죽을 것이다. 이 얼마나 희한한 일인가? 그런데 음식도 넉넉하고 땔감 걱정도 없는 그 좋은 아파트가 나는 점점 싫어졌다. 나무가 그리워서 한 달이 멀다하고 나는 푸른색을 찾아서 시외로 나가야 했다. 나무들이 있는데 가서 숨을 깊이 들이 쉬고 나면 "아! 살것 같다!"고 감탄사를 연발했다. 자연에서 받는 무슨 땔감이 있나 보다. 나는 그 맑은 공기를 찾아서 나무 많은 동네로 집을 보러 다녔다. 또한 가지 아파트에서 내가 미치도록 싫은 것은 대로변의 차 소리이다. 아파트 옆으로 올림픽대로가 생기면서 나는 하루도 편안하지 못했다. 그 소리는 내 영혼을 죽이는 나쁜 땔감이었을까? 그래서 내가 편히 살집을 찾아 헤매다가 비원 옆으로 이사를 했다. 언니랑 친구들이 극구 말리는데도 나는 더 이상 그 아파트에서 살 수 없다고 절규하면서 이 한옥으로 옮긴 것이다.

1987년이 저무는 날 이사를 했는데 그 전 날까지 마치기로 했던 보일러 공사가 끝나지 않아서 냉방에서 자고 새해를 맞았다. 그 편안한 아파트를 버리고 와서 난데없는 냉골신세가 되다니! 두꺼운 쉐타며 오리털 잠바를 껴입고 집안에서 털 부츠를 신어도 온 몸이 꽁꽁 얼었는데 아침햇살이 펴지면서 그 따뜻함이라니! 나는 태어나서 그때 처음으로 햇볕의 고마움을 깨달은 것 같았다. 아! 하나님이 주시는 땔감이구나! 자연은 얼마나 신비한가? 그 춥던 몸이 녹기 시작하고 이 엄동설한에도 살길이 있다는 안도의 숨을 쉬게 되었다. 이 집은 연탄 보일러였는데 하루에 32장씩 땐다고 했다. 아무리 내가 좋아서 택한 집이라고 해도 연탄을 하루에 32장이나 갈 자신이 없었다. 그래서 보일러만 기름용으로 교체하기로 했고, 아주 간단한 공사로 여겼던 것이었다. 공사는 다 끝났는데도 보일러 교체하느라고 빼버린 물을 다시 채우는데 온종일이 걸렸다.

보일러가 가동되니 온 집안이 따뜻해서 살 것 같았다. 며칠 후 뒷집에 산다는 노인이 찾아왔다. 우리가 이사 온 후로 잠을 잘 수 없다고 했다. 사연인즉 우리 보일러 소리가 그 집 벽을 울려서 시끄럽다는 것이었다. 수리공을 불러서 두꺼운 스트로프를 그 집 벽에다 대고 시멘트 벽돌을 쌓아 벽을 발랐다. 이 정도면 소리가 안 날 것이라고 했다. 며칠 있으니 그 할아버지가 또 찾아와서 연탄아궁이에서 물이 나서 불이 꺼진다고 했다. 우리 집 공사 후에 그러니까 우리가 책임을 져야한다는 것이었다. 밤 열한 시가 넘었는데 그 할아버지가 잠을 못자서 골치가 아프니 보일러를 끄라는 것이었다. 그 밤은 보일러를 끄고 지냈다. 노인네와 싸울 수도 없고 우리는 처음 이사 온 사람이라 대문 앞에서 소리소리 지르는 것을 그대로 당하고만 있었다. 그 노인은 온 동네에서 소리 지르고 싸우기로 유명해서 그 집에는 세 드는 사람이 몇 달을 못 산다고 했다. 몇 번이나 그러기에 어떻게 해드리면 좋겠느냐니까 저녁 8시부터 아침 7시까지는 보일러를 틀지 말라고 했다. 참 어처구니없는 노릇이지만 매일 와서 소리 지르는 것보다는 낫겠다 싶어서 낮에 보일러를 켜놓고 밤에는 끄면서 그 겨울을 났다. 연탄아궁이에서 물이 나온 다는 말도 또 와서 하기에 기술자 불러다가 고치면 그 비용을 우리가 물어주겠다고 했다. 또 하루는 그 옆집 할머니가 담 너머로 나를 보더 니 자기는 밤에 잠을 잘 수 없다고 했다. 우리집 뒤꼍에 열 드럼짜리 기름통을 들여놨는데 그 벽과 할머니네 마당이 붙어있으니까 그 기름 통에서 불이 날까봐 무서워서 그렇다는 것이다. 보일러 공사하는 사람 이 안전하다고 했고 또 겨울이어서 땅을 팔 수가 없어서 그랬다고 해도 몇 번이나 그 말을 되풀이했다. 할 수 없이 그 봄에 땅을 파고 그 기름통 을 묻었다. 이래저래 공사비는 이중 삼중으로 들어갔다.

집을 보러 왔을 때는 무심했는데 이사 와서 보니 부엌이 하도 춥기 에 천정 위로 올라가보니 지붕이 썬라이트라는 플라스틱 한 겹이었다. 부엌 바닥에도 온수 파이프를 깔아서 안방처럼 따뜻하게 지내던 나로 서는 기가 찬 일이었다. 집을 보러 왔을 때는 이른 가을이었으니 보일 러를 갈면 되겠다는 생각만 하였던 것이다. 무슨 집을 이렇게 허술하게 지었나 했지만 부엌에 온수 보일러가 있었으니 연탄불이 항상 있어서 그리 춥지 않았을 것이었다. 우리가 보일러를 바꾸면서 온수 보일러를 다 뜯어버렸으니 불기라고는 가스렌지를 쓸 때뿐이었다. 그 열기로는 부엌이 따뜻해질 리 없으니 달리 난방을 마련해야 했다. 마침 전기 라 디에타가 수입되어 깨끗하고 실용적이라고 하기에 알아보니 우리 부 엌 크기면 월 30,000원이면 된단다. 그런데 한 달 전기요금이 10만원 이 나왔다. 웬 일인가 했더니 사무실에서 낮에만 쓰는 것으로 8시간 기준이라는 것이었다. 그 다음에는 낮에만 조금씩 켜놓았으니 한데나 마찬가지였다.

1988년 늦여름에 나는 신문에서 심야전기 광고를 봤다. 밤에 전기 사용량이 적어서 남아도는 전기로 물을 덥혀두고 난방을 하는 것이었다. 그 전 해에 독일에 갔을 떼 심야전기로 난방을 한다는 소리를 들었는데 이제 우리나라에도 있구나 싶어서 반가웠다. 소리도 없고 공해도 없다니 이 얼마나 구세주 같은 소리인가? 이제 겨울이 되면 또 기름보일러 때문에 뒷집 할아버지한테서 곤욕을 치를 일이 끔찍스러웠는데. 나는 업자를 불러서 공사비며 사용상의 여러 가지 장단점을 물어 보았다. 뜨거운 물을 저장하는 탱크는 집에 와서 제작해야 한다면서 그 탱크를 세울 기반시설을 미리 해놔야 한다고 했다. 동네 업자를 불러서 일 년도 안 된 기름보일러를 다 철거하고 그 밑을 파고 방수까지 싹 해놨다. 그러나 막상 탱크를 만들 사람이 오더니 그 공간은 턱도 없이 작다면서 안방 뒤의 두 평 남짓한 공간이 다 필요하다고 다시 기반 시설을 했다. 철판을 용접해서 물탱크를 만드는데 두 사람이 사흘이나 걸렸다. 그래도 반영구적이라는 이 시설을 하는 것이니 그만한 어려움은 당연하다 싶었다. 거의 500만원의 거금을 들여서 심야전기보일러를 설치해 놓으니 아주 큰일을 치룬 기분이었다.

1990년에 들어서면서 딸의 방바닥이 새는 것처럼 거뭇해 지더니 그 자리가 자꾸만 넓어져 갔다. 우리가 이 집을 살 때 전 주인이 보일러 설치할 때 파이프를 아주 좋은 것으로 했으니 오래 쓸 것이라고 해서 마음 놓고 있었는데 파이프가 새는가 하였다. 여름이 되어 그곳을 파보니 파이프가 삭아서 구멍이 났다. 그 방을 고치면서 마룻바닥이던 부엌과 식당, 재래식 온돌이던 뒷방과 이층 방에 다 파이프를 깔았다. 아들이 결혼하게 되어 이층방을 늘리고 파이프 공사를 또 했다. 3500만원이라는 돈이 들었다. 나중에 생각하니 그 돈이면 아파트 전세를 얻는 것이 더 나을 뻔 했다. 살면서 집을 고치려니 여간 번거로운 일이 아닌 데 조금조금 고치다보니 큰 공사가 되어버렸다. 단열처리를 하느라고 벽과 천정에 스트로폼을 넣고 보드를 붙였다. 한옥의 그 많은 창을 겹 유리로 갈았다. 윗풍이 거의 없이 따뜻해졌다. 그래도 서재와 마루는 썰렁했다. 천정에 단열처리를 못했기 때문이다. 이런 일들이 다 땔감 을 줄이려는 노력이었다.

그런데 그동안 심야전기 보일러는 몇 번이나 고장이 나서 애를 먹 였고, 그 업자는 자취를 감추어 버려서 AS 받기가 어려웠다. 그 때마다 한전으로, 여기저기 수소문해서 고치려고 하면 또 다른 업자가 와서는 먼저 업자가 잘못해놔서 다 다시 해야 한다거나 거기에 맞는 부품이 없다고 해서 한전에다 야단을 해서 겨우 얻어다 고쳐주기도 했다. 아직 초기 단계여서 일어나는 시행착오의 피해를 소비자가 고스란히 당한 셈이다. 그래도 새로 설치하는 난방을 심야전기에 연결해서 쓰려고 했 더니 이 시공업자는 동파이프는 가늘어서 거기 맞지 않는다며 가스보 일러를 고집했다. 그 때 우리집에서 200미타 아래까지 도시가스가 들 어와 있었다. 도시가스가 들어오면 심야전기 보다 비용이 덜 든다고 했다. 그래서 새로 하는 보일러는 가스보일러가 되어서 결국 또 두 가 지 난방시설이 되었다. 그러나 곧 들어오리라던 도시가스는 소식이 없 고 그 후 5년이 넘게 통가스로 살았다. 추운 겨울에는 사흘에 한 통씩 들어갔다. 돈도 많이 들지만 가스 가져오라는 전화를 자주 해야 하는 것도 귀찮은 일이었다.

1996년 1월에 심야전기에서 불이 났다. 동네에서 한전에 연락도 해주고 하던 사람들이 이 동네에서 심야전기 사고가 여러 번 있었으니 아주 치워버리라고들 했다. 게다가 심야전기로 쓰던 온수 보일러까지 터져서 물이 새고 있었다. 벌써 두 번째 온수기인데 또 못쓰게 되었으니 그 동안 얼마나 비싼 온수를 쓴 셈인가. 아파트에서 온수 비용이 한 달에 10,000원이던 것을 생각하면 보일러를 쓰지 않는 여름철의 심야전기 요금과 같으니 결국 온수 보일러 값 두 대 백여만 원은 그냥 없어진 셈이다. 화재보험도 들지 않았고 한전 사람도 모른 체 하니 화재 원인을 규명하려면 나 혼자 여기저기 뛰어 다녀야 할텐데 그런 것이 다 귀찮아졌다. 불난 뒤로는 부엌 옆에 있는 내 서재에서 둘이 살면서 부엌과 화장실이 따뜻한 것만도 천만다행이라 싶었다. 동네 전기상에서는 불이 났는데 얼굴도 안 비치더니 자기는 심야전기에는 손도 대지 않았다고 잡아뗀다. 자기가 고쳐주던 것인데 책임을 물을까봐 저러는구나 싶었지만 싸워 봐야 해결될 것도 아니겠기에 그냥 있었다. 봄이 되어 불난 데를 치우려니 기가 막혔다. 타다 남아 시커멓게 그을은 보일러실이 꼴도 보기 싫고 심야전기라면 몸서리가 쳐져서 아주 다 없애버리기로 했다. 반영구적이라던 그 시설을 뜯어내는데 또 산소 용접기를 들여다 놓고 사흘이나 걸렸고 쓰레기도 한 트럭이 넘었다. 철판 따위는 모두 고물로 거둬갔는데도. 보일러 시설을 또 할 일을 생각하니 도저히 엄두가 나지 않는데 남편도 또 공사 벌이지 말고 이대로 살잔다. 안방을 쓰지 못한지가 몇 달이 지났는데 겨울에야 어쩔 수 없이 내 서재에서 살았지만 더 이상은 견딜 수가 없었다.

　하늘이 보이던 지붕을 고치고 먼저 파이프에 가스보일러 선을 끌어다 연결했다. 그것도 주 파이프 선이 안방 뒤의 보일러실에 설치되어 있기 때문에 안방 한쪽을 다 파내서 파이프 두 선을 묻었다. 도배공도 부르지 않고 나 혼자서 며칠이 걸려 땜질 도배를 했다. 마음 같아서는 다 뜯고 새로 파이프를 깔고 싶었지만 또 큰 공사가 될 것이 무섭기도 하고 우선은 그대로 쓰고 다시 고장이 나면 그 때 고치자는 남편의 말을 들어주기로 한 것이었다. 그런데 가스보일러의 점화가 잘 안 된다. 수압을 살펴보면 며칠이 안 되어 떨어져 버린다. 수압을 올려서 점화하기를 몇 번 하다 보니 아무래도 이상한데 문제가 있다면 겨울 전에 고쳐야 했다. 시공업자가 와서 파이프를 파보니 물이 치솟았다. 온수 파이프가 시커멓게 삭았단다. 그러더니 상수도 자체가 너무나 막혀서 수압이 낮으니까 이대로는 온수 파이프만 바꿔봐야 소용이 없단다. 그래서 뜯기 시작한 것이 온 집안의 상수도 선을 다 교체하려니 보통 큰 공사가 아니었다. 그래도 남편은 자기 서재는 그냥 두란다. 지난 겨울에 난방 없이도 살아냈다고. 결국 안방과 큰 화장실 바닥에 파이프를 깔았고 마루와 서재 두 방은 난방이 끊어졌다. 그러면서 또 일천 오백만원 돈이 날아갔다.

　겨울이 되니 또 화초를 부엌, 이층, 마루로 들여놨다. 날씨가 추워지니 마루가 너무 추워서 화초도 문제지만 서재에 드나드는 남편의 움츠린 모습이 영 마음에 걸렸다. 그전에 혼이 났던 독일제 히터를 또 꺼내다 놨다. 아들네가 있을 때 그 방이 좀 춥다고 해서 그 히터를 쓰기는 했어도 보조 난방이어서 그랬는지, 양쪽 보일러를 돌리느라 전기요금이 의례 많이 나오겠거니 해서였는지 별로 신경 쓰지 않았었다. 이번에는 다른 난방이 없는 마루라서 전기요금이 많이 나올 것 같아서 낮에만 켰다. 그러다가 이왕 쓰는데 너무 안달하지 말자, 쓰면 얼마나 쓰겠나 하면서 계속 켜놨다. 어느날 전기 점검하러 온 사람이 소리소리 지르며 나를 불러댄다. "아주머니 전기장판 썼지요?" "아뇨." "그럼 뭐 했어요. 800kw가 넘었단 말이예요. 뭐, 전기 많이 썼지요?" "아! 네, 라디에타요." 그날 밤에 "할 수 없다 너희가 알아서 살아내라." 화초들에게 혼자 중얼거리며 전기 히터를 껐다.

다음 달에 전기요금 고지서가 나왔는데, 271,000원이다. "아니 이렇게 많아?" 나오리라고 짐작한 것이기는 했어도 계산은 해보지 않고 그저 10만원은 넘겠지 했던 것이 평소의 9배가 된 것이다. 얼마 전에 서재와 마루에 심야전기 온풍기를 설치하려다가 하나에 77만원이 든다고 해서 다음에, 가을에나 한다고 밀어두었는데 그럴 필요가 없겠다 싶었다. 남편과 의논해봐야 또 하지 말라고 할테니 그냥 주문해버렸다. 하나만 먼저 하려고 했더니 그래도 심야전기 배선 공사할 때 전기 꽂이를 두 곳에 다 해두라는 것이다. 후에 또 하려면 일스러우니까. "둘 다 이번에 하면 좀 싸게 해주시겠어요?" "아, 둘 다 하시게요? 그러세요, 75만 원씩에 해드리죠. 내일이라도." "그럼 내일 오세요." 너무나 간단한 거래였다. 전기요금 27만원이나 내면서 따뜻이도 못 지냈는데 이렇게 추운 것을 참을 것이 아니라, 아예 이번에 온풍기 설치하고 이제 난방 문제는 잊어버리자는 심산이었다. 그래서 오늘 온풍기 두 대를 설치했다. 그런데 지난번에 끊어 논 심야전기를 다시 이어주러 온다던 한전에서는 소식이 없다. 전기가 안 들어와서 가동을 못하는데 어떻게 하느냐니까 그래도 자기네 물건 가져다 설치를 끝냈으니 돈을 그냥 받아가겠다는 태도다. 소비자가 불편할 것에 대한 배려는 아예 안하나보다.

사실은 가동이 된 것을 보고 대금을 지불해야 할텐데 가타부타 말하기 싫어서 그냥 150만원을 주었다. 점심 먹으라고 2만원 넣어주었으니 그 돈도 포함되어야겠지.

그 날은 내내 기다리고 다음 날은 일요일이니 지나가고 월요일에 전화하니 오후에나 온단다. 2시에 약속이 있으니 다음 날로 미뤘다. 이러다간 설 연휴 전에 못하게 되지 않나 걱정이 되었다. 우선 난방이 되어야 그 사람들이 일하다 늘어놓고 간 방이라도 치울텐데. 난방 때문에 또 당해야 얼마나 더 당하랴 싶어서 돈을 선뜻 주기는 했는데 그래도 이 사람들이 돈 다 받은 것이어서 이렇게 늦장인가 생각하니 좀 언짢았다. 그런데 얼마 있으니 내일 오겠다던 사람이 지금 올 수 있다고 한다. 일하다 시간이 늦어지면 내가 먼저 나가면서 대문만 잘 닫고 가라면 되겠지 또 내일 오랬다가 안 되면 어쩌나 싶어서 그냥 오라고 했다. 전기 배선을 봐야겠다고 보일러실을 묻기에 다 타서 다 뜯어버리고 아무 것도 없다고 해도 봐야 된단다. 그래서 요즈음 쓰지 않고 봉해 두었던 뒤꼍을 열어주었다. 배전판을 찾기에 여기 전기 스위치가 있었는데 바로 거기서 불이 났다고 일러주었다. 그래서 배전판이라는 용어를 알게 되었다. 또 타이머도 없고 하면서 자기네끼리 말하는데 타이머는 대문 밖 계량기 옆에 있다니까 이 여자가 뭐 이런 것도 아는 체 하나 하는 듯이 떨떠름한 표정을 지으며 밖으로 나간다. 일꾼들을 부릴 때 의례 당하는 일이니 새삼스러울 것도 없지만 그때마다 이 나라의 남자들이 언제나 여자들 무시하는 버릇을 고치나 싶어서 한숨을 쉬게 된다. 사실은 태양열 난방을 설치하고 싶어서 몇 번이나 골똘히 생각해 보았는데 서울의 오염이 맑은 햇볕을 막을 것이 걱정스러웠다. 이제는 우리 앞집

이 5층을 지어서 남쪽을 막아놓으니 아예 햇빛이 얼마 없어 태양열 난방은 틀린 일이다. 더 이상 태양열 설치한 집을 부러워할 일은 없게 되었다.

이 집에 이사 와서 밑 빠진 독에 물 붓기로 돈을 없애면서 집수리에 정신이 없는데 그래도 이 집이 좋으니 어쩌랴. 땔감을 조금 쓰는 여름에는 이 집이 시원해서 좋은데 겨울이 되면 을씨년스러워진다. 우리 조상들의 작품이고 마음이 편안해지는 목재가 많으니 이 집을 버리고 아파트로 갈 생각은 추호도 없다. 그러나 온 동네가 다 5층으로 올라가는데 우리집만 쏙 들어가 있으니 앞으로 얼마나 더 버틸 수 있을지 모르겠다. 이 집을 뜯어다 시골에다 지을까 하는 생각도 해보았다. 그러나 이제까지 이만큼 살 수 있도록 고쳐놓은 것을 다 부수는 일은 자원을 낭비하고 쓰레기를 만드는, 환경운동을 거스르는 일이다. 또 이 나이가 되어서 어떤 새 일을 시작하고, 또 새로운 데서 살아 낼 자신이 없다. 더구나 은퇴를 앞둔 남편의 수입이 한정되어 있다는 것도 생각해야 한다. 아이들도 이 집 헐지 말라고 야단인데 그 애들 세대에 가서도 나처럼 이집 건사하느라고 이 고생을 해낼까? 때로는 이 집 건사만 하다가 내 인생 다 가겠다 싶기도 한데 그러면 어쩌랴. 그것도 내 천직인 양 소중히 안고 하루하루 살아가리라. 이 나이가 되니 세상에 그리 대단한 일도, 아주 보잘 것 없는 일도 없는 것 같다. 생산적인 일, 살리는 일은 다 소중하다. 땔감은 소모되는 것 같지만 생산적인 일에 쓰인다.

우리는 지금 가지고 있는 것을 낭비하지 않도록 소중하게 여기며 필요한 만큼만 쓰면서 아껴야 하리라. 앞으로 여기서 살아갈 사람들을 위하여.

1997-01-26

생명 밥상을 차리며

　생명밥상을 차리면서 굴비를 구어 놓으면 사람들이 대가리와 뼈를 다 남겨서 버렸다. 나는 보통 생선의 뼈를 다 먹기 때문에 그 귀한 대가리와 뼈를 버리는 것이 편안치 않았다. 그래서 다음번에는 대가리를 다 떼어내고 구웠다. 그런데 모아 놓은 대가리를 처리할 일이 문제였다. 모았다가 김장에 넣어도 되겠지만 요즈음은 김장도 많이 하지 않고 그 많은 대가리가 다 필요하지도 않는다. 북어대가리처럼 튀길까 생각도 했으나 간을 한 것이니 바싹 말리려면 시간이 걸릴 것이다. 그러다가 전에 어머니는 조기를 손질하실 때 대가리는 따로 다져서 완자처럼 만드시던 것이 생각났다. 골 속의 돌덩이 같은 뼈를 발라내고 다 다졌다. 된장을 넣어서 장떡같이 만들어 볼까? 아니야 고추장이 더 나을 거야. 고추장을 넣고 밀가루를 넣으려니 생협에서 사는 통밀 밀가루가 똑 떨어졌다. '가게에 가서 일반 밀가루를 사와?' '아니지. 통밀 식빵을 부셔 넣으면 칠면조의 배를 채우는 드레싱 같이 되겠구나.' '아 그래 미국에서 먹던, 간 고기를 넣어 만든 고기빵을 만들까?' 미국에서는 meat loaf라고 한다. fish loaf를 만들면 되겠네. 아! 그런데 나 왜 이렇게 생각이 잘 돌아가지? 꼭 누가 옆에서 코치를 하고 있는 것 같다. 그래 내가 자연을 살리는 살리미가 되려니까 성령께서 도우시는가보다.

전에도 그런 경험이 많이 있었다. 여성 평화의 집을 살 때도 몇 년씩이나 끌면서 집을 마련하지 못하던 일을 내가 이사장을 하면서 해냈다. 그 때 여성 평화의 집 이사회는 독일에서 지원하겠다는 프로젝트가 성사되지 못하니 되지도 않는 일 너나 해봐라 하듯이, 마치 내던지듯이 나에게 이사장의 짐을 지워버렸다. 나는 3년간의 편지를 다 읽고 그간의 문제를 파악한 후에, 밤도 낮도 없이 그 프로젝트에 매달렸다. 그 때 막 컴퓨터를 배우면서 정성을 다해 편지를 썼다. 9개 단체가 사무실을 마련하는 일이니 우리의 상황을 간절히 호소하는 편지를 쓰고, 독일 후원단체에 팩스를 보내면 다음날 회답이 오고, 그 회답에 따라 일을 진행하고 집 보러 다니고, 사람 만나는 일, 은행과의 거래 등, 내가 도저히 감당하기 어려운 일들을 고비고비를 넘기면서 마치 누가 옆에서 거들어주듯이 얽힌 일들이 풀려가는 것을 보며 감격하던 느낌이 지금도 새롭다.

살리미 이야기

우리는 주일마다 예배 후에 밥을 지어먹는다. 접시에 자기가 먹을 만큼의 밥을 담고 반찬을 덜어놓고 하나도 남김없이 다 먹는다. 작년에 기독교환경운동연대에서 시작한 생명밥상 차리기를 계속하여 우리 삶으로 실천하는 것이다. 나는 집에서도 그런 식으로 먹는다. 미국에서도 접시에 음식을 먹던 식이라 우리 집에서는 익숙한 식탁이다. 일 년에 15조원을 음식쓰레기로 버린다니 우리 크리스천들은 음식을 버리지 않는 것이 하나님의 뜻이라고 고백하기 때문이다. 나는 앞으로도 첫째와 셋째 수요일에는 생명밥상을 차리려고 한다. 며칠 후에 모이는 고등학교 동기들 임원회를 집으로 초대했다. 생명밥상을 실천하는 모임을 계속하면서 이 운동이 계속되기를 바라는 마음에서이다.

불교의 사찰에서는 바루 공양이라는 식사 훈련이 있다고 한다. 우리 기독교인들이 불교에서 본받을 만한 생활 훈련이라 생각한다. 그릇에 담은 음식을 하나도 남김없이 먹고 그 그릇에 물을 부어 싹 씻어서 마셔버린다니 설거지 일도, 물을 낭비할 일도 없으니 이 얼마나 놀라운 식사법인가? 자연을 살리려는 살리미는 모름지기 본받아야할 생활습관이다. 바루 공양에서 배워야 할 점은 자기의 필요 때문에 다른 사람이 일하게 만들지 않는 것이 그 첫째요, 음식 쓰레기와 더불어 모든 쓰레기를 만들지 않는 생활 훈련이 그 둘째이다. 이러한 관심이 있으면 주변의 모든 것에 자연을 살리는 마음으로 대하게 되고 살리미의 습성이 몸에 배게 될 것이다.

한신대학교의 김경재 교수는 '그리스도인의 영성훈련'이라는 글 속에서 다음과 같이 쓰고 있다.

"밥 한 그릇의 의미를 아는 사람은 하나님을 안다.
밥 한 그릇을 아무 깊은 뜻 없이 먹는 사람은
하나님도 그렇게 아무 뜻 없이 게걸스럽게 먹게 되어
하나님의 거룩을 범하고 자기 생명을 상하게 한다.
밥 한 그릇 앞에서 감사할 줄 모르고, 옷깃을 여밀 줄 모르면
지존하신 하나님 앞에서도 감사할 줄 모르고
경외하는 마음을 익히지 못한다."

이 살리미에 대한 관심이 금년도 한국기독교학회의 주제를 '자연 살리기'로 결정하여 열 두 학회가 자연을 살리는 생태신학으로 발제하기로 하였다. 내가 마침 기독교학회의 서기를 맡고 있어서 임원회에서 학회 주제 선정할 때 제안하였는데 채택되었다. 그래서 여성신학회의 발제는 '자연 사랑의 재해석: 한 기독교 여성의 시각'이라는 원고가 제출되었다.

또한 한국의 여성신학 유관단체들이 금년 9월 22일에 처음으로 자리를 같이 하기로 하였는데 그 준비 모임에 '한국 여성신학 한마당'을 열기로 하고 자연을 살리는 삶의 이야기를 나누기로 하였다. 여성신학

을 어떻게 살아내느냐는 관심이 곧 우리의 일상생활이 바로 생태신학
의 현장이라는 생각에서 나온 것이다. 이러한 이야기가 여성교회 14주
년 창립기념예배의 드라마 주제가 되었으면 하는 바람도 있다. 그래서
우리의 공동 작업이 자연과 더불어 사는 공생공동체를 모색하는 자리
가 되었으면 한다.

1992-02-09

여름 푸세

오늘이 대서라고 연중 제일 더운 날이란다. 아침부터 일기예보에서 그 이름값을 하겠다기에 어지간히 더우리라고 예상은 했었다. 그 동안 벼르기만 하던 여름 푸세를 이제서야 하느라고 하필이면 대서에 다림질을 하다니! 얼굴에서 땀이 주르르 흐른다. 푸세라는 말은, 나도 근래에서야 얻어들은 것인데, 옷이나 홑이불 등에 풀을 먹여 손질하는 일을 말하는데 나는 그런 용어가 있다는 것을 몰랐었다. 그래서 그런지 그 어휘가 내게 새롭기도 하고 어쩐지 우리말이 주는 정감이 느껴져서 곧잘 쓰고 있다. 물론 그전 보다야 푸세감이 무척 줄어들었다. 그래도 욧잇에 풀을 먹여 싹 시쳐놓으면 당장이라도 그 요에 누어서 그 사각거리는 푸세맛을 누리고 싶다. 하기야 요즈음은 침대들이 늘어나서 욧잇이나 이불잇을 시치는 일조차 희귀해지는 모양이다. 여기서 여름 푸세라고 하는 것은 나만의 용어일지도 모른다. 한여름 복 중에는 내가 즐겨 입는 푸세 옷들이 있다. 한 십여 년 전에 맞춰 입은 베양장, 육칠년 전에 여신협 바자 때 샀던 마로 지은 개량 한복, 베 홑이불과 베갯잇 둘이다. 그때 만해도 베나 모시로 양장을 해 입은 사람이 별로 없었는데 베한 필을 들고 가서 양장 쓰리피스를 맞추니까 양장점 주인이 기막힌 아이디어라며 놀라워한다. 그 베는 내가 한국교회여성연합회 회장이

던 1984년경에 교도소에서 나온 여성들을 위한 선교사업을 하는 후배
의 청으로 몇 필을 사게 된 것이었다. 홑이불과 베갯잇들을 말라놓고,
남은 것을 어떻게 이용할까 고민하다 양장점으로 들고 간 것이었다.
끈적끈적하고 후덥지근한 화학섬유에 비하면 그 옷은 바람이 술술 들
어오는 게 여간 상쾌한 것이 아니다. 움직이는 대로 다 구겨 버릴 것
같던 그 옷은 의자에만 앉으면 별로 우거지상이 되지 않는다. 아침에
나가기 전에 한번 다리면 일주일은 보기 좋게 넘어갈 수 있다. 지난 주
일에 입었던 옷이 더워서 마땅치 않았던 생각을 하면 다음 주일이 바로
중복이니 이제라도 여름 푸세를 할 수 밖에. 찌는 듯이 뜨거울 햇살 아
래 서늘한 베옷을 입고 갈 생각에 줄줄 흐르는 땀을 씻어내며 대서에
다림질을 한다.

　내가 "푸세를 해야 하는 데." 했더니, 친구 말이 "요새 누가 푸세를
하니? 스프레이 사다가 확- 뿌리고 다리면 되지!" 하고 짜증스럽게 내
뱉는다. 하긴 나도 20여 년 전 미국에서는 노상 그 스프레이풀을 썼었
다. 한국에 오니 그때만 해도 그런 것은 없었고 다시 예전에 하던 대로
밀가루로 풀을 쑤어 썼다. 그런데 어느 날 아파트 동네 수입품 가게에
그 스프레이풀이 나타났다. 반가운 김에 사다가 써보니 편리하기는 해
도 풀을 먹인 것만큼 빳빳하고 시원하지는 못했다. 바쁠 때는 그 푸세
질이 여간 거추장스러운 게 아니다. 풀을 쑤는 것부터가 더운 날에는
달가운 일이 못된다. 풀에 응어리가 있을까봐서 체에다 받혀서, 커다
란 양푼을 꺼내다가 풀을 먹이고 나면 다 씻어서 집어넣어야 된다. 줄
을 매고 널어서 말린 다음에는 솔기솔기 펴면서 개켜서 빨래 보에 싸서
밟는다. 한참이나 밟다가 솔기솔기 다시 짝 펴서 개키고 또 한참이나

밟아야 한다. 어릴 때는 그 밟는 일이 내 차지였다. 어머니는 구김살이 다 펴지도록 밟으라고 하셨다. 살이 덜 펴지면 다리미 발이 곱지 않다고. 이렇게 번거로운 일인데도 그걸 포기하지 못하는 것은 내가 그 상큼한 옷 맛을 즐기기 때문이리라. 이 더운 여름에 내가 싫으면 그까짓 거 푸세 안 하고 안 입으면 될텐데. 얼굴의 땀을 닦으면서 "정말 더운 날인가 보네." 혼자 중얼거리면서도 안 솔기를 손으로 쫙 펴서 다리면서 또 어머니 생각이 났다.

아주 예전에 둥근 다리미에 숯불을 넣고 다릴 때 어머니는 어린 나를 불러 다리미질 파트너를 시키셨다. 나는 별로 달가운 일이 아니지만 어머니가 시키니까 마주 앉아서 다리미 감을 붙잡았다. 빨리 끝나기만 바라는 나는 어머니가 안 솔기를 다리는 것이 싫었다. '뭘, 보이지도 않는 안 솔기까지 다린담.' 속으로 불평을 하면서 어머니가 답답해 보였다. 그런데 내가 커서 다림질을 해보니 솔기에 물기가 남아 있으면 솔기가 우그러져서 다림질이 매끈하지 못하다. 그래서 옛날에 어머니가 하시던 대로 따라하면서 어머니 생각을 하게 된다. 살다 보면 음식 맛, 살림살이, 옷매무새 등 어머니가 하시던 대로 하려고 기억을 더듬으며 은연중 닮아가고 있음을 느끼게 된다. 우리 딸도 다음에 이럴까? 그 애야말로 스프레이 세대지. 언제 나와 함께 앉아서 오손도손 다림질도 하면서 살림살이 이야기를 하게 될까? 하긴 그렇게 해야 사는 게 이어지는 것일텐데. 어머니가 살아 계실 때는 학교 다닌답시고 맨날 뛰어다니다가 어머니 떠나신 다음에서야, 내 살림을 해내면서 어머니에 대한 그리움과 아쉬움이 사무쳤다. 이제는 딸이 결혼해서 내 곁을 떠난 지도 한참이나 되는데 문득문득 보고 싶고, 아직 내가 살아 있을 때 가까이

서 함께 지냈으면 하는 마음이다.

"여보 베게 넣지 마세요." "왜?" "베갯잇 갈아야 해요." 아직 베갯잇은 다리지도 않았는데 어서 빨리 새 베갯잇으로 갈고 싶은 마음이다. 오늘 저녁에는 요 위에 돗자리를 깔고 베홑이불 덥고 시원하게 잘 판이다. 요 맛에 여름 푸세는 해마다 거듭되는 복중 행사이다.

월계수 잎

온실을 지나 옆집으로 가니까 하루에 열두 번도 더 드나드는 문 앞에 월계수를 놓았다. 물론 다 예쁜 나무들이지만 이 월계수는 특히 더 좋아한다. 우리 고등학교 동기들이 고희 잔치로 여행을 갔을 때 외도에서 이 월계수 모종을 사왔다. 그러니 벌써 7년이 된다. 작년에는 91번지 수리하느라고 온실을 모두 헐어버려서 우리 집 이층으로 옮겨왔었다. 그때는 빈 방이었으니까 쉽게 옮겨놨는데 12월에 딸이 귀국하게 되니 화분들을 바짝바짝 붙이고 겨우 사람 지나다닐 정도로 몇 달을 지냈다. 봄이 되어 온실 공사를 마치고 화분들을 새 온실로 옮겨 놓으니 딸이 자기는 그 화분들과 함께 살아야 하는 줄 알았다나? "아 이제 좀 살만하다."고 하는 데 내가 얼마나 미안하던지. 월계수는 향이 좋아서 모두들 좋아한다. 내 친구는 스파게티 소스 만드는데 넣는다고 잎을 따가기도 했다. 나는 오며가며 잎을 따서 향을 맡으며 즐긴다. 그런데 그 월계수는 유난히 먼지를 탄다. 다른 나무들은 괜찮은데 월계수는 먼지가 까맣게 더께가 앉는다. 얼마 전에 닦아준 것 같은데 "또 나 씻어 주세요." 하는 듯이 더러워졌다. 물을 뿌려도 소용이 없고 젖은 수건으로 박박 닦아 주어야 한다. 모처럼 한가하니 수건을 들고 닦아주기 시작했다. 한참을 하다가 이걸 언제 닦나 싶어서 잎을 세기 시작했다. 딸

이 지나 가면서 세는 소리를 듣고 우스운 모양이다. '이백 스물 둘' 하는
데 "아직도 해?" "아직 반도 못 했어." 이왕에 시작했으니 멈출 수는 없
고 결국 640개를 닦았다. 실제는 그 보다 더 많을 거다. 앞에는 세지
않다가 대강 쳤으니까. 모종을 사올 때는 잎이 여남은 개였던 것 같다.
그동안 너무 커서 잘라주기도 했고. 꼭 사랑해달라고 보채는 아기 같
다. 그렇게 더러워지지 않으면 그리 정성껏 닦아주겠나? 그래 사랑해
줄게, 잘 살으려므나.

2011-07-19

마지막 경험

불이 난 지 10일 만에 마지막 빨래를 세탁기에 넣었다. 첫날에는 전기가 나갔으니 빨래는 생각도 못했고, 그저께는 수도가 끊겨졌으니 할 수 없었고, 나머지 7일간은 매일 두 번씩 빨아낸 셈이다. 냉장고를 열어보니 10일 전에 불려 논 검은 콩이며 대추 호박오가리가 잔뜩 자리를 차지하고 있다. 아이구 저것들이 그냥 있네! 하기야 내 손이 안 갔는데 이 집안에서 움직일 일이 없지. 또 가슴이 울렁거린다. 불이 난 생각을 하려면 가슴이 답답해지면서 이 모양이다.

그날은 모처럼 마음이 한가하니 기분이 좋았다. 오래전부터 독일에 보내려고 호박오가리를 해야 한다고 벼르던 일을 시작했다. 위층에 일 년 넘어 보관해 온 호박을 여덟으로 잘라서 반으로 자르니 16조각이 났다. 그것을 하나씩 씩 발려내서 접시에 벌여놓고 껍질을 벗기는데 여간 시간이 걸리는 게 아니다. 집에서 쓸 것이었으면 껍질째 쪄서 나중에 숟갈로 속을 떠내서 얼려두면 그만인데, 말리려니까 이리 공이 많이 든다. 작년에 독일에 유학 가있는 후배가 자료 수집 차 귀국해서 두어 달 동안 우리 집에 머물다가 갔는데 그 때 이렇게 말린 호박을 보냈더니 그 아들이 호박죽을 그리 맛있게 먹었다는 말을 생각하며 내가 좀 힘이 들어도 또 해서 보내주려는 것이 이리 늦어졌다. 호박을 채반에다 셋이나 널었는데도 호박은 아직 반이나 남았다. 사실 그 반은 그냥 쪄서 두려다가 이왕에 보내는데 잔뜩 싸 보내고 싶어서 다 썰어놓았는데 채반이 모자란다. 안방에 신문을 두 겹 깔고 호박을 가지런히 빈틈없이 널었다. 방이 따뜻해서 한 이틀이면 마를 것이라 생각하니 흐뭇했다. 물론 이것으로 호박죽을 쑬 그 후배와 맛있다고 먹을 그 아들을 떠올리고 아울러 그의 남편의 마음도 훈훈해 지리라 믿으며 혼자서 좋아했다.

며칠 있으면 내 환갑날이라고 남편이 몇 사람을 오라고 한 모양이다. 물론 음식점에서 시켜다 먹는다고는 했지만 요사이 돼지 기름 사건으로 기사거리가 많았으니 중국음식을 달가워들 할 것 같지 않아서 몇 가지 메뉴를 써놓았다. 쌀이 많으니 절편이나 흰무리를 할까 하다가 이왕이면 좀 맛있는 떡을 하고 싶어졌다. 대추는 더운 물에 담갔다가 씻어 건져놓고, 정희 언니가 가져다 준 검은 콩은 일어서 물에 담가 놓고, 시골 시누이가 보낸 생 땅콩이 있기에 씻어서 건져 놓았다. 이것들을 다 넣고 흰무리를 할 생각이었다. 저녁에 쌀을 물에 불려놓을까 하다가 천천히 해도 되겠기에 그만두었다. 대추도 씨를 발려낼까 하다가 일이 너무 많기도 하고 아직 며칠 남았는데 내가 왜 이리 서두르나 싶어서 주섬주섬 다 담아서 냉장고에 넣어버렸다. TV 뉴스와 드라마를 보고 느긋하니 자리에 누웠다.

갑자기 밖에서 탁탁 하는 소리가 난다. 보일러에서 또 웬 소리가 나나 하고 나가보니 보일러는 아무 일이 없는데 저 뒤쪽의 심야전기 보일러 쪽이 환하니 번쩍번쩍한다. "어머 저게 뭐야?" 하고 뛰어가 보니 심야전기 보일러 스위치에 불이 나서 전기 줄에서 불똥이 튀고 있다. "여보, 불이야, 119에 전화 해." 외치고 물을 받아서 한 대야 붓는데 뒷집에서 불났다고 막 소리치며 담을 두드린다. 전화기를 든 남편은 뭐라고 말해야 하느냐며 나를 불러댄다. "여기 심야전기에서 불이 났어요." "거기 위치가 어디에요?" "여기 원서동인데요. 비원 담 끼고 들어오면 나나이발관이 있어요. 그 안집이에요." "거기 큰 건물이 뭐예요." "원서수퍼 맞은편이에요." "알았어요. 곧 가요." 전화를 내던지고 마당으로 뛰어 내려갔다. 전기를 끊어야지. 두꺼비집으로 가야하는 데 근래에 두꺼비집을 만진 일이 없어서 어디 있는지 생각이 안 난다. 대문 밖의 검침기 있는 데로 뛰어가 보니 너무 높아서 키가 닿지 않고 사다리는 바로 보일러실에 있으니 꺼내오기는 바쁘고. 길 가는 사람한테 전기 좀 끊어 달라고 소리쳤다. 얼른 뛰어 들어오니 보일러실에는 벌써 불길이 다 번져서 길길이 타오르는데 그 속에 사다리가 높다라니 버티고 있다. 사람들이 들어오려면 걸리적거리겠기에 얼른 끄집어내서 빨래방으로 밀어 넣었다. 복도에 있던 용다리 상과 빨래걸이를 거둬치웠다. 소방차가 왔기에 이리오라고 소리치며 뛰어가니 뒷집에서는 그리로 오라고 끌어간다. 저 아래 소방차가 또 왔으니 나보고 그리로 가라면서. "여기에요." 소리 지르며 소방차 쪽으로 뛰어가니 소방관들이 쫓아온다. 대문에서 마당을 건너질러 댓돌을 올라와서 툇마루로 들어와서 부엌을 지나 안방을 돌아 화장실 복도를 다 지나야 보일러실에 이른다. 소방대원들 여럿이 한꺼번에 들어와도 한 사람씩 상황을 보고 나가더니 한참 걸려서야 소방 호스를 들여왔다. 전기를 끊는다고 하더니 갑자기 깜깜절벽이다. 화장실 벽장에서 전지를 꺼내 들고 나오는데 소방관이 귀중품 같은 것은 얼른 치우라고 귀뜀을 한다. 이층으로 올라가는데 쳐둔 커튼을 마구 잡아 뜯었다. 소방관이 내 맨발을 보더니 다치니까 어서 신발을 신으란다. 그러고 보니 나는 아직도 잠옷 바람이었다. 위에 코트를 걸치고 보니 남편은 구두를 신고 잠바도 입고 있었다. 불은 뒷집 쪽에서도 물이 쏟아져서 얼마 안 있어서 다 꺼진 것 같았다. 그런데 아직도 계속 연기가 나니까 소방관이 지붕으로 올라가서 기와를 마구 헤치고 물을 쏟아 붓고 있다.

안방에 가보니 커다란 서치라이트가 있어서 환히 보이는데 천정 가장자리로 물이 막 스며 내려온다. 이부자리는 이미 부엌으로 끌어내 있다. 보료를 끌어내고 베개도 한쪽으로 밀어놓고 아까 펴 널어 났던 호박오가리를 양푼에 주워 담다가 신문지 채 둘둘 말아 넣고 부엌으로 내갔다. 방 가운데 있는 형광등 가운데로 물이 줄줄 흐른다. 사람들은 물이 떨어진다고 양자배기를 들여다 놓고 있다. 지붕에서 소방 호스로 물을 붓고 있는데 어처구니없는 노릇이다. 천정을 쳐다보니 물을 잔뜩 안고 있는 듯하다. 그 순간에 장 위에 놓인 토기가 보인다. "아, 저 토기 꺼내세요." 키 큰 남자들이 손쉽게 내려서 부엌으로 내다 났다. 그 다음 순간에 천정이 철렁 내려앉으며 흙물이 장 위로 쏟아져 내려온다. 방바닥은 금방 물이 차고 문지방까지 물이 철렁거린다. 지붕 위에서는 계속 물을 쏟고 있는데 석가래 아래쪽으로 불꽃이 살아나더니 새파란 불빛을 뻗치면서 계속 타들어간다. 이층으로 뛰어가서 호스를 방안으로 내려 보내라고 소리쳤다. 지붕 사이로는 계속 연기가 나니까 소방관은 계속 기와를 꺼내면서 호스를 들이댄다. 석가래 사이로 밀려 내려온 호스로 방안에서 보이던 불길은 잡았다.

우리 집 손전등이 어디로 갔는지 없기에 초를 찾아서 불을 켜들고 다녔더니 소방대원이 그 불도 위험하니 끄라고 한다. 캄캄한 사이를 헤집고 돌아다니는데 부엌 한 가운데에 누가 줄곧 한 자리에 서 있다. 말을 물어도 대답도 없이 부동자세이다. 이상해서 자세히 들여다보니 정복 순경이다. 그 북새통에 꼼짝도 하지 않고 자리를 지키고 있는 순경을 보니 마음이 든든해지면서 이렇게 시민을 지켜주고 있다는 것이 새삼 고마워졌다. 데모하다가 닭장차에도 실려 가고 유치장에서 구류까지 살아봐서 경찰이라면 무조건 싫던 내 마음이 풀어지는 느낌이 들었다. 그 동안에 옆집 세탁소 아저씨는 자기 집에서 전기를 연결해서 불을 켜주었다. 우선 둘레를 볼 수 있다는 것만 해도 얼마나 좋은지 모르겠다. 불길이 다 잡히고 연기 나는 데도 없어지니 소방대원들이 철수를 하면서 한 시간 후에 다시 점검을 하라고 일러준다. 사람들도 하나 둘 흩어져 나갔다. 우선 잘 데가 없을 테니 세탁소 방에 와서 자라고 한다. 이웃에 있는 젊은 여자가 깡통 커피를 가져왔다. 밤이라서 커피를 안마시겠다고 했더니 마시라는 것이 아니고 우선 추우니까 그 깡통들을 뜨겁게 해왔으니 주머니에 넣으면 따뜻해지는 것이란다. 아! 서민들의 지혜이구나.

옆집에서 끌어온 전기가 아무래도 좀 불안해 보여서 그냥 가져가게 하고 다시 촛불을 켰다. 우리 초가 조그만 것밖에 없다고 했더니 그는 집에 가서 기다란 초를 두 개 가져왔다. 크리스마스 때 교회에서 촛불 행사를 하느라고 샀던 것이란다. 내가 초를 컵에다 세우려니까 "쌀이 있어요?" 한다. "쌀은 왜요?" 이 사람이 촛불을 켜놓고 뭘 빌려고 하나? 여기 처음 이사 왔을 때 이 동네 풍물패들이 몰려와서 소반에 쌀을 가져오라던 생각이 났다. 그 때 영문도 모르고 서 있던 나에게 정초에 복을 빌어주려고 한다기에 내가 질색을 하고 우리는 교회 다닌다는 말로 거절했던 일이 있었다. 이제 생각하면 그렇게 하늘 보고 복을 비는 것이 우리 민족의 오래된 전통이었는데 교회에서 타종교 배척에 젖어있던 나는 그렇게 동네사람들을 끊어버린 셈이다. 컵에다 쌀을 채우라더니 그 가운데로 초를 꾹 눌러 넣었는데 아주 안전한 촛대가 되었다. 또다른 민초들의 지혜를 발견하는 순간이었다.

다들 돌아가고 나니 새벽 2시가 넘었다. 한 세 시간 동안의 일인데 온 세상이 뒤집히는 경험을 한 것 같다. 우선 부엌 옆방 나의 서재에 잠자리를 폈다. 부엌에 있는 화초 잎들이 축 늘어져있다. 올 겨울에 제일 추운 밤이었다는데 몇 시간을 문을 열어 두었으니 방인들 따뜻할 리가 없다 전기가 없으니 전기보일러도 가동을 못하고 꼼짝없이 추운 대로 지낼 수밖에 없다. 그래도 아직 방바닥은 미지근하다. 그 열이라도 보존하려면 빨리 자리를 깔아야 한다. 이불 위에 오리털 이불을 더 덮었다. 그래도 다 식어버린 이부자리를 덥히려면 사람의 온기 밖에는 없다. 아까 받아 넣어 둔 커피 깡통이 아직도 따끈하다. 그것들을 스웨터에다 싸서 이불 속 발치에 넣었다. 어릴 때 일제 말기에 밤이면 어머니가 유담쁘에 뜨거운 물을 넣어주던 생각이 나서였다.

한 시간쯤 지나서 한 바퀴 둘러보니 불은 완전히 꺼졌다. 이제 환갑을 며칠 앞두고 무엇을 못해서 불이 나는 경험을 다 하게 되었나? 하나님 아직도 제가 철이 덜 들었나 보죠? 둘이서 손을 잡고 언 몸을 녹이면서 잠이 드는 듯 마는 듯 했나 싶은데 먼동이 터온다. 이제 해가 나면 좀 따뜻해지겠지. 우리가 9년 전에 이집으로 이사 오던 날도 그날까지 끝마치기로 했던 보일러 공사를 못해서 우리 세 식구는 꽁꽁 얼었었다. (그 때는 딸이 학생이라서 우리와 함께 있었다.) 그 날 아침 햇볕이 그리도 따뜻하다는 것을 처음 알았던 듯했다. 그래서 오늘도 해가 날 때까지만 견디면 된다는 것을 알게 되었다. 안방 문을 열어놓으니 그 출렁이던 물이 다 없어졌다. 저 물을 어떻게 퍼내야 하나 걱정했었는데. 문갑 밑은 방을 늘려낸 곳이라서 나무마루로 틈새가 나 있었다. 언제고 거기를 고쳐야겠다고 했었는데 바로 그리로 물이 스며들어간 모양이다. 방바닥은 마치 진흙을 개어서 한 겹 발라 놓은 듯하다. 내가 그렇게도 좋아하면서 호도와 잣으로 닦아놓은 먹감나무장은 온통 흙더미를 뒤집어썼다. 문갑이며 화장대 다리는 다 흙탕물에 잠겼던 표시들을 하고 있었다. 저 장이 마르면 나무가 다 뒤틀리면 어떻게 하지? 천정에서 떨어진 스트로폼, 보드, 벽지 나부랑이, 나무떼기, 지푸라기, 늘어진 전기 줄 등 홍수가 지나간 데가 이렇겠구나 싶었다. 옷장 위에 나란히 얹혀 있었던 토기 다섯 개가 그 홍수를 피할 수 있었던 것은 얼마나 다행인가! 천년이 넘게 간직되어온 우리 선조들의 손길이 서려있는 것인데! 우선 물을 퍼내지 않아도 되는 것만 해도 큰 일을 덜은 셈이다. 전기가 끊겨서 커피 한 잔도 끓일 수 없으니 어제 그 깡통 커피를 자리 속에서 꺼내다 미지근한 채 마셨다. 이것이 회갑 전의 마지막 경험이겠지.

마침 겨울방학 특강이 시작되는 날이었다. 남편은 그래도 아직 더운 물이 남아있다면서 세수를 하고는 "그래도 강의는 하러 가야지?" 한다. "그럼! 그래야 나도 당신이 벌어온 것으로 먹고 살지 않아?" 그가 대문 밖으로 나가는 것을 물끄러미 바라보다가 눈이 안방 문에 멎어버렸다. 아! 저것들을 어떻게 치우지? 우선 지붕을 덮어야 되지 않아? 5

년 전에 이집 벽이랑 천정에 방한용 보드랑 스트로폼을 넣는 공사를 했던 목수가 생각났다. 그에게 전화를 해서, "김정숙 대목이시죠?" 하니까, "누구신데요?" 사뭇 놀라는 음성이다. 사정을 듣더니 오늘은 마침 쉬는 날이라며 곧바로 왔다. 기와가 얼어서 지금은 손 댈 수 없으니 천막이라도 사다가 덮어야겠다며 바로 시장으로 갔다. 복덕방 아저씨가 이게 웬 일이냐며 허겁지겁 뛰어든다. 우리 집에서 좀 떨어진 그 집에서는 아무 소리도 들리지 않았다고 미안해한다. 안방으로 들어서더니 양자배기에 들어있는 물을 퍼낸다. 이발소 아저씨도 또 와서 안방을 치우기 시작했다. 낯모르는 아저씨도 거들었다. 어떻게 잠이나 잤느냐며 들여다 보러들 온다. 동장이 와서 도울 일을 있느냐고 묻는다. 어제 커피 깡통을 가져온 여인이 또 왔다. "어제 그 커피를 아침에 마셨어요. 참 고마워요. 그런데 어디 사세요?" "요 옆이에요." "어머, 그럼 비디오 집이에요?" "네." 우리 집에 비디오가 없으니 그 가게에는 들어가 본 일이 없는데 젊은 사람이 그렇게 마음 쓰는 게 여간 고맙지 않다. 안방에서는 세 남자분이 손이 맞아서 농지거리까지 해가며 문갑이며 반닫이 등을 다 들어 내놓고 몇 시간 만에 그 험악하던 방을 말끔히 치워놨다. 그야말로 엎드려 절이라도 하고 싶게 고마웠다. 내 남편이 집안일이라면 손가락 하나 까딱도 못하는 것을 보다가 남자들이 빗자루와 쓰레받기를 들고 방을 쓸고 걸레로 닦아내고 물을 뿌려가며 진흙더미를 씻어내는데 너무도 고마웠다. 물론 나도 찬물에 걸레 빨아대고 물 나르며 같이 했지만 나 혼자 하려면 며칠을 끙끙거렸을 일을 다 해냈으니 내가 감격할 수밖에. 그분들과 함께 저 아래 음식점에 가서 점심을 먹는데 세탁소 아저씨가 나를 부르러 왔다. 한전에서 사람이 나왔다는 것이다. 한전에서 와보기 전에는 전기공사를 할 수 없다고 해서 기다리는 중이었다. 한전 사람이 들어와 보더니 왜 공사도 안 해놓고 빨리 안 나온다고 전화만 해대느냐고 화를 낸다. 아침부터 육 선생(마을 노인회 회장)이 어지간히 전화로 호통을 친 모양인데 무엇인가 의사소통이 잘 못된 모양이다. 우선 전기상에 데려다 주고 상의해서 빨리 전기가 들어오게 해달라고 부탁하고 다시 점심을 먹으러 갔다.

세탁소 아저씨는 얼마 되지도 않는 거리인데도 아까 차를 갖다 대며 빨리 오자고 하더니 지금도 또 타래서 덕분에 차타고 오가며 호강을 한 셈이다.

남편이 전화를 했다. 아침에 나가면 저녁에나 얼굴 보는 것이 보통인데 집이 걱정인 모양이다. 자기는 가슴이 두근거려서 죽겠는데 나는 어떠냐는 것이다. 우선은 괜찮다고 안심을 시켰다. 그 동안에 전기상에서는 일을 시작했고 아까 왔던 한전 직원이 전기 점검료를 내란다. 한전에서 점검은 당연히 해야 하는 것 아니냐고 했더니 이번에는 우리가 필요해서 요청한 것이라서 점검료를 내야 한단다. 그 점검을 했다는 증서가 있어야 전기를 다시 연결한다는데 당장 추워죽겠으니 한전이 잘못이라고 싸우고만 있을 수는 없는 일이었다. 억울하기는 하지만 51,500원을 지불하고 점검증을 받았다. 우리 동네에 한전 직원이 한 분 사는데 전에도 심야전기 때문에 그 분이 몇 번이나 우리 집에 왔었다. 그 때마다 육 선생 성화에 꽤 혼이 났는데 그 사람이 전기 넣는 사람까지 대동하고 와서는 우리집은 심야전기와는 연때가 안 맞나보다고 하면서 육 선생과 함께 이번에 심야전기를 아예 끊어버리란다. 우선 일반 전기만 연결하고 심야전기는 내버려두었다. 전기공사를 하면서

또 여기저기 천정을 뚫어야 올라가서 작업을 할 수 있다기에 필요한
대로 뜯어내라고 했다. 어차피 고쳐야 할 집이고 아무래도 전기공사는
급한 대로 먼저 해야 하니까. 다 끝났다는데 80,000원이란다. 사실은
그 사람이 지난 번 심야전기 스위치를 바꿔달아 주었으니 화제 책임을
물으려면 그 사람이 심문 대상일텐데 불이 났다는 소식을 들었을 텐
데도 아침에 내가 그 가게에 가기까지 나타나지도 않았다. 그리고 심야
전기는 건드릴 수도 없었다는 말을 몇 번이나 했다. 그런데 80,000원
이나 다 받다니 이럴 수가 있나 싶었지만 나는 그런 것 모르는 척하고
아무 말 없이 그 돈을 다 주고 말았다. 천막 사다 쳐준 것도 50,000원.
불이 나니 당장 필요한 것이 돈이다. 우선 급하니까 은행에서 마이너스
로 꺼내다가 쓰는 거다. 우선 바람 막고 전기 들어오니 살 것 같다. 전
기 불을 다 켜보고 전기 기구를 다 켰다. 가스보일러가 돌아가니 이제
살았다 싶다. 나머지는 두고두고 하자. 내가 시집살이하는 것도 아니
고 우리 두 식구 살기를 뭐 그리 걱정할 것이 있나? 되는 대로 살지 뭐.
다음 날에야 미국에 있는 아이들에게 알렸다. 아들이 하는 말 "엄마,
그런데 왜 인제서 알려 줘?" "너희 알아야 걱정만 하지 뭐 하니? 지금도
알려줄까 말까 하다 알려주는 건데." "그럼, 나도 이담에 사고치고 엄마
한테 안 알려준다." "아냐, 엄마한테는 알려 줘야지." 딸은 "엄마, 어떻
게 해?"를 연발한다. 이제는 다 끝났고 조그만 방에서 잘 지내니까 걱
정 말라고 달랬다.

주일이 되었다. 아! 교회를 가야 하는구나! 천막으로 지붕을 덮었는
데도 그 천막이 투명한 비닐 같아서 석가래 사이로 하늘이 보이니 더
을씨년스럽다. 심야전기 쪽 난방이 끊어지니 안방, 마루, 건넌방은 너

무나 추워서 가까이 가기도 싫다. 마루의 화초들은 죽은 것도 있지만 대부분은 아직 살아있다. 나도 겨우 운신할 공간만 있으니 그것들을 건사할 공간은 없기에 너희들이 알아서 살아라. 죽어도 어쩔 수 없다고 선언해 놨다. 그래도 안방 장에 가서 옷을 꺼내다 입고 교회를 갔다. 아 교회에다 알렸어야 했나? 주일 점심은 얼마 전에 언니네와 환갑으로 먹자고 약속이 되어 있었다. 언니가 놀랠까 봐 미리 불이 났다는 말을 해두었었다. "불이 났는데 무슨 점심이니? 그만 두자." "아무래도 먹을 점심인데 그냥 먹지 뭐." 한일관에서 점심을 먹고 모두들 집으로 와 화재 현장을 보고 놀라워했다. "이만하기를 천만 다행이지. 역시 목사님 댁이라 하나님이 도우신 거야." 하면서 위로해 주었다.

　그런데 왜 이렇게 가슴이 뛰지? 며칠이 지난 다음부터 자꾸 가슴이 두근거린다. 누군가가 우황청심환을 먹었느냐고 했다. 전에도 아주 기운이 없고 쓰러질 것 같을 때 먹어본 적이 있어서 그 약의 효험을 알고 있는 터였다. 정말 우황청심환을 몇 개 먹고 나서야 진정이 되었다. 나도 별 수 없는 얼간이구나. 하기야 평생에 처음 당한 일인데 어찌 탈이 나지 않으랴.

1996-02-09

보노보 혁명을 수행하는 여인

독서반에서 『보노보 혁명』이라는 책을 읽었다. 가부장적 위계질서로 구성된 침판지와는 달리 보노보라는 원숭이는 횡적인 사회구조를 형성하고 공동체 안에서 뒤떨어지는 보노보를 끌어안고 함께 살아간다고 한다. 그래서 우리 사회가 보노보 혁명이 필요하다는 시각이다.

이 책은 세계적으로 이루어지고 있는 사회적 기업들을 이야기한다. 여기 나온 사례들, 사회적 기업은 너무 큰 기구들이라서 또 대대적인 성공 사례들이라서 어머어마한 생각이 들어서 우리네는 감히 엄두도 못 낼 것 같아 좀 주춤하게 만든다. 성경에서 말하는 희년의 신학이 바로 보노보의 삶이라 보이는데. 바로 하나님의 나라의 모습인데 우리 보통 사람들은 어떻게 실현할 수 있을까?

10월 12일에 아현감리교회에서 모인 생명밥상 지도자 세미나에서 한 발제자의 이야기가 내 마음을 휘어잡았다. 바로 보노보의 삶을 실현하고 있는 한 여성의 이야기이다.

그는 감리교신학대학을 졸업하고 동문인 남편 목사와 함께 강화도 교동으로 목회하러 떠났다. 교동은 강화에서 배타고 10분쯤 가는 섬인데 배를 함께 탄 친정어머니는 대학 나온 딸이 섬으로 유배 가는 것 같아서 계속 울고 있었다. 교회는 그 섬에서도 제일 끄트머리에 위치해 있다. 50평 쯤 되는 마당에 이사 짐을 하나 가득 풀어놓고 보니 멀리 수평선이 보이고 아득한 어린 시절로 되돌아 간 듯 고향에 온 기분이었다. 여주 정미소집 셋째 딸로 산과 들로 강으로 돌아다니며 고등학교 때까지 그곳에서 자라면서 어머니의 살림살이를 익히 보아왔다.

처음 만난 여인은 등 굽은 할머니로 등에다 얹어서 가져온 시금치 한 다발, 먹어보겠느냐는 강화 사투리로 내밀었다. 제일 처음 한 것이 한글교실이었다. 그 동네는 민통선 안이라서 매번 오갈 때 통과하기 위해 글씨를 써야 하는데 한글을 몰라서 불편한 것을 알게 되었다. 주로 60세 이상의 주민들 중에 30여 명이 한글 교실에 모였다. 한 여름 내내 3개월을 한글 공부를 하면서 노래도 하고 보건소에서도 오고해서 즐거운 과정을 마쳤다. 글을 쓸 줄 알게 된 할머니들은 새 세상이 되었다. 가을걷이를 하고 나니 할 일들이 없었다. 마침 서울 성지교회에 있는 고모가 콩을 주문하면서 메주를 납품하기로 했다. 여선교회 할머니들과 메주를 쑤는데 할 일 없던 할아버지들이 새끼를 꼬며 볏짚을 엮으며 거들었다. 청년들은 방앗간에 가서 메주를 빻아오고. 안방에다 쌓아놓고 2주 동안 띄우는데 아이들이 냄새가 지겹다고 야단이었다.

메주 납품하고 남은 부스러기들을 모아서 어머니에게서 장 담그는 법을 배워서 장을 담가봤다. 장을 뜨고 나니 장맛이 좋았다. 너무나 맛있는 장이 나온 것이다. 교인들이 교회 식사 때 먹어보고 된장 좀 달라고 야단이어서 마구 퍼주었다. 그 다음에는 고추장을 담갔다. 명절 때 두부를 만들면 함께 하면서 두부 만들기를 배우고, 또 두부 맛있다고 소문이 났다. 내가 손맛이 있는 건가? 전해오는 말로 "집안에 환자가 있으면 음식 맛이 없다."고 했는데("장맛이 좋으면 집안이 흥한다"는 말도 있다.) 우리 손에 2억이 넘는 미생물이 있다는데 건강한 사람이 만들어야 좋은 음식이 된다.

다음에는 깻잎을 된장에 박아 상품을 만들었다. 야생초 김치는『야생초 편지』라는 책을 읽고 씀바귀 김치를 담그게 되었고, 생협에 출품하게 되었다. 교동에는 야생고들빼기가 많은데 멀어서 아무도 따러 오지 않는다. 민들레가 봄가을로 계속해서 나온다. 지난해에 700만원 수매했는데 교동 교인들이 신이 나서 뜯어다가 밤에 다듬고 모여서 일하면서 스트레스가 다 풀린다. 닭갈비집을 하는 언니를 졸라서 고추장 양념 레시피를 얻어서 자꾸만 검토하면서 생선조림, 갈치조림, 비빔국수 등에도 넣어보면서 내 고유의 고추장 양념을 개발해 상표를 달았다. 물론 이 일을 하려면 힘이 든다. 그래도 내가 좋아서 하고 우리 전통 발효식품에 관심이 있어서이다. 나름대로 이 일을 하면서 다져진 가공 철학이 있다.

내가 제일 즐길 수 있는 일.
농사지은 것을 이용해서 가공하는 일.
전통 방식을 고집하고 이어가는 일.
지역 농산물, 특산품을 가공하는 일.
여성들과 함께 하는 일, 특히 노인여성들과 함께 하는 일.

주변의 노인들과 어울려 일하면서 수입을 올리게 되고 가공품을 개발해 가면서 함께 살아가는 공동체를 이루어가는 모습에서 희년신학을 실천하는 한 형태를 본다. 보노보의 혁명과도 통하지 않을까? 하나님이 이루시려는, 함께 살아나는 공동체, 더불어 사는 공동체의 모습을 본다. 자기만 잘 살기 위해 사는 사람들은 죽이는 공동체를 만들고 있다. 자기가 하고 싶은 일 하면서 돈을 버는데 이웃과 함께 하는 이 여인은 "하늘나라가 그 안에, 그의 가까이 있다."고 할 수 있지 않을까?

2009-01-12

매발톱

경운회 게시판에서 어느 후배의 루마니아 기행을 보다가 매발톱에 걸렸다. 그 밑에 꼬리를 달았다. 그런데 "같은 내용은 실을 수 없다."는 메시지가 나오고 글이 올라가지를 않는다. 또 안 올라가? 할 수 없이 다 따다가 여기에 옮겼다.

아, 매발톱이다.
언제 보아도 반가운 꽃.

73년에 미국에서 귀국할 때 큰 딸아이가 매발톱 씨를 가져가자고 했다. 우리가 좋아하던 꽃인데 한국에서 못 보던 꽃이었다. 한국에 와서 신학교 구내에 있던 우리 사택 앞에 뿌려놓았더니 온통 매발톱 꽃이 사방에 피었다. 큰 딸은 아파서 사경을 헤매는데. 그 애가 떠난 후에도 매발톱은 해마다 잘도 피었다, 내 가슴을 후비면서. 안국동에 있는 공덕귀 선생님 댁에서 매발톱을 보았다. 어? 한국에도 있네. 그 후에 한국 야생화 전시회에서 재래종이라는 것을 알았다. 82년에 사택을 떠나면서 매발톱은 자주 못 보았는데 아픈 가슴도 흐려졌는지 언제부터인가 매발톱을 보면 반가워하고 있다. 큰 딸 애의 얼굴도 함께 떠오르며.

이 집으로 이사 온 뒤에 몇 번이나 매발톱을 사다 심었는데 다음
해에 겨우 나왔다가는 그냥 스러지고 말았다. 왜 이 집에서는 안 될까?
일산 꽃 박람회에서 매발톱 모종을 사다가 마당에 심었다. 그래도 다음
해에 다시 나오지 않는다. 아마 유전자 변형을 한 것이 아닐까 싶다.
자연으로 놔두면 흐드러지게 피어날 꽃을 씨가 번지지 못하게 해놨나
보다.

2008-06-06

오죽

오늘은 마당에 높이 올라간 오죽을 잘라야겠다. 금년에 새로 올라온 죽순이 하늘 높이 솟아 있어서 작년에 나온 것은 잘라내야 하는데 하루 이틀 미루고 있다. 언제이었던가 강릉에서 오죽헌에 갔던 게. 그 뒤로는 오죽을 길러보고 싶었는데 서울에서는 추워서 안 된다기에 포기하고 있었다. 내 회갑 때 나를 축하해서 오죽 화분을 하나 샀다. 내 새끼손가락만도 못한 대가 다섯 나무 심어 있는데 그런 종류인줄 알았다. 어디선가 오죽이 밖에서 사는 것을 보았다.

밖에다 심으려고 화분에서 꺼내 보니 스트로폼 조각들이 잔뜩 들어 있다. 어쩐지 화분이 가볍더라니. 뿌리가 스트로폼 사이를 헤집고 들어박혀 있다. 아이고 얼마나 답답하니? 스트로폼을 다 뜯어내고 땅에다 심었다. 해를 거듭할수록 점점 굵은 것이 나오더니 키도 커지면서 우리 집 지붕을 훌쩍 넘어 올라갔다. 바람 부는 날 그 큰 대가 휘어지더니 부러져버렸다. 마당 가득이 뻗어나는 모양인지 봄이면 여기저기서 솟아난다. 금년에도 20개는 더 나왔다. 위치가 알맞은 것만 살려 두었는데 바로 대청 앞에 큰 놈이 두 개 우뚝 서있어서 작년에 나온 것을 잘라내야 하는 것이다. 톱을 들고 나가서 밑동에 대고 톱질을 하는데 만만치 않다. 이런 건 남편이 하겠다고 나서면 얼마나 기특할까? 도대체 우리집에서는 내 손이 안가면 움직이는 것이 없다니까. 투덜대 봐야 나만 웃기는 사람 되지. 여태 그렇게 살아왔으면서 뭘 새삼스러이 바라누? 가지를 다 쳐서 들고 옥상 밭으로 올라간다. 잎을 잘게 잘라서 밭의 흙을 덮어준다. 밭에 흙이 얕아서 가뭄을 타는 게 안 돼 보여서 새로 모종 낸 상추와 아욱 사이사이를 헤치며 얌전히 흙 위에 덮어주려니 여간 시간이 가는 게 아니다. 그래 수를 놓는다고 생각하자. 나야 십자수 밖에는 별로 수를 놓아본 일이 없지만 나도 흙장난을 하면서 댓잎으로 밭에다 수를 놓자. 상추라는 작은 생명을 심어놓고 그게 더울까봐, 목마를까봐 댓잎을 갈아주면서 그 생명의 흐뭇해하는 모습을 바라보자. 넓은 밭을 가꾸는 사람들이야 밭에다 습포를 깔아 잡초를 막겠지만 나야 손바닥만 한 밭이니 댓잎을 깔아 흙을 덮고 습기를 보존하면 되겠지.

　대나무 하나의 생명이 끝나고 작은 잎들이 땅으로, 자연으로 돌아가겠구나.

2008-06-04

일본 생태기행 보고서

2007년 6월 11일 8시에 인천 공항 C 카운터 앞에서 참가자들 13명이 모였다. 일본 고베, 오사카, 교토의 생태마을과 직거래 활동을 보러가는 생태기행이 시작되었다. 오사카 간사이공항은 바다에 인공 섬을 만들어 건설하였다니 영종도에 건설한 인천공항보다 얼마나 더 많은 돈과 사람들의 노력이 들어갔을까?

히다 선생이 소장으로 있는 고베학생청년센터에 짐을 풀었다. 히다 선생은 지난 2월에 고베에서 '한·재일·일 여성신학포럼'에서 강의를 들은 일이 있어서 구면인 셈이다. 한 방에 10명이 들어간다니까 어떻게 그럴 수 있느냐는 사람이 있어서 걱정을 했는데, 독방을 쓰게 되었던 박 목사님의 양보로 두 사람은 그 방을 쓰게 되고 우리는 8명이 한 방을 쓰게 되었다.

히다 선생의 센터 소개를 들으면서 일본도 우리나라처럼 선교사들의 재산이 일본으로 넘어가는 과정을 겪은 것을 볼 수 있었다. 선교 부지였던 것이 일반 사단법인이 돼버린 것이 좀 아쉬운 생각이 들었다. 사회선교의 일환이라고는 할 수 있겠지만 일본 사회의 기독교선교가 어려운 일면이 보였다.

'당신의 식탁은 괜찮아요?'라는 제목으로 노부나가(信長) 다가고

선생의 강의를 시작했는데 한글로 강의안을 만들어 배부했다. 1962년
부터 이 센터에서 한글 공부를 시작하여 지금까지 계속한다는 말에 놀
랐다. 그 꾸준함과 열의에 머리를 숙이게 되었다. '안전한 먹을거리를
구하는 모임'을 만든 이야기를 들으면서 1983년에 한국교회여성연합
회에서 직거래운동을 처음 시작했을 때를 생각하였다. 생전 처음 듣는
도시 농촌 직거래 운동이라는 프로젝트를 하겠다는 엄영애의 건의를
받아들여서 본회 사업으로 채택하게 되었었다. 거기 기획위원장이었
던 나는 그 프로젝트에 참여하여 풀무원(그 때는 아직 풀무원이 아니었
다)에 가서 직거래 교육을 받고, 별로 호응도 하지 않는 압구정동 현대
아파트에서 직거래를 하느라고 우리집에 실어다 놓은 채소와 계란 등
을 집집마다 나르던 일들이 새삼스럽다. 이 모임은 1974년에 시작했
는데 소비자가 좋은 먹을거리를 찾아서 생산자를 설득하여 유기농생
산을 하게하고 그 생산품을 책임지고 소비한다는 것이 참으로 마음에
와 닿았다. 우리는 농약을 쓰지 않고 땅을 살리려는 농민이, 또는 정농
회가 크리스천의 신앙고백으로 유기농 농사를 지어놔도 소비가 되지
않아 생산자가 도시의 소비자들에게 유기농 생산품을 먹으라고 설득
하러 다니는 실태이니 참으로 한심하다.

　　이 모임에 가입하려면 가입비 1,500엔을 내고 탈퇴 시에는 반환하
지 않는다. 회비는 월 7,200엔이다. 이 도시의 북쪽으로 한 시간 거리
에 있는 이찌지마죠라는 곳에서 6농가가 생산하는 야채를 소비자 600
명, 60개 그룹에 배송한다. 큰 컨테이너는 16-18개 품목으로 3,500
엔, 작은 컨테이너는 8품목으로 1,800엔으로 1주일에 1회 받는다. 농
민은 매주 트럭으로 농산물을 가져오고, 도시인은 일 년에 2, 3회 농촌

으로 김매러 간다. 야채에 생산자 이름을 표시하고 소비자가 생산품을 평가한다. 생산자가 가격을 결정하고 1년에 2회 평가회를 모이는데 30년간 가격이 별 변동 없이 계속 중이다. 생산자가 없으면 야채는 없다. 그러므로 생산자는 귀중하다. 동료를 귀중하게 여기고 좋은 먹을거리를 찾아서 동지가 된 사람들이 함께 다른 시민운동에도 참가한다. 30년 전에는 없었던 심각한 문제—유전자 조작, 광우병, 아토피, 어린이 당뇨, 환경홀몬 등—에 대처하려면 제철 야채를 먹고, 가공식품을 먹지 말아야한다. 어린이에게 먹는 것을 교육해야 한다. 생산자와 소비자가 직접 손을 잡아야 한다. 요즈음은 유기농업 모르는 사람이 없다. 국가에서는 유기농업추진법도 제정하였다. 일본과 한국은 가까우니 손잡고 싶다.

일본의 식량 생산 자급율은 40%이다. 농민의 평균 연령은 60-65세.

효고현 유기농 연합

회원 1,300,000명 - 인구수의 80%
년 2,000명 증가
년 1,000명 감소
3인 이상이 한 단위 그룹으로 새로운 회원 모집, 회원 확장이 임무
종사자는 월 250,000원 정도의 교통비로 자원봉사 수준
유기농 600종 - 총매출액의 88%
매주 상품 안내서 발송
시가현 다카시마시 하리 잉어 마을

주민 750여명의 이 마을은 집집마다 25m 지하에 꽂아 놓은 파이프에서 생수가 흐른다. 그 생수가 흐르는 데는 냉장고처럼 음식을 시원하게 보관한다.

음식물 찌꺼기나 남은 음식은 잉어가 먹고 맑은 물이 흐르게 한다. 그 잉어는 수명이 30년이라는데 20년 이상 살았다고 한다. 그 잉어는 가족으로 여기고 잡아먹지 않는다. 죽으면 땅에 묻어준다. 각 집에서 나오는 물을 다 연결했는데 물들이 모여서 작은 시내를 이룬다. 거기는 커다란 잉어와 손가락 같은 빙어가 살고 있는데 물고기들이 알을 낳으러 비파호수에서 올라온단다.

알을 낳게 하기 위해 냇물 한 쪽에 붕어 집처럼 만들어 놓았다. 이 마을 사람들은 지난 300여년을 그렇게 살고 있는데 마을 밑으로 3개의 수맥이 흐르는 자연 조건이 이 마을을 만들었다. 다른 곳에서는 이런 것을 할 수 없다. 물이 올라오는 곳은 물의 신이 거하는 거룩한 곳으로 여긴다. 절대로 물을 더럽히면 안 된다. 여기 주민들은 대대로 여기서 살고 혹시 다른 곳에 나가서 살다가도 장자는 이 집을 지켜야 하기 때문에 돌아온다. 다른 사람이 이사를 오지도 못 한다. 자리가 없어서 받아들일 수 없다. 그 마을에서 제일 어른이라는 사람의 부인이 집 옆의 작은 도랑에서 손을 씻고 낫을 갈고 있었다. 숫돌을 들고 낫의 날을 세우고 있었다. 낫을 씻어서 그 옆의 작은 풀을 벤다. 그 남편이 돌아와서 작은 주머니에서 무엇인가 도랑에 집어넣는다. 다슬기라는 것이다. 반딧불이의 먹이가 된단다. 아마 그 근처로 반딧불이들이 모이기를 바라나 보다.

이 마을은 방송에 보도되어 유명하고 이 마을이 계속 보존하기 위해 특별 지역으로 지정이 되었다고 한다. 잉어로 물을 맑게 하고 온 마을이 한 마음으로 물을 귀하게 여기고 깨끗하게 하는 일은 참으로 귀하고 놀라운 일이다. 그러나 생태마을을 가보고 싶었던 나의 기대와는 다르다. 생태적인 관심을 가지고 마을의 폐수를 모아 정화하고 재활용하고, 유기농 농사를 짓고 친환경적인 주택을 짓고 자연을 살리는 공동체를 이루는 마을을 가보고 싶었다. 한국에서도 생태 마을이 많이 생기기를 바라고 그런 운동에 동참하고 싶은 마음에서 생태마을 현장학습을 하고 싶었던 것이다. 이 마을은 자기들끼리만 사는 거지 다른 데로 생태적인 관심을 펼쳐나가려는 것이 아니라서 좀 유감스러웠다.

2007-06-11

시멘트를 뚫고 나온 풀잎

나는 지난 2일 선거 막바지에 부산 사하 지역을 방문했다. 부산 시의원으로 출마한 여성 후보를 지원하러 간 길이다. 그 후보는 지금 제일 어려운 지역을 가가호호 방문 중이란다. 이제는 연설도 소용없고 그저 집집마다 들러서 악수를 하는 것이 제일 효과적이라는 선거 전문가들의 제안을 따른 것이다.

부산 지역에서 호남향우회라 하면 바로 고난과 동일시되는 어휘가 될 정도로 어려운 세월을 살아온 사람들인데 그래도 선거 때만 되면 그 분들이 극성스럽게 밑바닥을 훑어야 얼마라도 표를 건진다는 것이다. 포항을 거쳐 울산에서 하루 밤을 자고 대구를 거쳐 마지막으로 부산에 다다랐다. 기차에서 바로 연결되는 지하철을 타고 오후 5시가 넘었는데 마중 나온 사람을 기다리고 전화 걸고 하면서 후보가 돌고 있는 동네까지 가느라니 6시가 넘었다. 그래도 어두워지기까지 부지런히 다니기로 하고 우리는 일행을 따라 나섰다. 부산에서는 제일 후진 동네인데 인구가 밀집되어 있어서 발로 뛰는 만큼 표를 거둔다는 설명을 거듭 들으면서 우리는 가파른 시멘트 길을 올라갔다. 폭이 20cm도 안되는 길도 있고 발을 떼어 놓기도 어려운 길인데 용케도 비집고들 다닌다. 5평도 못 되어 보이는 집도 있는데 문을 열면 바로 거실이자 부엌과 방이다. 여기가 그 유명한 피난민들의 언덕이었다니 그 때 쪽방집들에 비하면 훨씬 나아진 모습이겠지만 한번 들어가면 도저히 길을 찾아 나올 수 없을 정도로 길은 아무렇게나 이리저리 뻗어있다. 제법 크게 3층으로 올린 집도 있는데 모두 무허가 주택이어서 선거 때마다 후보들이 양성화를 공약해 왔다고 한다. 가파른 언덕을 완전히 시멘트로 더덕더덕 붙여서 고정시켜 논 동네이다.

집집마다 들여다보면서 한 표를 부탁하고 다니는데 그 좁은 길 틈 사이로 화분들이 놓여있고 상추가 제법 소담스레 자란 데도 있다. 정말 발 디딜 틈도 없어 보이는데 화분들을 빼곡히 늘어놓은 데도 시멘트 사이로 풀들이 자라고 있다. 대추나무 하나가 그늘을 드리우고 있는데 그 밑에 상이라도 갖다 놓으면 멀리 바다를 바라보며 시원한 저녁상이 되겠다. 그 밑으로 내려다보니 아주 낭떠러지 같은데 역시 시멘트를 부어놓은 것 같다. 어느 집 앞에는 아주 커다란 선인장 화분이 놓여있는데 한 아름이나 되는 품이 십년은 훨씬 넘어보였다. 저 주인은 얼마나 오래 동안 또 얼마나 소중히 저 선인장을 길러왔을까? 거기 시멘트만 보이는 동네에서 저렇게 채소나 화초를 가꾸는 마음은 얼마나 땅을 그리워할까? 또 시멘트 틈 사이로 조그만 구멍이라도 비집고 들어가 싹을 틔우고 시멘트 사이에서 자라나는 그 생명의 힘을 뉘라서 막으랴?

그 새 일곱 시가 넘어 마지막 비행기를 놓칠세라 부랴부랴 공항으로 떠난다. 이 선거운동 판에서 나는 얼토당토않게 풀들의 생명력에 감탄하고 있다니? 아마 다른 사람에게는 그 풀들이 하나도 눈에 띠지 않았으리라. 비행기 안에서 신문에 눈을 두고도 그 앞에 풀들의 모습이

삼삼히 떠오른다. 참으로 나는 구제불능인가 보다. 이러니 선거에만 온 몸과 마음을 바쳐야 하는 후보의 길은 꿈도 꾸지 못하나보다.

며칠 전에 샌프란시스코신학교에서 일이 생각난다. 그 때 목회학박사 과정을 공부하느라 6주간을 그 학교에 가 있었는데 공부하다 싫증이 나면 동네를 한 바퀴 돌곤 했었다. 길이 아스팔트였는데 이상하게 불쑥 나온 데가 있었다. 누가 넘어지기라도 하면 어쩌나 싶어서 발로 꼭꼭 누르는데 아스팔트가 쪼개지면서 새파란 이파리가 삐져나왔다. 아니 이게 웬 일이야? 네가 이 두꺼운 아스팔트를 뚫고 나왔단 말이야? 그 옆으로 큰 나무 등걸이 있었다. 거기서 뻗어 나오는 새순이었나 보다. 나는 그 옆의 아스팔트를 들어냈다. 그 곳에 빼곡히 쌓여있던 순들이 기다렸다는 듯이 얼굴을 내밀었다. 아! 생명의 강인함이여! 그 어린 순이 밀고 나온 힘이 너무나 신기하고 신이 났다. 그래 너희들 그 속에서 얼마나 힘들었니? 사람들이 너희가 자랄 자리도 남겨놓지 않고 길을 만든다고 마구 아스팔트를 부어놓았구나! 마치 그들에게 사죄라도 하는 심정으로 한참이나 아스팔트를 뜯어냈다. 그들의 영토를 늘려주는 일이라도 해야 할 것 같아서. 마침 거기는 주차장의 끄트머리라서 도로 훼손죄에는 해당되지 않을 것이었다.

나는 종로 뒷골목을 걸으면서도 길가에 가지런히 놓여있는 화분들을 보면 공연히 기분이 좋다. 저 화분을 가꾸는 사람들은 확실히 나처럼 꽃을 좋아하나 보다 하고 동지의식을 느끼는 모양이다. 또 축대 틈사이에 달려있는 씀바귀나 작은 풀들이 내 마음을 기쁘게 한다. 너도 이 세상에 할 일이 있어서 그렇게 사느라고 애쓰는구나. 너도 산소를 만들어서 이 탁한 공기를 정화하고 있구나. 씨를 만들어 새들의 먹이도

되게 할 텐데 사람들이 아무 생각 없이 밟고 지나가겠지? 그래도 죽지
말고 잘 살아라. 너는 충분히 살아낼 수 있을 거야. 네가 죽어서 썩으면
또 다른 풀을 위한 거름도 될 테지. 나도 죽으면 흙으로 돌아가는 건
너와 마찬가지야. 하나님은 우리 모두 서로 도우며 살아가도록 창조
하셨대. 너는 식물이고 나는 동물이니까 움직일 수 있는 우리가 너희를
잘 건사해 주어야 하는 건데. 혼자서 이런 이야기를 노닥이다 보면 우
주 속의 티끌 같은 자신을 보며 새삼스러이 감사의 마음에 젖어든다.

1998-06-13

생명의 밥과 성만찬
(여성교회 설교)

오늘은 제가 여성교회에서 처음으로 성만찬을 집례하는 날입니다. 그래서 성만찬의 유래와 역사와 의미를 살펴보면서 성만찬 공동체인 우리 교회에게 주시는 말씀을 듣고자 합니다.

성만찬의 유래

초대교회는 예배에서 설교만이 아니라 성만찬이 함께 베풀어져서 모일 때마다 함께 빵을 떼는 성만찬 공동체였습니다. 당시 유대인을 지배하던 로마는 황제를 신으로 숭배하도록 강요하였고 기독교는 이를 거부함으로써 박해를 받았습니다. 사람을 먹는 종교라는 모함과 오해를 받으면서도 성만찬을 계속하였습니다. 성만찬은 마지막 유월절 식사에서 시작되었습니다.

유월절은 하나님께서 이스라엘 백성과 함께하심과 애굽의 종살이에서 구원해 주심을 감사하고 기뻐하는 축제요 잔치입니다. 그리스도는 마지막 유월절 식사에서 제자들에게 떡을 떼어 주고 잔을 나누어 주시면서 자신을 기억하고 만나도록 명령하신 것입니다.

교회의 역사를 보면 전통적으로 예배에서 하나님 말씀은 세 번 선 포되는데,

말씀 자체로서의 성서봉독
말씀의 해석인 설교
말씀에의 참여인 성만찬입니다.

중세교회에서 말씀이 점차로 경시되고 공중 예배의 요소에서 사라 져버리고 말았습니다. 성만찬은 매주 예배 때마다 거행되었으나 점차 사제 혼자서 집례하는 행위로 오해되기 시작하였습니다. 그러나 놀라 웁게도 천년이 훨씬 넘는 세월동안 교인들이 알아듣지도 못하는 라틴 어로 집례되는 데도 성만찬만으로 교회 공동체는 유지되었던 것입니 다. 성령의 임재를 기원하는 성만찬은 성령의 역사함으로 교인들의 마 음에 전달되고 믿음의 공동체를 유지해온 힘이었습니다. 예수의 살을 먹고 피를 마시는 믿음의 공동체 위에 예수께서 함께 하신다던 약속이 지켜지는 증표입니다.

16세기 종교개혁 당시 개혁자들은 로마가톨릭교회의 왜곡된 성만 찬 이해와 실천을 바로 잡아 전체 교인이 참여하던 사도 시대의 성만찬 을 회복하고자 했습니다. 개혁자들은 '성만찬'을 '설교'로 바꾸는 데는 성공했으나 교회의 본래 모습인 성만찬 공동체로 교회를 회복시키는 데 실패하여 성만찬 없는 설교 위주의 교회가 되었습니다.

20세기에 들어서면서 세계 교회들은 역사적으로 왜곡되고 굴절된 예배 공동체의 원래 모습을 찾으려 노력하기 시작하여 적어도 월 1회

는 성만찬을 포함하는 예배를 드려야 한다는 데 의견이 모아졌습니다. 그러한 노력은 마침내 1982년 페루의 수도 리마에서 모인 세계교회협의회의 '신앙과 직제' 대회에서 리마문서(BEM)가 채택되고 이를 기념하여 축제로 베풀어졌던 것이 리마 성만찬 예식^{Lima Liturgy}이었습니다. 처음으로 전 세계 교회가 함께 성만찬을 나누는 교회 일치의 상징을 실현하기에 이르렀습니다.

성만찬이라는 어휘 eucharist는 예수께서 마지막 식사 때 떡과 포도주를 가지고 '감사'하였다는 데서 나온 말에 근거합니다.

거룩한 친교 holy-communion
주의 만찬 Lord's supper
카톨릭에서는 미사 mass

고전 11:23-28은 성서 안에서 성만찬에 관한 가장 오래된 자료입니다. "그리스도의 약속에 따라서 그리스도의 몸의 지체가 된 모든 세례 받은 사람들은 성만찬 가운데서 죄사함을 보증받으며"(마 26:28), "영원한 생명을 약속받습니다"(요 6:51-58). 리마문서의 '성만찬' 부분에 밝혀진 이 예식의 의미는 이러합니다.

1) 하나님에 대한 감사

하나님의 창조와 그 창조를 보살피시고 인간을 찾아오시고 예수를 보내시어 우리를 구원하시고 성령을 보내시어 인도하시는 하나님께 감사를 드리는 것입니다. '성만찬 기도'를 영어로는 The Prayer of

Great Thanksgiving이라고 하여 절대적인 감사를 선포하고 찬양하
는 것입니다. 또한 교회가 전 피조물을 대신해서 드리는 감사와 찬양의
제사입니다.

2) 그리스도에 대한 기념

성만찬은 십자가에 달리시고 부활하신 그리스도를 선포하며 기념
하는 것입니다. 교회는 성만찬 안에서 그리스도께서 임재하신 것을 고
백합니다.

3) 성령의 임재

성령은 성만찬에서 그리스도를 우리에게 임재하게 함으로써 성만
찬 제정의 말씀에 포함된 약속을 성취시킵니다. 성령의 임재로 빵과
포도주가 그리스도의 살이 되고 피가 되며 성만찬을 받는 우리들은 그
리스도와 한 몸이 되는 것입니다.

4) 성도의 교제

성만찬을 통해서 교회는 그리스도와 하나가 되며 다른 동료 교회들
과 하나가 됩니다. 성만찬을 통해 모든 것을 새롭게 하시는 하나님의
은총은 인간의 인격과 존엄성을 지키시며 회복시킵니다.

5) 하나님 나라의 식사

성만찬에서 공동체는 하나님 나라를 맛보고 세상의 구원을 위하여
자신의 생명을 주신 그리스도를 말과 행동으로 고백하도록 양육되고

강화됩니다. 성만찬이 베풀어지는 곳에는 예수 그리스도를 따르는 참된 제자들의 삶이 일어나고 참된 제자의 삶이 있는 곳에만 올바른 성만찬이 베풀어 질 수 있습니다.

성만찬 공동체의 특징: 성만찬에서 그리스도는 교회를 모이게 하시고, 가르치시고, 양육하십니다. 사람들은 성만찬에서 하나님의 구원의 역사와 예수 그리스도를 통해서 허락하신 구원의 현실을 체험하게 하며, 성령의 임재를 체험하며, 친교 속에서 하나님 나라의 기쁨을 맛봅니다. 그들은 비로소 그리스도에 대한 믿음을 갖게 되며 그리스도의 몸이 됩니다. 이러한 성만찬은 요한복음에 있는 '생명의 빵' 곧 '생명의 밥' 이야기와도 연결됩니다.

오늘 본문 말씀은 예수께서 빵 5개와 물고기 2마리로 5천명을 먹이고 나서 몸을 피하신 예수를 찾아다니던 사람들을 만났을 때, "너희가 지금 나를 찾아 온 것은 내 기적의 뜻을 깨달았기 때문이 아니고 너희가 배불리 먹었기 때문이다. 썩어 없어질 양식을 얻으려고 힘쓰지 말고 영원히 살게 하며 없어지지 않을 양식을 얻도록 힘써라. 이 양식은 사람의 아들이 너희에게 주려는 것이다." 하시면서 생명의 밥에 대하여 말씀하십니다.

요한 6:32-35에서 예수께서는 이렇게 말씀하셨습니다.

"정말 잘 들어두어라. 하늘에서 빵을 내려다가 너희를 먹인 사람은 모세가 아니다. 하늘에서 너희에게 진정한 빵을 내려다 주시는 분은 내 아버지이시다. 하느님께서 주시는 빵은 하늘에서 내려오는 것이며

세상에 생명을 준다." 이 말씀을 듣고 그들이 "선생님 그 빵을 항상 저
희에게 주십시오." 하자, 예수께서 이렇게 대답하셨다. "내가 바로 생
명의 빵이다. 나에게 오는 사람은 결코 배고프지 않고 나를 믿는 사람
은 결코 목마르지 않을 것이다…."

6:51

나는 하늘에서 내려온 살아있는 빵이다.
이 빵을 먹는 사람은 누구든지 영원히 살 것이다.
내가 줄 빵은 곧 나의 살이다.
세상은 그것으로 생명을 얻게 될 것이다.

6:53

정말 잘 들어 두어라. 만일 너희가 사람의 아들의 살과 피를 먹고
마시지 않으면 너희 안에 생명을 간직하지 못할 것이다.

6:56

내 살을 먹고 내 피를 마시는 사람은 내 안에서 살고
나도 그 안에서 산다.

여기에 그리스도교의 신비가 있습니다. 오늘 우리가 이 성만찬 예
식에 참여함으로써 예수 그리스도의 영원한 생명에 참여하는 은혜의
신비를 체험하게 되는 것이며 하나님의 자녀가 되는 것입니다. 다만
그 은혜의 신비는 하나님이시고 예수이시고 성령이신 하나님을 믿는

신앙 안에서만 받을 수 있습니다. 또한 이 신비로 인하여 그리스도인들은 신앙을 지켜올 수 있었습니다. 오늘 우리에게도 하나님의 이 은혜의 신비가 충만하기를 예수 그리스도의 이름으로 빕니다.

2002-02-03

교회를 푸르게
(여성교회 설교)창세기 1:29-2:6

　지난 주간에 저는 교회 녹화 포럼에 다녀왔습니다. '교회를 푸르게 세상을 푸르게'라는 제목을 건 이 포럼은 기독교환경운동연대에서 벌이는 교회 녹화 캠페인의 한 프로그램입니다. 여러분이 아시는 바와 같이 저는 나무심기를 좋아합니다. 저는 이 건물을 살 때부터 여기 옥상에 나무를 심으면 좋겠다는 생각을 했습니다.

　예수님은 내가 너희에게 새 계명을 준다고 하셨습니다. 구약의 그 많은 계명은 모두 이 새 계명에 집약됩니다. 구약의 모든 율법과 계명을 다 잊어버려도 이 새 계명만 지키면 됩니다. 그 새 계명은 바로 '하느님을 사랑하고 이웃을 사랑하라'는 것입니다. 이 계명은 하느님을 사랑하라는 명령과 이웃을 사랑하라는 명령으로 들립니다. 두 가지 명령으로 들립니다. 그러나 한 가지 명령입니다. 우리가 이웃을 사랑할 때에 동시에 하느님을 사랑하게 됩니다. 이웃을 사랑하지 않으면 우리는 하느님을 사랑하지 않는 것입니다. 우리가 아무리 하느님을 사랑한다고 고백하고 하느님을 사랑하려고 해도 이웃을 사랑하지 않으면 하느님을 사랑할 방법이 없습니다. 십자가의 모양과 같이 우리가 옆으로 우리 이웃을 사랑할 때에 동시에 위아래로 하느님을 사랑하게 됩니다. 그런데 이제까지는 이웃은 우리 옆의 사람만으로 생각했었습니다. 그러나 근대 신학이 정의 평화 창조보전에 대한 관심이 높아지면서 크리스천의 생활양식을 문제 삼으며 창조를 온전하게 보호하고 가꾸어야 한다는 청지기직을 고백하게 되었습니다. 자연을 착취해온 잘못을 뉘우치며 자연과 더불어 사는 공생이 바로 하느님이 원하시는 창조질서의 회복이라 고백하게 되었습니다. 그래서 우리의 이웃에는 우주만물이 다 포함되는 것이라고 생각됩니다. 우리 옆의 동물이나 식물이 다 사랑의 대상이라는 인식을 하게 되니 이웃의 개념이 달라집니다. 우리가 얼마나 사람 위주로 생각해 왔습니까? 사람이 전부라고 생각했던 것입니다.

오늘 창세기 말씀은 하느님이 하늘과 땅을 다 지으시고 참 좋다고 하셨다고 합니다. 모든 동물의 양식이 식물이라고 하십니다. 그것이 창조질서였습니다. 우리는 지금 타락 이후의 질서 속에 살고 있지만 우리가 회복해야 하는 세상은 하느님이 참 좋다고 하신 창조질서입니다. 거기에는 모든 동물이 식물을 먹이로 합니다. 실제로 모든 생명의 먹이 사슬은 물속에 있는 플랑크톤이라는 식물에서 시작된답니다. 하느님이 이 세상을 지으시고 나서 "이제 내가 온 땅에서 낟알을 내는 풀과 씨가 든 과일나무를 너희에게 준다. 너희는 이것을 양식으로 삼아라. 모든 들짐승과 공중의 모든 새와 땅 위를 기어다니는 모든 생물에게도 온갖 푸른 풀을 먹이로 준다." 식물이 우리 양식의 근본입니다. 식물은 먹는 양식뿐만 아니라 우리 생명에 가장 필요한 산소를 제공합니다.

"하느님께서는 엿새까지 하시던 일을 다 마치시고, 이렛날에는 모든

일에서 손을 떼고 쉬셨다. 이렇게 하느님께서는 모든 것을 새로 지
으시고 이렛날에는 쉬시고 이 날을 거룩한 날로 정하시어 복을 주셨다."

창조와 더불어 인간이 쉴 수 있는 권리가 부여됩니다. 엿새는 일하
고 이레에는 쉬는 것이 바로 하느님의 축복이라는 선언입니다.

"땅에는 아직 아무 나무도 없었고 풀도 돋아나지 않았다. 야훼 하느
님께서 아직 땅에 비를 내리지 않으셨고 땅을 갈 사람도 아직 없었다."

여기는 우주 전체가 아니라 바로 이 땅 위의 상황입니다. 나무도 없
고 풀도 없다는 말은 나무도 필요하고 풀도 필요하다는 전제로 보입니
다. 비가 내리고 일 할 사람이 필요한 것입니다. 우리 삶에서 가장 기본
적인 것입니다. 나무가 있고 풀이 있고 비가 내리는 곳에 땅을 갈 사람
이 있는 곳이 바로 에덴이었습니다. 그 에덴의 회복이 바로 창조질서의
회복입니다. 교회를 나무와 풀로 채워서 에덴으로 돌아가자는, 교회를
푸르게 해서 온 세상을 푸르게 만들자는 운동의 취지가 거기 있습니다.
그 포럼에서 청파교회의 사례보고가 있었습니다. 지금 담임하고 계
신 목사님이 처음 그 교회를 갔을 때 그 교회는 철문을 굳게 닫아놓고
옆의 쪽문으로 다녔는데 그 쪽문조차 항상 닫혀 있어서 그 동네에서는
무슨 교회가 저렇게 닫혀있느냐고 비난하였답니다. 그 지역은 우범지
대여서 문을 닫아놓지 않으면 행인들이 수시로 들어와 어질러 놓고 귀
찮게 굴기 때문에 문을 열어 놓을 수 없었답니다. 신임 목사는 철문을
열어놓게 하기 위해 오랫동안 노력하고 나서 담을 헐어버리고 나무를

심자고 했더니 교인들이 펄쩍 뛰며 행인들이 수시로 오는데 어림없는 소리라는 반응이었답니다. 그 목사는 행인이 오면 차 한잔 대접하자고, 쓰레기를 버리면 우리가 치우자고 했답니다. 지금은 나무와 꽃들이 어우러진 아름다운 교회가 되었고 어린이 도서관을 지어 지역 어린이들이 드나드니 그 부모들도 드나들면서 교인이 200명이 늘었답니다. 또 노인들을 위한 프로그램을 만들어서 그 지역의 노인센터 역할을 한답니다. 폐쇄되었던 교회가 에덴으로 돌아가는 모습을 봅니다. 사람이 나무와 풀과 어우러지고 이웃을 사랑하니 동시에 하느님을 사랑하는 교회로 살아났습니다.

작년 가을에 우리 신학교는 남이섬에 야외 예배를 가게 되었습니다. 마석을 지나서 휴게소에 들렀는데 거기 식당 안에 정원처럼 화초를 잘 가꾸어놓았는데 사람들이 모두 좋아하며 감격하는 것이었습니다. 그 중의 한 목사가 나도 교회를 이렇게 꾸며야겠다고 했습니다. 내가 이렇게 기분이 좋은데 우리 교회를 이렇게 꾸미면 교인들이 얼마나 마음이 편안해지겠느냐며 참 좋은 아이디어를 얻었다고 기뻐했습니다. 저는 그 자리에서 그렇게 교회에 화분으로 가꾸시겠다면 내가 화분들을 주겠다고 했습니다. 그 목사는 얼마 후에 남편과 함께 화분을 가지러 왔습니다. 나는 화분이 너무 많아서 좀 줄이고 싶었던 참이라 커다란 화분을 10개 주었습니다. 그 목사는 만날 때마다 화분들의 안부를 전합니다. 큰 화분들을 교회에 놓을 데가 마땅치 않아서 남편이 경영하는 음식점 앞에 놓았더니, 드나드는 손님들이 꽃을 보며 기분 좋아한답니다. 그 화분들이 교인들과 이웃 간에 얼마나 좋은 다리가 되는지를 이야기합니다. 내 화초들이 가서 사람들에게 사랑을 심어주니 얼마나 좋은 목회입니까?

그러면 식물이 사람에게 미치는 좋은 영향을 생각해 보십시다.

첫째 식물은 그 잎에서 동화작용을 합니다. 햇빛을 받아서 동화작용을 하는데 이산화탄소를 빨아들이고 산소를 내뿜습니다. 그래서 태초의 숲이 우거진 아마존강 유역을 세계의 허파라고 하지 않습니까? 전세계 산소의 1/3을 거기서 배출한답니다. 사람이 모인 실내에 아무리 좋은 공기 청정기를 설치하고 시설을 잘하였다 해도 공기가 탁할 뿐 아니라 사람에게서 나는 채취도 있고 해서 숲에서 주는 산소와 비교가 안 됩니다. 그래서 근래에는 실내 원예가 점점 각광을 받고 있답니다. 주 5일 근무제가 되고 국민소득이 20,000불이 되는 국가에서는 원예에 대한 요구가 점점 높아진답니다. 사람이 나무가 있는 쾌적한 환경으로 심리적인 평안을 추구하기 때문입니다. 집안에 화분이 30개만 있으면 자동으로 공기정화가 된답니다. 저는 오래 전에 아파트에 살 때 실제로 경험한 일입니다. 집안의 공기가 집밖의 공기보다 훨씬 기분 좋았습니다.

식물은 소리를 흡수합니다. 방음벽의 역할을 합니다. 소음공해로 괴로운 사람들을 살려내는 것입니다. 바람을 막고 온도를 조절하여 우리의 생활 환경을 편안하게 해줍니다. 식물은 사람에게 정서적인 안정감을 줍니다. 그래서 근래에 허브식물이 대 유행을 합니다. 신경안정제 역할을 해서 정신치료에도 활용합니다. 사람에게 recreation을 해줍니다. 식물을 기르면서 기쁨을 맛보게 하는 치료법도 있답니다. 큰화분을 놓을 수 없는 작은 공간이라도 자그마한 허브 식물이 좋은 향내를 내며 뇌신경을 자극하여 안정감을 준답니다. 우리 강단 앞의 화분에도 로즈마리와 베이질이 있습니다. 우선 이 4층에서도 일부러 와서 로즈마리를 만져보며 향을 맡아보며 좋아합니다. 여기 오는 사람마다 화초가 있어서 좋다고 합니다. 원예 목회를 하면 좋겠다는 생각을 합니다.

이제 제가 왜 그 교회녹화 포럼에 갔었는지 말씀드려야겠습니다. 저는 이 건물을 살 때 이사장으로서 모든 책임을 졌던 사람입니다. 제가 이 건물을 선택한 이유 중의 하나는 그나마 대지의 반은 땅이 있고, 나무가 심어져 있는 것이었습니다. 다른 시멘트 건물과는 달랐습니다. 마당 구석에는 아담한 오두막집에 다다미를 깔은 별실이 있었습니다. 기도 처소로 아주 알맞은 곳이었습니다. 지금은 구청에서 무허가 건축이라 하여 철거를 명령해서 헐어버렸답니다. 그리고 옥상에 나무를 심고 싶었는데 그 당시는 우리가 예산도 없고 각 단체가 입주하기도 힘에 겨워서 다른 것을 생각할 여유가 없었습니다.

제가 여성교회를 맡고 나서 옥상에 올라갈 때마다 여기에 화초를 심고 여성교회를 꾸미면 좋겠다는 생각을 합니다. 바로 그 포럼을 하던 신양교회라는 곳은 관악산 자락에 유리로 지은 건물이었습니다. 저에게는 환상적인 장면이었습니다. 저렇게 자연과 함께 살면 얼마나 좋을까! 서울의 옥상들이 다 푸르게 되는 꿈을 꿉니다. 그런데 금년에 서울시에서 Green Seoul 방침으로 옥상 녹화를 추진하고 있답니다. 경비의 50%을 지원하면서 옥상 녹화를 격려하고 있답니다. 내년도 예산에 반영하려면 지금부터 신청할 준비를 해야 한답니다. '여성 평화의 집' 이사회에 반영하기 위해서라도 구체적인 녹화 방안과 예산을 세워야 하기 때문에 제가 그 포럼에 참석하였던 것입니다.

이왕에 이야기가 나왔으니 '여성 평화의 집' 이야기를 잠깐 해야겠습니다. 70년대부터 여성 의식이 높아지면서, 여성신학이 퍼지면서 80년대에 민주화운동을 하던 여성들이 새로운 단체들을 만들게 되었고 맨손으로 시작하여 사무실 하나 제대로 없었습니다. 한국의 민주화운동을 적극적으로 지원하던 독일에서는 우리 신진 여성단체들의 실상을 알고 사무실 마련을 돕겠다고 했습니다. 당시 한국교회여성연합회, 한국여신학자협의회, 아시아여성신학연구원, 여성교회, 기독교여성평화연구원, 기독교여성민중, 한국여성단체연합, 한국여성민우회, 여성의 전화, 지역탁아소연합의 아홉 개 단체가 연합하여 '여성 평화의 집'을 짓기로 하고 이사회를 구성하였습니다. 몇 년의 우여곡절 끝에 한국교회여성연합회는 기독교연합회관에 사무실을 마련하고 그 대신 기독교 여성 민중이 함께 하게 되었습니다. 1993년 초에 제가 이사장을 맡으면서 구체적으로 추진하여 이 건물을 사서 그해 8월에 입주하였습니다. 저는 당시 아시아여성신학교육원의 원장이었고 여신협의 유춘자 총무와 여성교회의 정숙자 목사와 함께 집을 보러 다니느라 서울 시내를 헤매고 다닌 생각이 새삼스럽습니다. 당시 우리 단체들이 3억을 마련했고 독일에서 6억을 받아서 이 집을 샀고 독일에서는 추가로 여러 번 지원을 했습니다. 이 건물은 한국기독교교회협의회의 유지재단에 소속되어 있습니다. 재산권은 물론 우리가 행사하지만 당시 우리는 사단법인이 아니었기 때문에 재정 지원을 하는 독일 EZE의 요청에 따른 조건이었습니다. 우리는 12평을 소유하지만 여기를 떠나면 우리가 처음에 투입한 3천만 원을 되돌려 받고 거기서 우리가 전세로 받은 2평 분 7백만 원을 내야하니까 2300만 원만 찾을 수 있습니다. 독일에서 준 6억은 공동소유일 뿐이고 여기를 떠나면 포기하는 것입니다. 이런 이야기를 하는 것은 당시의 역사이기 때문에 혹시 나중을 위해 여러분이 알고 있어야 할 것 같아서입니다.

오늘은 세계 성만찬주일입니다. 하느님을 사랑하고 이웃을 사랑하라고 하신 예수님의 살과 피를 나누는 성만찬 예식이 있습니다. 교회를 푸르게 만드는 살리미의 공동체 위에 하느님의 풍성하신 은혜가 내리기를 축원합니다.

2003-10-01

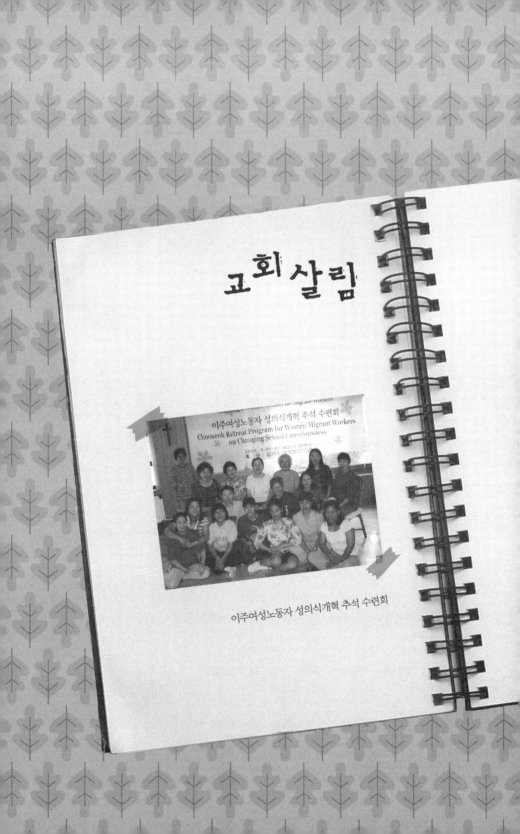

교회살림

이주여성노동자 성의식개혁 추석 수련회

종교개혁 후 500년이 되어가는 지금 한국교회는 어떠합니까?

우리는 교회에서 무엇을 "아니오."라고 해야 할까요?

교회를 교회되게 하도록 우리가 해야 할 일은 무엇인가요?

교회 개혁과 여성

(여신협 설교)

로마서 1:17, 이사야 49:15-16

10월은 종교개혁의 달입니다. 마르틴 루터는 1517년 10월 30일에 면죄부까지 팔고 있던 중세교회의 잘못을 지적하는 95개 조항의 반박 문을 위텐베르그 교회의 벽에 붙였습니다. 루터가 1000년의 세월을 이어온 중세기 교권을 무너뜨리게 한 불씨는 바로 오늘의 본문입니다.

복음은 하나님께서 인간을 당신과 올바른 관계에 놓아주시는 길을 보여 주십니다. 인간은 오직 믿음을 통해서 하나님과 올바른 관계를 가지게 됩니다. 성서에도 "믿음을 통해서 하나님과 올바른 관계를 가지게 된 사람은 살 것이다."라고 하지 않았습니까?

"의인은 믿음으로 산다."는 말은 하박국에서 나오는 말입니다. 예언자 하박국이 말한 "의인은 믿음으로 산다."는 고백은 바울에게 이어졌고, 1500년의 세월이 지난 다음에 다시 루터의 가슴에 불을 질렀습니다. 면죄부까지 팔게 된 교회의 타락에 "아니오."를 외칠 수 있었던 것은 "오직 믿음으로 산다."는 루터의 신앙고백이었습니다. 자기가 속해 있는 교회가 "사람은 오직 믿음을 통해서 하나님과 올바른 관계를 가지게 됩니다."고 하는 복음의 말씀을 떠나서 "면죄부를 사야 구원을 받는

다."고 가르치며 돈을 벌어들이는 모습을 루터는 그냥 보고만 있을 수 없었습니다. 그래서 루터는 불의를 묵과할 수 없어서 자신의 신앙고백에 따라 "아니요."를 외쳤습니다. "진심으로 자기의 죄를 뉘우치는 사람은 면죄부 없이도 형벌과 죄책에서 완전히 사면된다.", "교황은 하나님께서 죄를 사하셨다는 것을 선언하거나 시인하는 이외에 어떤 죄든지 사할 힘이 없다." 등으로 중세기의 교황과 교권에 정면으로 도전했습니다. 바로 그 때 시작된 인쇄 기술은 이 소식을 퍼뜨렸습니다. 루터는 신부만 읽을 수 있었던 라틴어 성경을 독일어로 번역해서 평신도들이 마음대로 읽을 수 있게 했습니다.

루터 종교개혁의 3대 요소는 우리가 알고 있듯이 "오직 믿음으로만, 오직 성서로만, 오직 은총으로만"입니다. '오직 믿음으로만'은 면죄부를 팔던 교회의 물질주의에 대한 항거입니다. '오직 성서로만'은 교회와 사제의 권위에 대한 도전입니다. '오직 은총으로만'은 모든 사람들을 교리와 율법으로 얽어매 죄인으로 만든 당시의 위선적인 금욕주의와 윤리에 대한 도전이었습니다. 개신교를 뜻하는 프로테스탄트라는 말은 저항한다는 말입니다. 기존의 잘못된 것에 대한 '아니오'를 외치는 것이 개신교의 전통입니다. 루터에 의해서 시작된 개혁교회는 끊임없이 개혁하며 오늘에 이르렀습니다. 근 500년이 지난 지금 우리 교회는 어떠합니까? 우리는 오늘의 교회에 무엇을 '아니오' 해야 할까요?

오늘 우리 교회에서 교회를 교회 되게 하는 것을 막는 것은 무엇이 있을까요? 다시 말하면 우리가 '아니오'를 외쳐야할 것은 무엇이 있을까요? 여러 가지가 많이 있겠지만 새로이 대두되는 문제로 가족주의를 꼽을 수 있을 것입니다. 오늘날 한국교회가 가족주의의 온상이 되고 있다고 지적받고 있습니다. 가족과 함께 교회에 나오지 않는 사람은 배려의 대상이 아니라 뒷전으로 밀려납니다. 교회 안의 거의 모든 행사는 가족 단위로 진행합니다. 찬송가경연대회에서 가족이 없는 사람은 소외됩니다. 과부와 독신녀, 이혼녀, 장애인이 가족 단위에 끼지 못합니다. 결혼을 하지 않은 독신 여성이나 이혼한 여성, 가족 모두가 아니라 혼자만 교회에 다니는 여성들은 장로나 권사가 되기 어렵습니다. 장로 추천을 할 때 부부일 경우에 여성을 제외시키거나 남편이 먼저 된 후에 여성을 차후에 시키는 일이 있습니다. 가족이 다 함께 교회에 나오지 못하는 '나홀로' 교인은 교회에서 설 자리가 없습니다. 자기 혼자라도 교회에 나오는 것이 얼마나 어려운 일인지 안다면 오히려 상을 줄 법한데 자기 가족도 전도 못하는 사람이 어떻게 중요한 직분을 맡을 수 있느냐고 하면서 직분에서 소외시킵니다. 그 사람의 능력이나 열성은 전혀 고려하지 않습니다. 가족의 대표로 자연스럽게 남성이 교회의 문화를 주도하게 됩니다. 설교에서도 가족주의를 고양시킵니다. 가족의 평화와 안정을 위해 여성의 순종과 헌신을 강조합니다. 성서는 우리를 하나님의 가족이라고 부르고 있습니다. 이는 이 세상 모든 사람들이 하나님의 가족으로서 서로 가족같이 보살피고 배려하여 사랑의 공동체를 이루라는 뜻이지 교회에 들어와 있는 가족만 중요시하라는 말이 아닙니다. 그럼에도 불구하고 왜 이렇게 교회 안에 가족주의가 팽배해 있습니까?

어떻게 교회에서 이 가족주의라는 바윗돌을 옮길 수 있을까요? 그 바윗돌을 옮기려고 하면서 우리는 2000년 전 예수의 무덤을 가로막았던 바윗돌을 옮길 걱정을 하던 여성들의 이야기를 회상하게 됩니다. 안식일이 지나자 막달라 여자 마리아와 야고보의 어머니 마리아와 살로메는 무덤에 가서 예수의 몸에 바르려고 향을 샀습니다. 안식일 다음날 이른 아침 해가 뜨자 그들은 무덤을 향해 가면서 "그 무덤 입구를 막아 논 돌을 굴려내 줄 사람이 있을까요?" 하고 말을 주고받았습니다. 이 본문은 1988년에 시작한 '기독 여성 10년'을 이끌어낸 말씀입니다. 우리가 과연 예수를 만날 수 있을까? 그 바윗돌이 막혀있는데 어떻게 무덤에 들어가지? 이 여인들이 걱정했던 '바윗돌'이라는 용어는 우리의 길을 막는 모든 장애물, 교회의 교회됨을 막는 모든 장애물을 지칭합니다. 오늘 2002년 종교개혁의 달에 우리는 어떤 바윗돌을 옮겨야 할까요? 여성들을 한 개인으로 하나님 앞에 서지 못하게 가로막고 있는 가족주의 또한 바윗돌입니다.

그러면 오늘날 교회 안에 자리 잡고 있는 가족주의라는 바윗돌을 어떻게 옮길 것입니까? 어떻게 교회를 개혁할 것입니까? 교회의 가부장적 가족주의는 아버지를 가족의 중심으로 하는 가치관 때문에 생긴 것입니다. 하나님을 아버지라 부르는 우리의 관습은 하나님을 내 아버지로 여기고 집안의 아버지와도 동일시합니다. 또한 아버지가 남성이니 하나님도 남성으로 생각하게 됩니다. 그런데 하나님은 정말 아버지만 될까요? 창세기 1장 27절에는 하나님이 우리의 모습으로 사람을 만들자 하시고 남자와 여자를 창조하셨습니다.

그렇다면 하나님은 남자만이 아니고 여자의 모습도 분명히 지니고 계십니다. 저는 여성신학을 알게 되면서 새로운 하나님의 모습을 찾았습니다. 오늘 본문은 하나님의 모성성을 드러내는 수많은 성구 중의

하나입니다. 하나님을 아버지라 부르는데 익숙했던 저는 하나님의 모
성성이라는 말을 들어본 일이 없었습니다. 그런데 미국의 가톨릭 신부
네오나드 스위들러Leonard Swidler가 쓴 『여성에 대한 성서적 확인』(Biblical
Affirmation for Women)이라는 책에 성경 안에 있는 하나님의 어머니 모습
을 표현하는 성구들을 엮어놓았습니다. 아이를 낳고 길렀던 저의 경험
은 그 성구를 읽으면서 하나님의 어머니 모습에서 금방 어머니 하나님
을 알게 되었습니다. 제게는 새로운 세상이 열리는 것이었습니다. 이
사야 49:15-16에 보면:

> 여인이 자기의 젖먹이를 어찌 잊으랴!
> 자기가 낳은 아이를 어찌 가엾게 여기지 않으랴!
> 어미는 혹시 잊을지라도 나는 결코 잊지 아니하리라
> 너는 나의 두 손바닥에 새겨져 있고
> 너 시온의 성벽은 항상 나의 눈앞에 있다.

아기 엄마는 생리적으로 갓난아기를 잊을 수 없습니다. 젖이 불으
면 가슴이 터질 것 같고 젖이 새어나와서 아기를 잊을래야 잊을 수 없
습니다. 하나님은 그런 어미가 혹시 잊을지라도 당신은 우리를 잊지
않으신다고 하십니다. 얼마나 진한 사랑의 표현입니까? 이 말씀을 읽
노라니 그 동안 거룩하신 하나님, 왕이신 하나님, 벌 주는 하나님, 전쟁
에서 승리하는 장군이신 하나님, 재판관이신 하나님 등으로 감히 가까
이 갈 수 없었던 하나님이 나를 가장 아껴주시던 어머니의 모습으로
다가왔습니다. 또한 하나님의 어머니 모습을 그려내는 여성신학자들

의 글들이, 예수의 여성상을 그리는 글들이, 제 마음에 와 닿았습니다. 저의 아이들에 대한 제 마음을 미루어 하나님이 사랑이시라는 것을 알게 되었습니다. '사람인 나도 내 자식들을 이렇게 애지중지 하는데 나를 창조하시고, 이 세상에 살게 하신 하나님이 어찌 나를 버리시랴?' 하는 믿음이 생겼습니다. 하나님이 이 세상을 창조하신 것을 믿고 하나님이 나를 사랑하신다고 믿으면 하나님과 나의 관계가 바로 되는 것입니다. 그러면 이 세상에서 두려울 것이 없습니다. 저는 하나님 어머니를 만나고 나서 새로운 신학, 새로운 세상을 찾았습니다. 아버지 하나님에게서는 찾을 수 없었던 어머니의 치마폭 같이 포근한 어머니 하나님을 찾았습니다. 제가 어려운 일을 당하고 헤맬 때 어머니 하나님의 부드러운 손길이 저를 잡아주었습니다. 그 하나님이 좋아서, 그 하나님이 좋아하실 일을 하고 싶어집니다. 우리를 창조하신 하나님은 아버지이기도 하지만 어머니이기도 합니다. 하나님을 아버지로 부를 때와 하나님을 어머니로 부를 때 그 느낌이 다릅니다. 하나님은 나를 이 세상의 어느 어머니보다도 더 사랑하시고 잊지 않으시는 하나님이십니다. 우리는 하나님의 손바닥에 새겨져 있고 하나님의 눈앞에 있습니다. 그 하나님을 알게 되면서 저는 신나게 살고 있습니다.

성서 곳곳에서 하나님의 모습을 어머니로 그리고 있는데, 이런 어머니 하나님의 모습은 은폐되고 선포되지 않았습니다. 예수님이 하나님을 아버지라고 불렀다고 해서 하나님은 아버지만 된다고 교회는 가르쳐 왔습니다. 그러나 예수님이 설명하고 있는 하나님 아버지는 지배하고 다스리는 세상의 가부장적 아버지의 모습이 아니라 누가복음 15장에 나오는 탕자의 비유에서 보듯이 집 나간 자식을 언제 돌아오나

하고 동구 밖에서 기다리다 돌아오는 자식을 보고 얼싸안고 우는 그런 어머니의 모습으로 그려지고 있습니다. 예레미야 31장 20절에는,

에브라임은 나의 사랑하는 자식이다
그를 책망할 때마다 더욱 생각나서
측은한 마음이 들어서 불쌍히 여기지 않을 수 없었다.

여기서 '측은히 여기다'는 어휘의 히브리 뜻은 '자궁이 떨린다'입니다. 자궁이 떨릴 정도로 우리를 사랑하시는 하나님, 바로 어머니 하나님의 모습입니다. 교회는 하나님의 모습을 반쪽만 가르치고 하나님을 잘못 알게 하였습니다. 하나님을 바로 알지 못하면서 어떻게 하나님과 바른 관계가 이루어지겠습니까? 하나님은 우리에게 아버지도 되고 어머니도 되는 아버지를 넘어서는 분이십니다. 요컨대 하나님은 우리의 부모님 같으신 분이라는 것입니다. 호주의 여목사 앤 완스브르그Ann Wansbroug는 전통적인 하나님의 모습과 가부장적이 아닌 또 다른 하나님의 모습을 다음과 같이 이야기했습니다.

전통적인 모습	또 다른 모습
감정이 없고	감정이 있고
통곡을 받아들이지 않고	통곡을 받아들이고
냉정하고	슬프고
거리감이 있고	가까이 있고
보살펴 주지 않고	눈물을 닦아주고
지성적이고	출산하고
통제하고 일을 꾸미고	창조적이고 초월한다

그렇다면 어머니 같은 하나님을 만나는 것이 오늘 교회 개혁과 어떤 관계가 있습니까? 오늘 우리는 종교개혁을 기념하는 이 예배에서 가족주의라는 바윗돌에 막혀 고통당하는 여성들을 생각하며 이 가슴 막히는 교회를 어떻게 개혁할 것인가를 고민하고 있습니다. 가족주의는 바로 아버지를 머리로 생각하는 가부장적 사고에서 나왔습니다. 마찬가지로 하나님을 아버지로만 생각하게 만든 교회의 가르침 때문에 교회가 가부장적이며 가족주의로 흐르고 있는 것입니다. 하나님을 아버지로만 생각하는 교회는 가부장적이 될 수밖에 없습니다. 하나님에게서 어머니 하나님의 모습도 찾는다면 어머니의 사랑으로 약한 사람들, 소외된 사람들을 품지 않을 수 없습니다. 자궁이 떨리는 그런 사랑으로 섬김과 나눔의 공동체가 될 수밖에 없습니다. 그러기에 전통적으로 교회를 '어머니 교회'라고 부르는 것입니다. 어머니 교회에서는 모든 개개인이 다 존중받고 인정받고 사랑 받아야 합니다.

우리가 어머니 같으신 하나님을, 어머니 교회를 말할 때 여기서 중요한 점은 그리스도의 가족 개념입니다. 하나님을 어머니 같으신 하나님이라고 부를 때 우리는 혈연 중심의 가족관계를 탈피해야 합니다. 마가복음 3장 31절 이하를 보면 예수의 어머니와 형제들이 찾아왔다고 전하는 제자들에게 "누가 내 어머니요 형제냐?"라고 물으면서 진정한 부모와 자녀, 형제와 자매는 하늘에 계신 하나님의 뜻을 행하는 자가 형제 자매요, 부모라고 하셨습니다. 즉 하나님의 가족관계는 혈연 중심이 아니라 누가 하나님의 뜻에 따라 사느냐의 여부로 형성되는 것입니다. 내 핏줄 중심이 아니라 우리 모두가 하나님의 자녀로서 하나님의 뜻에 따라 사는 것이 중요합니다.

우리는 오늘 종교개혁을 기념하는 예배를 드리면서 나의 마음속에 있는 하나님의 모습을 다시 생각해 봅시다. 가족주의에 빠져있는 우리 교회를 개혁하려면 가족주의의 바윗돌을 치워야 합니다. 그 바윗돌을 옮기려면 하나님의 어머니 모습이 중요한 열쇠가 될 것입니다.

2002-10-17

하나님 나라의 미래
(여성교회 설교)
느헤미야 5:1-13

오늘 우리는 1991년을 마무리하는 주일을 맞았습니다. 또한 작년 10월 이래 여성교회의 운영을 맡아오던 대책위원회를 해체하는 날이 되었습니다. 작년 10월 여성교회 창립 2주년 기념행사 준비 모임을 하던 중에 갑자기 김영 목사님의 휴무 선언을 받았습니다. 어안이 벙벙해진 교인들이 운영위원회를 구성하고 위원장을 맡아야할 담임 목사가 휴직이므로 대책위원회로 바꾸었습니다. 제가 위원장을 맡게 되고 교역을 담당해본 일이 없는 사람들이 교회 운영을 맡아서 주일예배를 주관하였습니다. 바닥이 나 있는 교회 재정을 고려하여 세 분 전도사님들의 업무를 폐지하는 어려운 결정을 내려야 했습니다. 경제적으로 부담이 큰 사무실 임대와 예배 장소 임대를 고민하다가 향린교회 2층 학생예배실을 사용하고 교회 집기는 4층에 두게 되었습니다. 대책위원회는 매주 예배 전 또는 후에 모일뿐만 아니라 주중에도 모여서 밤을 지새우며 힘든 나날을 보냈습니다. 그동안 애써주신 대책위원 여러분께 깊이 감사드립니다.

여성교회를 없앨 수 없다는 것과 매주 예배로 모여야 한다는 것은 그날 대책위원회가 모이기 전부터의 합의사항이었습니다. 때로는 대책위원이 교인의 전부인 것 같아서 당황하기도 했습니다마는 두셋이 모여도 주의 이름으로 모이는 곳에 함께 하시겠다던 우리 주님의 약속을 믿고 서로 격려하며 보완하면서 오늘에 이르렀습니다. 별로 긴 기간도 아니었는데 그렇게도 길고 힘들었던 것은 아마도 제가 맡아오던 다른 일들과 겹치기 때문이기도 했을 것입니다. 저는 이 대책위원회가 생기기 전, 8월13일에 구속된 박순경 박사의 석방대책위원장을 맡고 있었고, 10월 하순부터 '아시아의 평화와 여성의 역할'의 운영위원이 되었습니다. 그 위원회는 해방 후 처음으로 북한 여성들이 남한 여성들을 만나게 된 토론회였습니다. 한 달도 안 되는 준비기간에 일본 여성과 함께 이 역사적인 만남을 준비하느라 운영위원들은 한 달 내내, 거의 매일을 매달려야 했습니다. 12월 10-16일까지 아시아여성인권연합회의를 서울에서 모였습니다. 제가 1986년에 방콕에서 모였던 '정의 평화 창조 보전' 아시아지역협의회에 참여하였던 관계로, 그 협의회의 한국 책임자였기 때문이었습니다. 제가 정신대문제대책협의회에 처음부터 실행위원이었으니 저는 그 회의 참가자 전원을 데리고 정신대 시위에 참가했었습니다. 그 시위 이후 필리핀에서 온 대표는 필리핀에 가서 우리처럼 정신대문제대책협의회를 꾸렸습니다. 또한 그 회의가 끝나는 날 한국 가정을 방문하고 싶어 하기에 나는 25명을 집으로 초대해서 저녁을 대접했습니다. 그러는 틈틈이 주일을 용케 빼내면서 여성교회 예배와 모임에 빠지지 않고 개근을 한 것은 참으로 기적 같은 일이었습니다. 결국은 며칠 전에 감기로 혼이 나면서 크리스마스 축하 예배에도 못 가고 혼자 누워 있었습니다.

12월에는 내가 소속된 민주당에서 여성위원회가 구성되고 제가 부위원장이 되었습니다. 그 일은 민주당 안의 여성을 조직하고 여성의 정치 세력화라는 거대한 작업을 시작해야 하는 것입니다. 하도 집을 비우고 돌아다니니까 저의 남편이 "당신이 해결사야?" 하고 제게 물은 것이 나에 대한 별명이 붙고 우리 집의 유행어가 되었습니다. 제가 왜 이렇게 미치게 바빠야 되나를 생각해 봅니다. 이 모든 것이 다 여성 때문이라는 것인데 나는 왜 여성의 일이라면 다 끼어들어서 법석을 하는가 하고 스스로 물어봅니다. 해야 할 일들이 자꾸자꾸 보이고 밀려오니까 "하느님, 이렇게 아무것도 못하는 저를 왜 사방에 끼어들게 해서 쩔쩔매고 살게 하십니까? 저도 좀 여유 있게 인생을 즐기며 살고 싶습니다." 하고 투정을 하면서도 우리가 '말하지 않으면 돌들이 소리칠 것이라'는 것을 기억하면서 성서 속에 나타나는 여성들, 여성운동을 하다가 스러져간 여성들, 가부장제 밑에서 그렇게도 억울하게 살았던, 또 지금도 눌리고 갇혀 사는 여인들을 생각하면 아니 이러고 있을 때가 아니라고 나를 채찍질하면서 뛰어나가곤 합니다.

그 성서의 여성들 중에는 오늘 본문의 말씀도 들어있습니다. 오늘 본문은 느헤미야의 기록입니다. BC 587년경에 예루살렘이 완전히 파괴된 이후에 많은 지도층 사람들이 바빌론에 포로로 끌려갔고, 예루살렘은 폐허가 된 채 아무도 돌보지 않는 땅이 되었고, 거기 남아있던 사람들과 그 후에 바빌론에서 돌아온 사람들이 말할 수 없는 어려운 생활을 하고 있었나 봅니다. 느헤미야는 BC450년 전후하여 예루살렘에 와서 예루살렘 성을 개축하는 대역사를 시작하였습니다. 그러나 주변 국가들이 이를 가만 놔두지 않고 여러 나라가 예루살렘을 치기로 동맹을 맺었습니다. 성을 쌓는 사람들이 낮에는 성을 쌓고 밤에는 적을 감시하고 대적할 채비를 하느라 힘든 부역을 해야 했으니 온 백성들이 모두 지쳐서 기진맥진한 상황입니다. 오늘 본문은 그런 때에 여자들이 아우성을 쳤다는 대목입니다. '여자들까지'라는 말을 쓴 것을 보면 여자들이 나서는 것은 예외적인 일이었음을 알 수 있습니다. 그 아우성치는 말을 다시 읽어 보면 얼마나 그 상황이 심각한지를 알 수 있습니다.

> "살아보겠다고, 목에 풀칠이라도 해야겠다고 우리는 아들딸을 잡혔다."
> "흉년이 들어 입에 풀칠이라도 해야겠어서 우리는 밭도 포도원도 집도 모두 잡혔다."
> "황제에게 세금 낼 돈이 없어서 우리는 밭도 포도원도 다 잡혔다."
> "한 겨레인데 저희 살이나 우리 살이나 무엇이 다르냐? 제 자식이 아까우면 남의 자식 아까운 줄도 알아야 할 것 아니냐? 우리 꼴을 보아라. 우리는 제 아들딸을 종으로 팔아먹는 신세다. 딸들이 짓밟히는 데도 우리는 어떻게 손 쓸 힘이 없구나. 우리 밭이나 포도원은 이미 남의 손에 들어가 버리고 말았다."

목에 풀칠이라도 해야겠다는 표현부터가 얼마나 가난에 찌든 말입니까? 이런 어휘가 우리에게 익숙한 것은 우리도 그런 시절을 지내왔기 때문입니다. 요즈음은 굶는 사람은 없을 것이라고 합니다마는 제가 어릴 때만 해도 딸을 잡힌다는 말을 들었었습니다. 그 때가 일제 치하

식민지생활이었으니 그런 것을 상기하면 이스라엘 백성이 나라를 잃고 바빌론으로 포로기를 지난 후의 삶이 어떠했을지 능히 짐작할 만합니다. 사람이 자기 자녀를 잡히고 자기 생업의 근거인 땅을 잡히고 자기가 사는 집을 잡히게 되면 그야말로 갈 데까지 다 간 극한 상황입니다.

이렇게 살기 어려운 때에 여성들이 아우성친 것입니다. 마지막 구절은 여성들의 아우성이라는 것이 더 잘 드러납니다.

"저희 살이나 우리 살이나 무엇이 다르냐? 제 자식이 아까우면 남의
자식 아까운 줄도 알아야 할 것 아니냐?"

이것은 자녀를 낳고 기르는 어미의 마음을 너무도 잘 표현하고 있습니다. 아무런 지식이 없이도 본능적으로 나올 수 있는 말입니다. 그리고 그런 말로 총독이던 느헤미야에게 대들었던 것입니다. 이 아우성 소리는 느헤미야로 하여금 유지들과 관리들에게 돈놀이를 못하도록 규제하게 하고 사제 앞에서 서약하도록 명령하였습니다. 양식을 꾸어주고 변리를 받지 못하게 한 것입니다. 그 때는 단순한 사회니까 변리를 못 받게 하는 것으로도 경제 질서를 규제할 수 있었나 봅니다.

오늘 우리 사회가 복잡하다고 해도 가진 사람과 가지지 못한 사람의 격차로 사회가 불평등한 것은 마찬가지일 것입니다. 가진 사람이 포기하지 않고는 더불어 사는 사회는 만들 수 없습니다. 공산주의는 가지지 못한 사람이 가진 사람의 것을 빼앗아서 평등해지려는 것이라면, 기독교는 가진 사람이 스스로 나누어 주어서 가지지 못한 사람과 더불어 사는, 평등해지는 것이 기독교의 진수일 것입니다. 그러나 가

지지 못한 사람이 힘들다고 아우성치지 않으면 가진 사람들은 자기네가 많이 가졌기 때문에 다른 사람들이 힘들게 산다는 것을 알 수 없을 것입니다. 이런 것은 남자와 여자, 부자와 가난한 사람이 같은 맥락으로 통합니다. 여자들이 남녀의 불평등을 지적하지 않고 아우성치지 않으면 그 사회는 변화될 수 없습니다. 가난한 사람이 억눌려서 가만히 있으면 부자는 억울한 사람의 소리를 들을 수 없습니다. 여성이 불평등을, 여성차별로 인한 억울함을 호소하지 않으면 남자는 점점 더 완악해질 수 있습니다. 가난한 사람이 노예로 팔려가고 자식도 집도 다 팔아먹고도 가만히 있으면 그 사회는 변화되지 않습니다. 역사 속에는 이 아우성치는 사람들의 소리를 듣고 회개한 사람이 있을 때 새로운 변화가 일어났던 일이 많이 있습니다. 1517년에 마틴 루터가 가톨릭의 부패상을 보고 침묵했다면 개혁교회가 생기지 않았을 것입니다. 또한 가톨릭교회의 개혁도 일어나지 않았을 것입니다. 오늘 이 나라의 교회들이 가부장제의 오랜 전통에 매여서 여성을 차별하는 것을 보고 잠잠하면 한국교회는 변화되지 않습니다.

여기 우리 여성교회가 존재해야 하는 이유가 있습니다. 여성들이 잠잠하면 또다시 긴 세월을 여성은 온전한 사람 구실을 하지 못하고 살 수밖에 없습니다. 하늘은 스스로 돕는 자를 돕는다고 합니다. 누가 억눌린 우리를 도와줍니까? 우리 스스로 우리의 권리를 주장하고 "네 살이나 내 살이나 무엇이 다르냐? 남자나 여자나 다 같은 하느님의 존귀한 피조물인데 왜 여성을 차별하느냐?"고 아우성을 치지 않으면 지난 몇 천 년을 차별받아 왔듯이 앞으로도 차별받을 것입니다. 오늘 우리는 여성교회를 운영해 갈 방침을 세우려고 공동의회를 모입니다. 앞으로 여성교회가 사느냐 죽느냐는 우리 손에 달려 있습니다. 우리가 여성교회를 살리려고 애쓰지 않으면 아무도 도와주지 않습니다. 오히려 뒷짐 지고, 팔장 끼고 멀리 서서 저것들이 어떻게 하나 보자고 벼르고 있는 사람들이 많이 있습니다. 여성교회 한다더니 꼴좋다고 웃음거리로 여기는 사람도 있습니다. 그러나 여성교회는 누구를 위해서 하는 것이 아닙니다. 우리 자신의 자리를 만드는 것입니다. 뒤로 물러서서 생각하다 보면 내가 왜 여기 말려들었나 하는 생각이 스쳐지나갈지 모르겠습니다. 그러나 그런 생각을 하는 사람은 아무 소용이 없습니다. 하느님의 나라의 미래를 위해 아무 일도 못하는 사람입니다. 우리는 여기에 말려든 사람이 아닙니다. 우리는 여성 문제를 고민하고 교회에서 올바른 말씀이 선포되고 실현되기를 바라는 간절한 마음으로 몸부림치는 사람들입니다.

느헤미야가 바른 정치를 하도록 아우성쳤던 여성들이 바로 우리의 갈 길을 제시하고 있습니다. 오늘 한국교회에서, 사회에서 여성의 위치는 그 때 아들 딸을 잡혀야 했던 사람들의 상황과 다를 바가 없습니다. 오늘 우리가 잠잠하면, 뒤로 물러서 뒷짐 지고 서 있으면, 여성들을 위한 아우성은 잦아들고 말 것입니다. 남자와 여자가 평등하게 사는 하느님의 나라는 멀리멀리 후퇴할 것입니다. 여성교회 교인 여러분, 우리는 이미 2년 전에 같은 배를 타기로 하였습니다. 그 동안에 여기를 거처 간 많은 사람들이 있습니다. 모두들 여성 문제로 고민하던 사람들입니다. 풍랑을 만나고 바닷물에 쓸려서 헤매느라 더러 물에 빠진 사람도 있습니다. 그래도 지금 열 손가락으로 꼽을 만한 사람들은 남아있습니다. 주의 이름으로 두셋만 모여도 함께 하시겠다던 예수님의 약속이 있습니다. 우리가 어찌할 바를 모르고 힘없이 지쳐 있을 때 우리를 위해 기도하고 우리에게 지혜를 주시고 용기를 불어넣어주시는 보혜사 성령이 일하고 계십니다.

우리 함께 노를 저으며 하나님 나라의 미래를 향해 여자와 남자가 평등하게 사는 나라를 향해 앞으로 나아가십시다.

1991-12-29

여성교회 취임사

새해를 맞이한 지도 벌써 한참이 되었습니다. 하나님의 은총 안에서 집안과 하시는 일이 두루 평안하시기를 빕니다. 새로 여성교회의 목회를 맡게 된 안상님 목사와 서애란 목사입니다. 취임 예배를 대신하여 서면으로 인사드립니다. 우선 다음과 같이 목회 계획을 알려드리면서 여러분의 참여를 기다립니다.

목회 계획

여성교회는 여성신학의 산물이다. 기성 교회의 가부장적인 교역이 여성을 억압하고 있다는 인식에서 여성해방의 장, 여성의 이야기 마당, 여성이 인간답게 성장할 수 있는, 여성을 위한 교역의 필요를 절감하게 되었다. 하나님은 남자와 여자를 평등한 인간으로 창조하셨고, 똑같이 축복하셨으며, 이 세상의 청지기로 위임하셨으며, 예수는 여성을 해방시켜 참 사람으로 회복시키고, 여성의 인권을 존중하셨다는 성경의 가르침을 바로 전달하여 여성들이 신나게 살 수 있는 새로운 세상을 지향하는 것이 바로 여성교회의 창립 의지였다. 이러한 뜻에 따라 그 동안의 목회 활동을 계승하며 특히 13년째 계속되어온 드라마 예배를 지켜

나갈 것이며 우선 가능하다고 생각되는 몇 가지를 제안하고자 한다.

1. 설교 마당

여성교회를 처음 구상할 때에 여성들이 설교하는 장이 필요하다는 생각이 지배적이었다. 여성교회는 이러한 생각에 바탕하여 여성신학적 설교를 할 수 있고, 들을 수 있는 곳이 되기를 바란다. 목회자 혼자만 강단을 차지하는 것이 아니고 강단을 개방하여 많은 사람들이 참여할 수 있도록 하고 가능하면 매주 다른 설교자를 모시도록 다음과 같이 구상한다.

첫째 주일 — 목회자의 설교
둘째 주일 — 여성신학을 지지하는 사람의 설교(여성신학회 회원,
　　　　　여신학자협의회 회원. 여성신학을 지지하는 남성 등)
셋째 주일 — 목회자의 설교
넷째 주일 — 교인이나 그룹의 설교(드라마 예배 포함)
다섯째 주일 — 연대 기관이나 관심사의 특별 예배

2. 그룹 활동

현재 운영되고 있는 각 그룹이 돌아가면서 그룹에서 다룬 문제나 이슈를 설교 마당에 풀어놓는다. 1) 성차별의 현장에서 출발하여, 2) 그 문제의 원인을 분석하고, 3) 그 문제에 대해 성서에서는 무엇이라 말하는지, 하나님의 뜻은 무엇이며, 예수님은 어떻게 말씀하고 행동하셨을 지를 가늠하면서, 4) 문제 해결의 실마리를 찾고 행동하기로 결

단하여 실천하는 일이 여성신학의 길이다. 여성신학은 기독교인으로 하여금 이 세상을 하나님이 원하시는 세상, 남자와 여자가 평등한 세상으로 만들어 가는 일에 참여하도록 격려하고 인도하는 신학이다. 또한 그것이 바로 여성교회가 지향하는 길이라고 생각한다. 이런 4단계의 신학-실천은 각 그룹 활동의 핵심이 될 수 있고 관심 그룹을 활성화할 수 있을 것이다.

3. 수요 마당

수요일에 가정 예배 형식으로 모이되 점심을 나누며, 나눔의 마당, 이야기 마당, 살림의 마당으로 운영한다. 환경을 살리는 구체적인 생활을 이야기하든지, 입지 않고 쌓아두는 옷이나 물건을 모아다 이웃을 돕는다든지, 음식이나 과자를 만드는 삶의 현장에서 여성신학을 나눈다. 부엌이나 식탁에 둘러앉아 여성신학을 살아내는 살림 마당을 만드는 것이다. 이는 또한 교회라는 틀에 매이기는 싫으나 하나님 말씀은 듣고 싶은 사람과도 만날 수 있다. 안상님은 서울 시내 복판에 있는 한옥에 살고 있다. 그 집을 혼자만 쓰기보다는 여러 사람이 이용할 수 있게 개방하라는 소리를 자주 들었는데, 이렇게 목회의 장이 될 수 있다면 기꺼이 개방하고 싶다. 세상이 점점 각박해진다는 요즈음에 따뜻한 안방에 점심을 차려놓고 기다리는 사람이 있으면 얼마나 좋을까? 그런 목회를 하고 싶다. 다정한 언니하고 이야기를 나누듯이, 오랫동안 만나지 못했던 친구를 대하듯 그저 마음 푸근히 노닥거릴 수 있는 자리를 만들고 싶다. 서로의 마음이 오가면서, 정이 오가고, 사랑이 넘쳐나면 그것도 하나님 나라에 가까이 가는 길이 아닐까? 그러다 보면 여성교회의 교인이 되는 사람도 생겨날 것이다. 매주 수요일에 다른 주제나 일거리를 내놓든지, 모이는 사람의 유형을 달리 할 수도 있다. 또 장소를 바꿔 교회에서도 모이고 다른 집에서도 모이고 일반 교회의 구역예배 형식일 수도 있다.

4. 홈페이지

인력과 재정이 허락되면 시급히 이루어져야 할 일은 여성교회의 모든 활동이나 사업을 홈페이지로 세상에 알리고 나누는 것이다. 하루가 다르게 변화하는 이 정보화시대에 살고 있으니 우리도 이 새로운 마당을 활용하여 여성신학을 퍼뜨리는 예배, 교육, 친교 그리고 봉사의 교회 역할을 담당하여야 하겠다. 홈페이지를 영문화 하면 여성교회는 전 세계의 교회 여성들과 교류하게 된다.

5. 외국인 이주노동자 여성센터

여성교회의 주요 대외 사업으로 이웃과 함께하는 여성교회의 이념을 실천하는 현장이다. 가족과 고향을 떠난 나그네에게 따뜻한 보금자리를 만드는 일이다. 낯설고 물설은 이곳에서 일하고 생활하는데 도움이 될 수 있도록 그들의 입이 되고 귀가 되어 한국 사회에서 부딪히는 문제들을 함께 풀어간다. 그리스도를 믿는 신앙인으로 모든 사람이 평등하게 사는 세상을 향하여 살아가도록 인도한다.

6. 대외 여성들과의 연대활동

여성신학 단체, 교회 여성 단체, 여성 단체들과의 유대를 계속할 것이나 여성교회의 규모에 합당하게 참여한다.

2002-01-25

사무실

　요즈음 틈만 나면 내 머릿속을 차지하는 것은 사무실이다. 기독여성살림문화원이 새로 구입한 '미래 센터' 건물에 입주할 것인가 말 것인가로 의견이 분분하기 때문이다. 우리 문화원이 아직 사무실을 차릴 만한 여건이 아니니 다음 기회로 미루자는 측과 비록 어렵더라도 지금 함께 입주해서 문화원을 키워야한다는 측의 의견이 다르기 때문이다.

　내가 사무실의 필요를 느끼게 된 것은 아주 오래된 일이다. 여신협을 시작해서 한 일 년이 지나고 내가 총무가 되면서 회의를 하려면 이 집 저집으로 회의 자료를 싸들고 돌아다니면서 생긴 골머리의 연속이다. 지난 1993년에 아시아여성신학교육원이 평화의 집으로 이사 오면서 그 문제에서 벗어난 줄 알았다. 그때는 사무실 문제가 해결되었었으니까.

　그보다 앞서 사무실의 필요를 느낀 것은 1975년에 교회여성연합회의 서기가 되면서부터였다. 교회여성연합회는 구춘회 총무가 사임하고 이문우 총무가 취임하면서 대한극장 옆 골목의 어느 기관 사무실에서 충정로로 옮기게 되었다. 사무실에 가보니 거기는 기장총회의 신우관이었는데 내가 신학교에 다닐 때인 1959년, 총회장학금을 받으러 가던 곳이었다. 나중에 알고 보니 거기가 기독교장로회총회 사무실이었다. 지금 선교교육원 자리 옆에 있는 아파트 자리였는데, 신우관은 2층 건물이고 현관을 들어가면 넓은 복도가 있고 양쪽으로 방이 있었다. 거기서 왼쪽에 한 10평 남직한 방이 있는데 기장여신도회 서울연합회가 이미 세 들어 사무실의 한쪽을 함께 쓰는 것이었다. 그 때는 내가 서기였으니까 회의가 있을 때나 가끔 나가는 정도였으니 그리 심각하게 사무실 필요를 느끼지는 못했을 것이다. 그래도 회의실이 비좁고 회의 중에 전화가 오던지 옆 사무실에 일이 있으면 불편했으니 우리 사무실을 따로 가지고 싶었으리라.

그 후 서울연합회는 동자동에 커다란 건물을 짓고 나가고 교회여성연합회 혼자서 방을 쓰게 되었다. 물론 그 동안 일이 많아지고 직원도 늘어나서 사무실이 커져야 했는데, 6개 교단의 연합기구이지만 사무실 하나 마련한다는 것이 쉬운 일이 아니었다. 교회여성연합회의 사업을 많이 지원했던 미국감리교회의 극동지역 실무자인 Miss. Pat Patterson은 한국에 올 때마다 무슨 할 일이 있느냐고 물어보고 프로젝트를 내라고 하고, 성사시키도록 애썼다. 내가 서기, 부회장(기획위원장), 회장을 걸쳐 10년 동안 관여하였으니 Pat과의 인연도 상당히 오래된다. 우리 사무실 사정을 안타까워하던 Pat은 감리교회관을 지으면 한 층을 여성과 인권운동단체에 할애하도록 추진하고 있다고 했다. 그 때 국제극장 자리가 바로 회관 건축 부지라는 것을 알게 된 후에는 지하를 깊이 파내려가는 데서부터 시작하여 그 옆을 지나가면서 건축이 얼마나 진전되나 기웃거리며 그 건물이 올라가는 대로 우리의 기대는 부풀어갔다. 아! 우리도 이제는 우리 사무실을 가질 수 있겠구나 하고. 그러나 건물이 다 올라간 뒤에 Pat은 대단히 미안해하면서 그 추진안이 부결되었다는 슬픈 소식을 전해왔다. 지금도 광화문을 지날 때면 그 건물을 쳐다보며 Pat을 기억하며 낙담하던 우리의 쓰린 마음을 되새긴다.

1982년에 나는 기독교여성연구원을 만들었다. 신학교 후배가 일자리를 만들어 달라며 간청한 데서 시작되기는 했지만, 신학을 졸업하고 살림만 하다가 여성신학에 빠져버린 나로서는 무언가 여성신학을 펼칠 일이 필요했다. 그래서 신우관 2층에 창고로 쓰는 6평 남짓한 방을 치우고 세를 들었다. 집에 있는 책상이랑 집기들을 모아오고 전화 놓고 사무실을 꾸몄다. 내가 압구정동 아파트를 살 때 나의 큰딸 우인이의 기금에서 1000만 원을 빌려 썼기 때문에 그 이자를 내는 것으로 월 20만원을 인건비로 쓰려고 한 것이다. 그런데 실무를 하겠다던 후배가 세 달 만에 남편의 임지로 함께 떠나버렸다. 갑자기 내가 사무실을 지켜야 하게 되었다. 그러면서 한국교회 여성의 역사를 쓰는 프로젝트가 허락되어 그 실무자로 김희은이 일하게 되었다. 사무실이 있으니 그런 일이 가능한 것이었다. 여신협의 2대 총무였던 정숙자 목사가 여신협 사무실을 구하지 못해서 우리 사무실에 책상 하나만 놓고 간사가 일하도록 해달라고 했다. 나도 사무실 없는 서러움을 아는 처지라 함께 하기로 해서 한 지붕 두 가족이 살게 되었다. 그러던 중에 내가 3대 총무로 떠밀려 들어갔다. 여신협이 책상 하나만 놓겠다고 들어오더니 아예 원장도 삼켜서 총무로 몰아 부친 것이다.

어느 날 추운 겨울이었는데, 사무실에 나가니 책상 위에 흙더미가 내려앉고 하늘이 펑 뚫려 있었다. 참으로 황당하기 그지없다. 가뜩이나 추운 사무실인데 이럴 수는 없었다. 당장에 기독교회관에 연락을 하니 사무실이 빈 것이 있다고 했다. 그래서 당장 404호로 이사를 했다. 한쪽은 여신협, 한쪽은 기독교여성연구원으로 사무실을 정비하고 역사 프로젝트를 마친 김희은은 독일로 유학을 떠났다. 책을 『한국기독교여성의 100년의 발자취』라는 제목으로 출판했는데, 당시로는 단속받을까 우려하여 곧바로 지인들에게 우송하고 감추어 놨다. 그래도 여신협이 좀 자라서 연구원과 반반 경비를 부담하게 되었다. 그러나 매달 날아오는 사무실 임대료는 이 두 기관에 다 버거웠다. 그래서 좀 싼 사무실을 물색하는데 광화문의 구세군 센터 옆의 건물이 나왔다. 이층에는 교회여성연합회가 이미 이사와 있었다. 아래층은 좀 허름했는데 두 단체가 쓰기에는 넉넉한 공간이기에 딸 우인이의 기금 중에 700만 원으로 전세 계약을 했다. 그러나 당시 여신협 회장이 그렇게 구질구질한 데다 도저히 여신협 사무실을 차릴 수 없다고 강력히 주장해서 여의도 가정법률상담소 4층으로 가게 되었다. 그때만 해도 여의도는 도심에서 벗어나 있어 사무실 임대료가 낮은 편이었다.

나는 여신협 총무이니 여의도로 가고 기독교여성연구원은 한명숙 원장이 맡게 되었다. 그러나 얼마 안 되어 한 원장이 사임하였는데 우리가 일을 한다면 평화 프로젝트를 받을 수 있게 되었다고 연구원을 인수하라고 했다. 그때는 내가 여신협을 떠날 수 없었다. 연구원 이사회는 내가 원장을 맡을 수 없다면 연구원을 해체하자고 했다. 내가 두 가지 일을 다른 곳에서 할 수는 없고 달리 실무자를 둘 수도 없으니 해체하는 수밖에 없었다. 전세금 700만원은 한국여성단체연합에 남겨 두고, 나머지 연구원의 기기와 책들은 여신협이 '자료센터'를 두기로 하고 인수했다. 나중에 이 일을 안 윤영애 교회여성연합회의 총무는 어떻게 그 귀한 연구원을 그렇게 해체했느냐고 섭섭해 했다.

1990년에 '여성 평화의 집' 이사회가 구성되었다. 그동안 민주화운동을 하던 작은 단체들이 그 많은 일을 하면서도 사무실이 없어서 고생하는 것을 안타까이 여긴 독일 사람들이 사무실을 마련하도록 도와주겠다고 했다. 이우정 선생을 이사장으로 하여 여러 단체가 마음을 모았다. 여성단체연합(이미경), 여성평화연구원(김윤옥), 민우회(한명숙), 여성의 전화(이영애), 아시아여성신학교육원(안상님), 여성교회(정숙자), 아시아자료센터(이선애), 한국교회여성연합회(윤영애), 지역탁아소연합, 기독여성민우회, 한국여신학자협의회(유춘자)의 대표들이 모였다. 이사회의 결정에 따라 독일 EZE와 연락하면서 부지를 물색하였다. 자체 건축이 어려우므로 기독교연합회관의 한 층을 구입하기로 하였다. 그러나 독일에서는 이 작은 단체들이 그런 큰 건물에 들어가서 운영이 어려울 것이라 하여 부결하였다. 교회여성연합회를 통해 계약을 했던 터라 교회여성연합회는 평화의 집에서 탈퇴하기로 하고 이선애 목사가 하고 있던 아시아자료센터도 자구책을 마련하여 탈퇴하였다. 나머지 9개 단체가 남았는데 여성교회와 아시아여성신학교육원은 좀 형편이 나은 것 같으니 탈퇴하라고 종용해서 빠져나오기로 하고 한국여신학자협의회와 함께 연합회관에 입주했다. 그러나 6개월이 지난 뒤에 위 세 단체의 형편으로는 도저히 사무실 관리비를 감당할 수 없게 되었다. 할 수없이 여성교회와 아시아여성신학교육원이 평화의 집에 복귀하겠다고 하며 이사회에 참여했다. 그동안 주로 여성단체연합이 주도하여 프로젝트를 추진하였는데 3년이 지나도록 지지부진하던 차에 우리 두 단체가 들어온다 하니까 아예 이사장을 맡으라며 책임을 나에게 덮어씌웠다. 결국 내가 이사장을 맡고 정숙자, 유춘자와 함께 건물을 물색하러 다녔다. 한편 나는 그동안의 편지 왕래 한 것을 다 읽어보고 의사소통이 안 되었던 일을 꼼꼼히 추진했다. 독일에서 만나보라는 사람을 다 찾아다녀서 추천서를 받아 보냈고, 그 쪽에서 요구하는 조건에 맞는 건물을 찾아서 필요성을 설명했다. 편지가 오면 바로 회답해서 팩스로 보내니 소통이 원활해졌다. 수없이 많은 편지를 온 힘을 다해서 썼다. 내가 우리 딸이 간 다음에 그리 간절히 기도하기는 처음인 것 같다. "하느님 이거 안 해 주시면 안 돼요." 하고 떼를 썼다. 그리도 일이 척척 맞아 들어가기도 처음인 것 같았다. 건물이 재단에 가입되어야 한다 해서 한국기독교교회협의회의 유지재단에 들어가서 재가를 받았다. 드디어 6개월 만에 프로젝트가 허락되어 서울특별시 중구 장충동 1가 38-84에 있는 4층 건물을 인수하고 내부 수리를 거친 다음에 1993년 9월에 '여성 평화의 집' 간판을 걸고 입주하게 된 것이다.

2004년에 나는 여성교회 담임목사였고 다시 '여성 평화의 집' 이사장을 맡았다. 그동안 단체들이 커져서 도저히 이 건물에서는 살 수 없으니 팔고 늘려야 된다는 것이 다수의 의견이었다. 그러니 이사장으로서는 부결할 수 있는 상황이 아니었다. 그 집을 팔고 충정로에 있는 기장 선교교육원 건물에 전세를 들었다가 이제 영등포로 이사하려는 것이다.

2010-02-10

'여성 평화의 집'을 들어가며

오늘 '여성 평화의 집'이 문을 열게 된 것을 축하해주러 오신 여러분 참으로 고맙습니다. 농부가 무르익어가는 오곡백과를 보며 흐뭇해하듯이 우리는 지난 3년간의 열매를 거두어 참으로 기쁩니다. 먼저 이 일이 이루어지게 하신 하나님께 감사를 드립니다.

지난 1990년 9월에 교회여성들은 1995년 통일 희년을 준비하자는 뜻에서 희년의 집을 세우자고 모였습니다. 교회 여성들은 희년 정신에 따라서 사무실이 없는 단체들이 돈이 많거나 적거나 함께 모여서 한 집을 나누어쓰자는 의도였습니다. 그러나 일반 여성단체들이 함께하게 되면서 희년이라는 어휘는 기독교적이기 때문에 일반 여성단체들에게는 별 의미를 느끼지 못한다는 의견이 있어서 '여성 평화의 집'으로 바꾸게 되었습니다.

되돌아보면 지난 3년간 이 집을 마련하느라고 우리는 얼마나 힘들었는지 모릅니다. 때로는 전혀 길이 없어 보여서 포기하려고도 했습니다. 그러나 사무실이 없어서 길에 나 앉게 되는 상황에서 밤도 낮도 없이 애태우며 간구하였습니다. 매일매일 집을 보러 서울 거리를 누비고 다녔습니다. 그 많은 높은 건물들을 보면서 저 중에 우리가 쓸 수 있는 방 하나가 없을까 한탄하며 "하나님 이번에는 꼭 주셔야 합니다." 하고 매달렸습니다.

이 집을 계약하고 나서 자다가도 일어나서 '아 이제 됐다'고 소리치며 기뻐했습니다. 독일의 교회개발후원회^{EZE}에서 이 집을 사는데 후원하겠다는 최종 결정의 Fax를 받고 우리는 모두 얼싸안고 뛰다가 너무 좋아서 울었습니다. 살다보니 이렇게 기쁜 날도 있는 것이구나 하며 감격했습니다. 9개 단체가 한 집을 사게 되었다니까 걱정하는 사람들도 많았습니다. 한 두 단체도 아니고 그렇게 여럿이 한 집을 소유하고 사용한다는 것이 쉽지 않다는 이야기입니다. 우리말에 '여자 셋이 모이면 접시가 깨진다'는 말이 있지 않습니까? 그 오랜 속담의 의미를 생각하며 정말 우리가 잘 해나갈 수 있을까 걱정이 되기도 합니다. 그러나 지난 1970-80년대 여성 의식으로 눈을 뜨고 여성운동의 회오리에 휩쓸리면서 제가 터득한 진리는 전혀 다릅니다. 여자 셋이 모이면 접시를 깨뜨리는 것이 아니라 잘못된 세상을 바꿔놓을 수 있다는 것입니다. 앞의 속담은 여성들의 힘이 모여서 움직이는 것을 무서워한 가부장제 문화가 여성들을 억제하기 위한 금기에서 나온 것으로 해석됩니다. 여자 셋이든지 남자 셋이든지 그들이 어떤 뜻을 가진 사람인가에 따라서 이 세상을 죽게 할 수도 있고 살려낼 수도 있습니다. 여기 모인 여성들은 지난날 사방이 어둡고 민족의 미래가 보이지 않을 때 분연히 일어나서 나라와 민족을 살리려고 애써온 사람들입니다. 머리로 생각하고 가슴으로 사랑하고 손으로 일하고 발로 뛰어온 사람들입니다. 우리는 모든 사람들이 천부의 인권을 누리며 아름다운 자연 속에서 평화롭게 사는 세상을 만들기 위해 일해 나갈 것입니다.

지금 우리는 떨리는 마음으로 남들이 가 본 일이 없는 새로운 길,

여성들이 함께 모여 일하는 길을 떠나려합니다. 앞으로 우리들이 하는 일을 사랑하는 마음으로 지켜보아주시고 힘들어 허덕일 때는 넓은 가슴으로, 힘 있는 손으로 우리를 이끌어주시기 바랍니다.

감사합니다.

1993-09-17

목사 안수를 생각하며

어느 후배 목사가 재직하고 있는 신학교에서 7월부터 여성신학 강의를 해 달라는 청탁을 받은 것은 개강을 열흘 앞두고였다. 그동안 강의를 하지 않은지 벌써 8년이나 지났고 너무 새삼스러워 지금은 논문을 쓰고 있으니 논문이나 끝난 뒤에 하자고 했더니, 지금이 기회라면서 끈질기게 요청했다. 자기가 어렵게 얻어낸 강의시간인데 지금 안하면 다시 기회를 얻기는 어렵다는 것이다. 하기야 기회라는 것이 항상 있는 것도 아니겠기에 마지못한 기분으로 허락을 했다. 두 번째 강의를 하러 갔을 때 목사 안수를 받으라고 한다. 그 신학교는 교수가 다 목사여야 하며 교수 명목으로 목사 안수를 줄 수 있다는 것이다. 교단이 다른데 어떻게 그럴 수 있느냐고 했더니 그런 것은 상관없다고. 내 남편이 현직에 있으면 몰라도 지금은 은퇴했으니까 괜찮다는 소리까지 한다. 이제 다 늙어서 무슨 일을 하겠냐니까 앞으로 한 10년은 일할 수 있을 텐데 왜 그러느냐며 기도하면서 생각해 보란다.

며칠 동안 생각하다가 남편에게 말했더니 한마디로 반대다. 그런 데서 뭘 하겠느냐는 것이다. 하기야 내가 물어 본 것이 잘못이지. 그 사람이 언제 한번 나를 격려하고 용기를 준 일이 있나? 24년 전 일이 떠오른다. 내가 여동문회 초대 회장이 되고서 첫 번째 사업으로 여동문들을 위해 준목고시 준비 강좌를 마련했다. 그때는 기독교장로회에서 여자 목사 안수 제도를 통과하여 여성이 목사가 되는 길이 열렸는데, 이는 졸업한지 오래된 우리 여동문들에게는 굉장한 사건이었다. 6개월의 준비 강좌를 마치고 준목고시 요령에 따라 모범 답안까지 작성하여 모두 복사해서 나눠 가졌다. 이 소식을 들은 남자 후보생들까지 우리 답안을 복사해 달라고 부탁할 정도로 우리는 준비를 다 했다. 준목고시를 신청할 때가 되었는데 남편의 말이, 한 집안에 목사 하나면 되지 당신까지 목사 안수를 받아 무엇하느냐고 했다. 나는 신학대학 3학년 말에 결혼했고, 졸업식도 하기 전에 첫 아이를 낳았고, 졸업 후에는 집안에서 살림 밖에 한 것이 없으니, 목사이며 신학교 교수인 남편의 말이 옳으리라고 생각하고 아무 미련도 없이 시험을 포기했었다.

그 후에 여성 의식이 생기고 여성신학에 관심을 가지면서 내가 준목고시 포기했던 것을 후회했다. 여성 운동을 하면서 목사 안수가 일종의 직업 면허와 같은 것이라는 인식에 이른 것이다. 내가 아무리 열심히 뛰어 다니며 일을 했어도 그런 자원봉사는 가사노동과 같아서 사회적인 경력으로 인정되지 않는다는 것을 알게 된 것은 한참이 지나서였다. 목사 안수를 받으려면 전도사 경력이 3년 이상 되어야 하는데 나는 그런 경력이 없었다. 1976년도에 나는 큰 딸을 잃고 헤매고 있을 때 별로 할 일도 없어서 신학교 동기생이 목회하는 교회에서 전도사를 하겠다고 했었다. 그런데 바로 그 목사가 3.1 사건으로 구속되고 나니 전도사 일은 시작도 못 해보고 말았다. 1977년에 제네바 근처에 있는 보쎄이 에큐메니칼연수원에서 대학원 과정을 공부할 때 세계 각국에서 모인 사람들을 만나고 여자 목사들이 활발하게 일하는 것을 보면서 나도 안수를 받아야겠다는 생각이 들었다. 귀국하면 늦어도 쉰 살이 되기 전에 안수를 받으리라고 마음먹었다. 마흔 두 살 때였으니까 내 딴에는 꽤 넉넉히 잡은 꼴이었다.

그러나 귀국하자마자 여신도회 교육 총무가 기다리고 있었고 1980년에 창립한 여신학자협의회는 실무자도 없으니 프로그램 위원장인 내가 거의 다 일을 추진해야 했다. 일 년이 지난 뒤에 실무자가 필요하다고 주장했다가 초대 총무라는 덤터기를 쓰고 말았다. 또 1978년에 교육 총무를 하면서 시작한 선교대학원 공부로 성이 차지 않아 이화여자대학교 대학원에 들어갔다. 1981년에 한국교회여성연합회 부회장이 되었는데 김유숙 회장이 아시아교회여성연합회 총무를 맡아 바쁘게 되니 회장이 할 일을 거의 다 내가 해야 했다. 1983년에는 회장이 되어 또 바빴고 '여성신학 강의', '교역자부인 강의' 등으로 바쁜데 1984년에는 여신협의 3대 총무를 또 맡았다. 그 와중에 기독교여성연구원을 만들어서 틈틈이 들여다보아야 했다. 1986년에는 한국기독교교회협의회의 여성위원회 위원장이 되었다. 공덕귀 선생님이 나한테 한 말이 있다. "이봐! 당신은 젊은 사람이 교계의 대가리는 다 해 먹네!" 그래서 여신협 총무 일을 벗어났는데 결국은 다시 3대 총무를 맡게 되었다. 그러느라 대학원 논문 학기였던 1983년부터 휴학과 복학을 거듭하다가 마지막 한 학기를 남기고는 자퇴를 했다. 3년 내에는 복학이 가능하다는 것이었다. 1988년에야 여신협 총무를 내놓고 마지막 학기에 복학해서 논문을 마쳤다.

논문을 마치고 48Kg로 헤매던 몸도 추스른 다음 쉰 살이 훨씬 지난 다음에서야 쉰 살이 되기 전에 목사 안수를 받으려고 했던 것을 생각하게 되었다. 그런데 알고 보니, 그 동안에 우리 교단의 헌장이 바뀌어서 목사 안수 자격에 타교단 기관 실무자의 경력을 인정하지 않게 되어 있었다. 이제는 기장 교회에서 전도사 3년을 하든지 아니면 기장 기관 에서 실무자를 해야만 안수를 받을 수 있는 것이다. 이 나이에 어디 가 서 실무자를 할 것이며, 어느 목사가 나이 많은 신학대학 교수 부인을 전도사로 쓸 것인가? 그러면서 1991년에 이우정 선생이 창당한 신민 주연합당에 들어간 것이다. 그때 민주화 운동을 함께 하던 여성 43명 에게 입당을 권유했다는데 하나도 응하지 않아서 현직 여성의원이 매 일 우리 사무실로 찾아 와서 나를 설득했다. 게다가 그 당시 여성단체 들은 여성의 정치 세력화를 주창하고 있었다. 그렇게 안타까이 나 하나 라도 필요하다고 성화를 하는데 외면할 수 없어서 고민이었는데, 남편 은 내가 입당하면 이혼하겠다며 반대했다. 남편이 이혼하겠다는 말에 정신이 번쩍 들었다. 입당하고 안하고는 나의 결단이지 왜 남편이 좌지 우지하려느냐? 그렇다면 이혼하자고 대들었다. 내가 여태 여성운동 한다면서 뛰어 다닌 것이 겨우 요 정도냐는 생각에 망설이던 마음을 굳히게 되었다. 입당하자마자 평민당과 합당하고, 선거 치르고, 민주 당과 합당하고, 선거 치르고, 창당대회하고, 전당대회하고, 정권 교류 까지 하다 보니 9년의 세월이 훌쩍 지나갔다. 처음부터 내게 맞지 않는 곳이어서 힘들었는데 그래도 여기서 여성운동을 해야 한다는 생각과 여기가 바로 나의 여성신학 현장이라는 신앙고백이 나를 그날까지 지 탱해 주었다.

이제 64세가 되어 다른 교단에서 강의를 시키기 위해 목사 안수를 주겠다는 데 나는 선뜻 나서지를 못하고 있다. 이 나이에 무슨 부질없

는 생각이람? 앞으로 한 10년은 일 할 수 있을 거라고? 요즈음 참으로
오래간만에 시간의 여유가 생겼다. 모처럼 한가해져서 나 나름대로 삶
을 즐기는 기분이다. 시간과 일에 쫓기지 않는다는 것이 참 좋다고 느
껴진다. 피곤하면 낮잠도 잘 수 있고, 책도 읽고, 집안에 가득한 나무나
풀들하고 놀기도 하는데, 아무도 나를 방해하거나 건드리지 않는다.
컴퓨터도 배우러 다니고, 4년째 밀려 있는 목회학박사 논문도 쓰고, 파
이나 과자도 구워 먹고, 음식도 이것저것 해보고, 강의 준비도 하고,
강의도 하고, 당에는 당무회의나 하러 나가고…. 그냥 이렇게 살면 안
되는 것일까? 나는 이대로 좋은데. 목사 안수를 받으면 내가 무엇을 할
수 있는 것일까? 물론 강의를 계속할 수 있다고 했다. PTCA(Program
for Theology and Culture in Asia)에서 자꾸 나를 목사로 표기하는데,
그런 회의에는 목사라는 명칭이 더 좋을 것이다. 해외 여성목사들 모임
에도 가서 여성신학 세미나도 할 수 있겠다. 설교집을 한번 내고 싶었
는데 평신도보다는 목사가 더 낫겠지. 언제인가 오래된 짐 속에서 나온
나의 글 속에 설교를 하고 싶어 했던 것이 생각난다. 나는 전혀 기억도
안 나는 글인데 분명 나의 글이니 내 마음을 쓴 것이리라. 그리고 설교
를 들으면서 좀 아쉬운 생각이 날 때가 있고 여성신학 설교를 하고 싶
은 마음이 난다. 그러나 설교를 할 자리는 없을지 몰라도 쓸 수는 있겠
지. 아! 자격증을 갖는 것이다. 내가 평생 동안 가지지 못했던 일할 자
격증을 가질 수 있는 것이다.

　그런데 과연 내가 감당할 수 있는 것일까? 무거운 짐은 지기 싫고
자격증만 차지하겠다고? 그것이 바로 남편이 내가 안수 받는 것에 반
대하는 이유 중의 하나이다. 신분을 인정받기 위한 안수는 불가하다는

것이다. 그러면 기장 교단 안의 기관 실무자는 경력도 인정하고 안수도 받게 하는 것은 불가한 것이 아닌가? 자격이 주어지면 일하게 되는 것이 아닌가? 또 교역의 의미를 반드시 교회 목사만으로 제한해야 하는가? 그렇다면 다른 교단이라도 자격증이 부여되는 곳으로 가는 것이 더 낫지 않을까? 그런데 요즈음 강의 준비하면서 책을 뒤적이다 보니 새삼스러이 신학이 참 재미있다. 여성신학에 처음 빠졌을 때처럼 막 신이 난다. 참으로 오래간만에 느끼는 기분이다. 신학이란 그렇게 신나고 좋아야 하는 건데. 정당에 들어간 이래로 이렇게 신나는 기분을 느낄 수 없었다. 당무위원이기 때문에 당을 떠나지도 못하고 나 하나라도 여성 문제를 제기하며 자리를 지켜야 한다는 생각에 매여서 여태까지 끌려 온 셈이다. 그러나 거기도 9년이라는 연륜이 쌓였음을 무시할 수 없으리라. 인생사의 모든 경험이 다 그 나름의 가치가 있는 것이니. 하여튼 쉽게 결정할 수 있는 문제가 아니니 좀 더 생각해보자. 때로는 시간이 문제의 해결사이기도 하니까.

1998년 어느날

목사 안수를 받다

저는 2000년이 저물어 가는 지난 12월 17일에 목사 안수를 받았습니다. 지난 일 년 동안 수십 번이나 받지 않으리라고 마음 다져먹기를 거듭하면서도 수명이 점점 길어져서 할 일 없는 노인들이 늘어가는 심각한 문제를 외면할 수 없었습니다. 탑골 공원을 지날 때마다 그 많은 노인들을 보면 "너도 곧 우리처럼 될 거야" 하고 경고하는 듯하기도 하고, 우리에게도 할 일을 달라고 애원하는 듯이 보이기도 했습니다. 또한 80세가 넘은 분들이 왕성하게 일하는 모습을 보면 저도 저 나이까지 살아야 한다면 지금부터 무엇을 해야 하는 것이 아닌가를 고민하게 되었습니다.

그동안 여성운동으로 알고 9년이나 몸담았던 정당은 이제 정권교체를 한지도 한참 되어서 여성들도 많아졌고 더 이상은 제가 있을 자리가 아니라고 생각해서 작년에 떠나왔습니다. 갑자기 한가해져서 무료하기도 했지만 이제와서 무엇을 시작한다는 것은 부질없는 망상이라고 나를 달래면서 일 년을 보냈습니다. 그러면서도 예수의 문 두드리는 그림이 자꾸 생각나면서 제가 일하겠다고 나서지 않는 한 하나님은 절대로 밀어 넣지 않으신다는 생각이 계속 반복되었습니다. 저의 어머니가 54세에 돌아가셨기 때문인지 저는 오래 산다는 것을 생각해 본 일이 없었는데 어머니보다 11년이나 더 살고 보니 이대로 죽기를 기다릴 수는 없겠다는 생각이 저를 흔들어 깨운 셈입니다. 신학대학을 졸업한 지 40년이 지나서 나이 65세에, 결혼 41주년이 지난 주부가 그렇게도 오래 망설이던 목사 안수를 받은 것입니다.

1975년, 제가 한신여동문회 회장으로 주선했던 준목고시 준비 강좌를 하고 나서 함께 공부한 사람들이 여목사 1호부터 배출되었습니다. 그런데 25년이 지난 지금에서야 안수를 받으려고 하니 우리 교단에서는 제가 안수 받기 어렵다는 것을 알았습니다. 그래도 제가 아직 해야 할 일을 안 하고 너무 편하게 지내는 것이 아닌가하는 고민 꺼리는 그대로 남아 있었습니다.

제가 작년에 여성신학을 강의했던 예수교장로회 연합장신에서는 만 65세까지는 안수를 받을 수 있고, 정년은퇴도 없다고 합니다. 저는 교회여성연합회와 한국기독교교회협의회 활동을 통해 이미 교파를 초월한지 오래이긴 하지만 그래도 교단을 바꾼다는 것은 아무래도 어려운 일 이었습니다. 그래서 안수를 받지 않고 1년간 강의도 하지 않았습니다. 그러던 중 얼마 전에 어느 환갑잔치의 주인공이 이제 자기를 재활용품으로 이용해달라는 인사말을 하는데 참 인상적이었습니다. 인생을 다 살고 난 65세의 저에게도 아주 적합한 말이었습니다. 아직 재활용될 가치가 있다면 어디에고 쓰이고 싶었습니다. 그런데 재활용되려면 설교 한 마디를 하더라도 안수를 받고 자격을 갖추어야 떳떳할 것 같았습니다. 그래서 마침내 그런 저런 고민으로 일 년을 헤매던 생각을 정리하고 안수를 받기로 하였던 것입니다. 앞으로 사이버 마당교회를 구상 중입니다. 여성 문제, 환경 문제, 노인 문제에 관심을 두면서 제가 나눌 수 있는 대로, 힘이 닿는 대로 일하려고 합니다. 하나님이 원하시는, 모든 사람이 평등하고 평화롭게 사는 아름다운 세상을 만들어 가는데 힘쓰려고 합니다.

2001-01-30

목사 안수를 받고 나서

내가 신학교를 졸업한지 40년만에 목사 안수를 받으니 반응이 갖가지였다. 축하한다고 나를 얼싸안고 좋아하는 사람이 있는가 하면 이제 은퇴할 나이가 다 되는데 무슨 미친 짓이냐는 사람도 있었다. 나와 함께 40여년을 한 방에서 살아온 남편의 냉담한 반응에 이미 익숙해진 나는 이런저런 소리를 들으며 그저 덤덤하였다. 나 자신도 무척이나 망설이며 안수를 '받아야지'와 '말아야지'를 번복하던 터라서 그랬으리라. 몇 달이 지난 후에 가까이 지내던 후배를 만났는데 내 손을 꼭 잡으며 "어쩌려고 그러셨어요?" 하며 사뭇 걱정스러운 표정이었다. "왜?" "힘들어서 어떻게 해요?" "날개를 달은 것 같은데." "그러세요? 그러면 다행이네요. 늦게나마 축하드려요." 억지춘향이로 축하를 받은 셈이었다. 내 말은, 날개를 달아서 날아갈듯 하다는 뜻이 아니고 이제야 설교할 수 있는 자격을 얻은 것이 기쁘다는 것이었다. 나는 언제부터인가 설교를 들으면서 저런 말은 이렇게 하면 여성들에게 복음이 될텐데 하면서 설교를 잘하면 좋겠다는 생각을 하고 있었다. 스위스에는 설교할 수 있는 자격을 인정하는 목사 안수 제도가 있다고 했다. 한국에도 그런 제도가 있으면 좋겠다는 생각도 했었다. 물론 평신도로서도 설교를 할 수야 있겠지만 별로 기회도 없거니와 전통 신학과 다른 소리를 하면 무슨 자격으로 그런 설교를 하느냐고 공격을 받을 것이 분명한 현실이다.

내가 목회학박사 과정을 마치고, 준비하다 만 논문이 어머니 하나님에 관한 것이다. 하나님을 어머니로 부를 수 있다는 것을 주장하려면 평신도보다는 목사의 자격을 갖추는 것이 좋을 것 같았다. 다른 사람이 하나님 어머니가 뭐냐고 공격을 한다 해도 이제는 나도 목사로서 하는 말이라고 답변할 수 있으리라. 안수의 위력을 등에 업고 어머니 하나님을 설교하고 싶은 것이었는데 이제 그것이 가능해진 것이다. 내가 여성신학을 처음 접하고 홀딱 빠져 있을 때 어느 여 장로님이 "여성신학이라는 게 뭐요? 어디 한번 들어봅시다." 하고 사뭇 시비조로 공격해 왔었다. 1978년 기독교장로회 총회에 '신학교에서 여성신학 과목을 가르쳐 달라'는 헌의안을 냈을 때에도 남자 목사님들이 여성신학이 무슨 신학이냐고 소리소리 질러댔었다. 당시 여신도회의 교육 총무였던 나는 차근차근히 헌의안을 설명하느라고 애썼던 기억이 지금도 생생하다. 그 때 내가 목사였다면 신학교 동문 선후배들이던 그 남자 목사님들이 그렇게 대들지는 않았으리라. 이제 20여년의 세월이 흘러갔고 안수를 받았으니 어머니 하나님 이야기를 해도 되지 않을까?

금년에 여신학자협의회 대표가 되고 보니 이래저래 목사로서 쓰일 일도 많아졌다. 어디 매인데 없는 스페어spare 목사로 거저 쓰일 수 있으니 더 활용 가치가 있는가 보다. 평생을 거저 쓰여 온 나의 삶이기에 별로 새삼스러울 것도 없고 이 나이에 밥벌이를 해야 되는 걱정도 없으니 그 또한 다행한 일이다. 나의 사는 날까지 두루 잘 쓰이기를 바라는 마음이다.

2001-05-15

'적은 돈'을 봉헌하는 교회 여성
(교회여성연합회 연차대회 주제강연)
마태복음 25:31-40

오늘 본문 말씀은 마태복음 25장에 나오는 최후의 심판 장면입니다. 우리들이 교회에서 여러 번 들었던 말씀이기도 할 것입니다. 그리고 우리가 들을 때마다 바로 내가 그리스도를 영접하지 않고 지나쳐버리고, 배고프고 헐벗은 나그네를 모른척한 것은 아니었나 하고 스스로를 돌아보게 되는 말씀이기도 합니다. 우리가 미처 깨닫지 못하고 한 행동이 그리스도를 영접하기도 하고, 그리스도를 박대할 수도 있다는 것을 다시금 깨닫게 해주는 말씀입니다.

제가 오늘 이 본문을 택한 것은 바로 'Least'라는 어휘 때문입니다. 적은 돈 운동은 영어로 Least Coin운동이라고 합니다. 이 Least라는 어휘가 똑같이 오늘 본문에도 쓰였습니다. 너희가 A Least One, 보잘것 없는 한 사람을 대접하거나, 또 A Least One, 아주 하찮아 보이는 사람을 박대했을 때, 바로 나 예수 그리스도를 대접하거나 박대하는 것이었다고 분명히 말씀하십니다. 이 말씀을 들었을 때, 왼쪽에 있던 사람들은 깜짝 놀라면서 항의를 합니다. "제가 언제 예수님을 박대하였습니까? 저는 예수님이 배고프신 걸 본 일이 없습니다. 아니 예수님

인줄 알았으면 제가 어찌 밥 한 그릇을 드리지 않았겠습니까? 무언가 잘못 알고 계십니다. 예수님이 옷이 없어 벗고 계셨다면 제가 얼른 제 옷이라도 벗어서 입혀드렸지요. 아니 예수께서 길에서 주무시는데 제가 어찌 편히 제 집에서 잘 수 있었겠습니까? 저는 절대로 그럴 리가 없습니다. 예수께서 잘못 아시는 것입니다." 하고 변명했던 것입니다. 예수께서는 분명히 "저 보잘 것 없는 사람, 이 사회의 변두리에 밀려나서 사람 구실을 못하고 있는 불쌍한 사람을 도와준 것이 곧 내게 한 것이다."고 말씀하십니다. 저는 적은 돈 운동을 생각하면 바로 이 말씀이 연결됩니다. 우리가 적은 돈을 보잘 것 없는 것이라 내던져 버리는 것이 아니라 나의 기도의 증표로 하나씩 모으면서 이 사회에서 가난하고 힘들게 사는 사람들을 위해 기도하고 도와준다면 바로 예수께서 말씀하신 지극히 작은 사람을 대접하는 것이 될 것입니다.

오늘 우리는 한국교회여성연합회의 연차대회로 모이면서 적은 돈을 봉헌하는 순서를 가집니다. 다 아시는 사실이겠습니다만 적은 돈 운동은 아시아에서 시작하여 전 세계로 퍼져나간 운동으로 한국과는 특별한 인연이 있습니다. 적은 돈 운동을 하기로 결정하고 처음 모은 헌금 전액이 6·25 전쟁으로 고아가 많이 생긴 한국에 보내어져서 고아들을 돕는데 쓰였기 때문입니다. 그 기원을 살펴보면, 1956년 9월에 필리핀 마닐라에서는 미국 장로교 Margaret Shannon 박사의 주도로 '아시아 장로교 부인회 수련회'가 모였습니다. 서로 다른 국가에서 7명의 여성들이 평화를 위한 주제로 모였는데, 그 수련회 일정 중에는 한국 방문이 포함되어 있었습니다. 우리나라가 일본의 식민지에서 해방되어 독립국가가 된지 얼마 되지 않아, 6·25 동란을 치르고 아직 국제관계가 원활하지 못하던 때였습니다. 그 일행 중의 한명인 Shanti Solomon여사는 인도인이었는데 우리나라는 아직 인도와의 국교가 정상화되어 있지 않았기 때문에 한국 입국 비자가 거부되었습니다. 이 일을 계기로, 분열된 세계의 현실을 아파하며 Shanti Solomon은 화해와 평화를 위해 명상하며 기도하는 가운데 적은 돈 운동의 아이디어를 얻게 되었습니다. 1958년 홍콩에서 아시아교회여성연합회(ACWC)가 창립총회를 모이게 되었고, 바로 그 모임에서 '적은 돈 운동'이 시작되었습니다. 1970년에 Shanti Solomon여사가 아시아교회여성연합회의 총무로 임명되었고 적은 돈의 관리도 맡게 되었습니다. 그 때부터 적은 돈 운동은 아시아교회여성연합회의 한 사업이 되었습니다.

저는 1975년부터 교회여성연합회의 실행위원을 하면서 적은 돈 위원장도 맡아보았습니다. 그래서 세계기도일 운동과 함께 이 두 운동은 전 세계의 교회 여성들을 결속시키는데 크나큰 역할을 하고 있다는 것을 잘 알고 있습니다.

여기 모이신 여러분은 대부분 교회 경력이 많으신 분이실 것입니다. 각 교단에서 파송 받으신 여러분은 각 교단의 여성을 대표하시는 분들이십니다. 자기 주머니를 털어서, 자기 재산을 드려서 많은 사람들을 섬기면서 예수 그리스도께서 가르치신 대로 살려고 애쓰시는 여러분이야말로 최후 심판에서 임금의 오른쪽에 세워지기에 합당하신 분들이실 것입니다. 교회일이라면 열일 제쳐 놓고 뛰어나가서 마른일, 궂은 일 가릴 것 없이 몸이 으스러지도록 봉사해온 여러분일 것입니다. 더구나 교회여성연합회에 나오신 여러분은 다른 교단의 여성들과 연합운동을 하면서 세계 여성들과 연대하고 있으니 얼마나 많은 일을 감당하면서 무거운 짐을 견디어 내셨겠습니까? 그러니 마땅히 예수님의 칭찬을 받으실 만합니다. 큰 박수로 여러분의 공로를 치하 드립니다. 이제 한국교회는 세계교회협의회 총회를 유치할 만큼 크게 성장하였습니다. 그것은 교회 구성원의 70%를 차지하는 여성들이 그리스도의 몸인 교회를 열심히 섬겨온 결과일 것입니다.

예수님 당시에도 여러분과 같은 여성들이 있었습니다. 누가복음 8장 1절부터 읽어보면, 예수는 당시 그 사회에서 사람 숫자에도 들지 못하고, 글도 배울 수 없었던 여성들, 성차별의 굴레를 쓰고, 온갖 제약 속에 신음하던 여성들을 해방시켰습니다. 예수를 만남으로 인해서 세상에 태어나서 처음으로 사람 대접을 받아본 여성들은 예수의 복음으로 눈을 뜨게 되었고, 새로운 세상을 알게 되었습니다. 이 여성들은 자기네 재산을 바쳐 예수 일행을 도왔습니다. 예수께서 전파하시는 복음이야말로 이 세상을 살리는 하나님의 말씀인 것을 깨달았습니다. 그들은 악령이나 질병으로 시달리다가 나은 여자들이라고 알려져 있는데 그 말은 그 땅이 지옥처럼 살기 힘든 곳이었다는 것으로 이해할 수 있습니다. 하나님의 형상으로 지음 받은 사람으로서 모든 가능성을 가진 사람을 모자라는 사람이라고 구박을 받았으니 어찌 정신이 돌지 않았겠습니까? 지금 같으면 정신병이라고 하겠지만 그 때는 악령이 들렸다고, 귀신들린 여자라고 불렀을 것입니다. 저는 역사 드라마를 좋아합니다. 그런데 괴로운 것은 거기 나오는 여성들이나 비천한 사람들이 너무나 억울하게 차별받는 것입니다. 내가 저런 세상에 태어났다면 얼마나 힘들었을까? 남녀가 똑 같이 하나님의 형상으로 지음 받은 사람인데 남자는 글을 배울 수 있고, 여자는 글을 배울 수 없다면 세상 살기가 얼마나 힘들었을까? 권세를 가진 사람이 세상 사람들을 등급으로 나누어서 하층에 사는 사람들을 함부로 대한다면 얼마나 억울한 사람들이 많았겠습니까? 예수 시대의 여성들은 그렇게 살았습니다. 예수께서는 그 밑바닥에서 헤매는 사람들을 존귀한 사람으로 대하셨으니 예수를 만난 여인들이 얼마나 감격했겠습니까? 그리고 새로운 인생을 살게 되었습니다. 그 사람들은 예수의 일행을 도왔습니다. 돕는다고 하면 심부름이나 하는 정도로 생각할지 모르지만 영어 성경에는 minister라는 어휘를 씁니다. 정부에서 장관을 Minister라고 하지요. 교회에서 교역자를 Minister라고 하지요. 갈릴리에서부터 예수를 따라다닌 여성들은 자기 재산을 드려서 예수 일행을 재정적으로 지원해준 것입니다. 예수 일행이 필요한 것을 공급해준 것입니다. 그 여성들은 예수의 말씀을 정확하게 이해하였습니다. 예수께서 고난을 당하실 때 남자 제자들이 예수를 부인하고, 다 도망갔는데 갈릴리에서부터 따라온 이 여성들은 예수를 죽이는 것이 부당하다는 것을 알아서 골고다의 길가에서 큰 소리로 통곡하였습니다. 예수께서 부활하시고 제일 먼저 막달라 마리아를 만났습니다. 예수께서는 이 여성에게 제자들에게 가서 갈릴리에서 만나자고 알려주라고 하십니다. 예수의 교역을 위임받은 첫 선교사로 볼 수 있습니다. 그 여성들이 초대교회를 형성하는데 핵심적인 역할을 했을 것입니다.

우리들이 거의 매일 하는 주기도문에는 "하나님의 나라가 이 땅에 오시고 하나님의 뜻이 하늘에서와 같이 땅에서도 이루어지이다." 하는 대목이 있습니다. 저는 주의 기도를 할 때마다 예수께서 어쩌면 이리도 완벽하게 기도를 가르치셨나 하고 놀라움을 금할 수 없습니다. 하나님의 나라가 이 땅에 오시라는 기도는 바로 내가 이 땅에 하나님 나라가 이루어지도록 일하겠다는 기도입니다. 우리는 아무 일도 하지 않고 가만히 있는데 하나님 혼자 일하셔서 하나님 나라가 이 땅에 뚝 떨어진다는 이야기가 아닙니다. 바로 지극히 작은 사람, 아주 보잘 것 없는 사람을 예수님 대하듯이 대접하는 사람들이 있으면 바로 오늘 여기에 하늘나라가 이루어지는 것입니다. 그러니 예수께서는 하늘나라는 멀리 있는 것이 아니고 바로 네 가까이에 있고 네 옆에 있고 네 안에 있다고 하시지 않았습니까?

또한 "하나님의 뜻이 이 땅에서 이루어지는 것"도 바로 우리들이 해야 할 일을 알려주신 것입니다. 하나님께서 천지 만물을 지으시고 참 좋다고 하신 것이 창조질서입니다. 하나님이 사람을 지으시고 그 천지 만물을 건사하라고 맡기셨습니다. 하나님께서는 사람이 자연을 잘 관리해서 아름다운 세상을 만들어서 자연과 사람이 평화롭게 살기를 바라십니다. 하나님께서 천지를 창조하실 때는 하나님이 뜻하신 대로 아름다운 자연이 창조되었습니다. 그래서 "참 좋다."고 하셨습니다. 그러나 오늘날 세계를 둘러보면 절대로 '참 좋은' 모습이 아닙니다. 온 세계가 신음하고 있지 않습니까? 우리가 아무리 입으로 "뜻이 하늘에서 이루어진 것과 같이 땅에서 이루어지옵소서." 하고 기도를 해도 하나님이 뜻하신 대로 이루어지지 않습니다. 지금 우리나라의 강들을 우주에서 찍은 사진을 보면 얼마나 비참한지 모릅니다. 강바닥이 파헤쳐지고 포크레인이 여기저기 삽질을 해댑니다. 수 천 년 걸려 이루어진 강줄기를 마구 돌려 놉니다. 저 안에 얼마나 많은 생명이 무참히 죽어 가는지 모릅니다. 우리 눈에 보이지 않는 미생물을 비롯해서 저 갯가의 미물들, 수많은 물고기들이 살 자리를 잃고 떼죽음을 당하고, 뿌리 뽑힌 풀과 나무들이 나둥그러져서 말라 버렸습니다. 그래도 우리가 입으로 기도만 하고 있으면 이 땅에 하나님의 뜻이 이루어져서 "참 좋다" 하는 하나님의 말씀을 들을 수 있을까요? 하나님은 절대로 혼자서 일하지 않으십니다. 하나님은 우리를 청지기로 세우셨기 때문입니다. 하나님을 우리의 창조주로 고백하는 사람들은 다 하나님의 청지기로 위임받았습니다. 우리가 한 생명이라도 보듬어 안고 살려주려고 노력할 때, 자연과 사람을 사랑하시는 하나님의 뜻이 이 땅에서 이루어지는 것입니다. 우리가 하나님의 창조의지를 알고 하나님이 원하시는 세상을 만들려고, 하나님이 창조하신 세상으로 회복하려고 노력할 때, 그 때 하나님의 뜻이 이 땅에 이루어지는 것입니다.

우리가 적은 돈을 드리며 기도할 때 바로 내 옆의 사람이 평안한지, 내 옆의 생명들이 평안한지를 살펴야 할 것입니다. 그들이 바로 하나님의 사랑의 대상이기 때문입니다. 하나님은 사랑이라고 했습니다. 사랑하지 않으면 하나님을 알지 못합니다. 우리가 하나님이 사랑하시는 사람과 자연을 사랑할 때 우리는 동시적으로 하나님을 사랑하게 됩니다. 우리는 아무도 하나님을 볼 수 없습니다. 다만 우리의 이웃, 사람과 우리를 둘러 싼 자연을 사랑할 때 동시적으로 하나님을 사랑하게 된다는 것입니다.

오늘 우리는 지난 일 년 동안 모아온 적은 돈을 봉헌하는 순서를 가집니다. 이렇게 전 세계에서 모은 적은 돈이 세계 여러 곳의 어려운 사람들을 도울 것입니다. 거기서 이 적은 돈은 하나님의 사랑을 펼쳐나갈 것입니다. 그러므로 하나님께는 영광이 돌아가고 땅에는 기쁨이 충

만할 것입니다. 우리의 적은 손길들이 모여 하나님의 큰 사랑을 드러내는 기적이 이루어질 것입니다. 드리는 손길마다 하나님의 축복이 함께 하시기를 바랍니다.

2010-05-19

온 생명을 살리시는 예수 그리스도
(기장여신도회 전국연합회 사회부 교육)

오늘 기장여신도회에 오니 30년 전에 제가 전국연합회의 교육 총무로 일하면서 생명문화창조운동을 시작하던 일이 생각납니다. 저는 1978년부터 환경 문제에 눈을 뜨게 되었고 하나님을 창조주로 고백하는 사람은 하나님이 지으신 이 세상을 아름답게 가꾸고 보살펴야 하는 사명을 받은 것을 깨닫고 매일 매일 실천하려고 애쓰고 있습니다. 오늘 '온 생명을 살리시는 예수 그리스도'를 본받아 생명을 살리는 기장여신도회가 되기 위하여 구체적으로 EM을 활용하여 자연을 살리는 살리미가 되려는 여러분께 동지를 얻은 기쁨으로 큰 박수를 보냅니다.

저는 여성신학을 통해서 새로운 신학을 터득하면서 신학은 머리로 공부만 하는 것이 아니라 매일매일 살아가야 한다는 것을 배웠습니다. 여성신학은 하느님이 천지 만물을 지으시고 모든 사람을 하느님의 모습을 지닌, 평등한 존재로 창조하신 것을 믿습니다. 또한 그동안 여성들이 억압받아 온 것은 가부장적인 문화가 여성을 올바로 인식하지 못한 때문이라 해석합니다. '온 생명을 살리러' 세상에 오신 예수 그리스도는 여성들이 온전한 사람으로 회복되게 하기 위해 그 목숨을 주셨습니다. 그 그리스도를 믿는 사람은 누구나 이 세상을 돌보는 청지기 역할을 맡았으므로 이 세상의 잘못된 것을 고쳐서 하나님이 지으신 창조 질서를 회복해야 하는 사명을 받았습니다.

모든 생명을 살리고자 하시는 예수 그리스도를 믿는 사람은 그의 가르침을 따라 사는 사람들입니다. 예수께서 주신 단 하나의 명령은 무엇입니까? "하나님을 사랑하고 이웃을 사랑하라."는 것입니다. 이 명령은 하나님을 사랑하고 이웃을 사랑하라는 두 가지 명령으로 들립니다. 그러나 실은 하나입니다. 우리는 하나님을 직접 사랑할 수 없습니다. 그러나 이웃을 사랑하는 순간 우리는 하나님을 사랑하는 것이 됩니다. 이웃을 사랑하는 것이 곧 하나님을 사랑하는 동시적인 사건이 됩니다. 얼마나 오묘합니까? "지극히 작은 자에게 한 것이 곧 내게 한 것이라." 하신 예수의 말씀이 바로 이 뜻이 아니겠습니까? 예수께서 "하늘나라는 네 가까이에 있고, 네 안에 있다."고 하신 말씀도 이러한 맥락에서 이해할 수 있습니다. 그런데 환경 문제, 생태 문제가 대두되면서 우리가 자연을 파괴하고 하나님을 슬프게 해드린 것을 고백하게 되었습니다. 그리고 자연을 바로 우리가 사랑해야할 이웃으로 인식하게 되었습니다. 내가 자연을 사랑하면 바로 하나님을 사랑하는 것입니다. 자연이 병들어가는 것을 고치고 살려내는 것이 바로 하나님을 사랑하는 길입니다.

제가 여성신학을 배우면서 가장 신나던 것은 "신학이란 하나님이 관심하는 일에 내가 관심하는 것"이라는 미국의 여성신학자 레티 러셀 Letty Russell의 말입니다. 신학이란 예수께서 관심하시던 일에 관심을 가지는 것입니다. 우리가 오늘 '온 생명을 살리시는 예수 그리스도'를 고백하려면 바로 예수께서 관심하시던 '모든 생명을 살리는 일'을 하며 살아가야 하는 것입니다. 그래서 "신학이란 하나님이 관심하는 일을 살아내는 살리미가 되는 것"이라고 할 수 있습니다. '살리미'라는 어휘는 여러분이 듣기에 생소하실지 모르겠습니다. 요즈음 돕는 사람을 '도우미'라고 하고, 알리는 사람을 '알리미'라고 합니다. 그래서 이 새로운 어휘를 따라 생명을 살리는 사람을 '살리미'라 부르자고 제가 여성교회에서 목회할 때 지어낸 어휘입니다. 사람을 포함한 모든 생명을 살리면서 모두가 조화를 이루며 평화롭게 살아가고자 하는 사람을 '살리미'라 부르며 저 스스로도, 살리미가 되도록 애쓰고 있습니다. 여러분도 모두 '살리미'일 것입니다. 오늘 EM에 관심을 가지게 된 것부터가 바로 '살리미'의 일입니다. '살리미'를 좀 더 생각해 보겠습니다.

1) 우리가 집안에서 하는 일을 살림살이라고 합니다. 우리 조상들이 어찌 그리 오묘한 어휘를 만들었는지 참으로 감탄할 일입니다. 살림살이라는 뜻을 되새기게 되면서 살림살이가 더 소중하고 좋아졌습니다. 우리가 하찮게 여기던 집안일을 곰곰이 살펴보면 다 살리는 일입니다. 우리는 매일 매일 살리는 일을 하고 있으니 이 얼마나 청지기에 합당한 생활입니까?

2) 살리미는 망가진 세상을 고치는(Mending Creation) 사람입니다. 우리의 삶 속에서 하나님이 창조하신 대로 자연을 고쳐가야 하는 일이 너무나 많습니다. 그 고치는 일들, 잘못되어 있는 세상을 하나님의 뜻에 맞게 고치는 일들이 다 '살리미'의 일이 될 것입니다. "하나님의 나라가 이 땅에 이루어지옵소서. 하나님의 뜻이 땅에서도 이루어지옵소서."를 기도하는 사람은 바로 그 일을 위해서 살아야 할 것입니다.

3) 이 세상의 모든 사람은 다 하나님의 형상으로 지음 받은 소중한 생명입니다. 누구하나도 소홀히 대할 수 없는 하나님의 존귀한 생명입니다. 그 사람들이 존중받고 떳떳하게 사는 세상을 만들어 가는 것이 바로 살리미의 일입니다. 하나님이 천지만물을 지으시고 참 좋다고 하셨던 그 아름답고 평화로운 세상을 회복하는 것이 바로 살리미의 일입니다.

오늘 이 땅의 크리스천은 모두 '살리미'의 사명을 받았습니다. 땅이 죽어가고, 공기가 오염되고 물이 썩어가는 이 땅을 살리기 위해서, 하나님이 지으신 창조를 회복하기 위해서, 우리는 살리미로 부름 받은 사람들입니다.

나는 몇 달에 한번은 '서울 Y'에 갑니다. 음식물 발효제 EM을 사러 가는 것입니다. 내가 들고 올 수 있는 만큼만 사니까 자주 가게 됩니다. 재작년에 기독교환경운동연대에서 실시한 '음식물 발효제를 쓰는 교육'에 참여한 결과입니다. 그 교육을 받은 후에는 매끼마다 나오는 음식물 찌꺼기를 발효제와 섞어서 발효제 용기에 넣습니다. 겨울에는 추우니까 발효가 잘 안 되겠기에 비닐봉지에 봉해서 스티로폴 상자에 넣어둡니다. 봄이 되어 나의 작은 옥상 밭에 묻어주면 그 쓰레기는 땅으로 돌아가 좋은 거름이 될 것입니다.

나는 20년 전 아파트에 살 때에도 베란다에 흙을 넣고 음식물 찌꺼기를 흙에 묻어서 좋은 거름을 만들었습니다. 그 아파트를 산 사람이 그 흙이 더럽다고 다 퍼다 버린다고 했습니다. 저는 그 흙을 담아서 이사 짐에 실어왔습니다. 제가 그 흙을 얼마나 아끼는 것인지 알 수 있을 것입니다. 그러고 보니 지난 20여 년간 우리 집에서는 음식물 쓰레기가 하나도 집밖으로 나간 일이 없습니다.

그런데 EM 교육을 받은 후로는 더욱 더 그 작은 밭이 소중하고 유용해졌습니다. EM은 우리 집의 채소를 키워 우리 식탁을 풍성하게 하며 자연을 살려서 지금 병들어 가는 지구를 살리기 때문입니다. 나는 자연을 살리면서 하나님을 사랑하며 살고 있으니 얼마나 행복합니까? 우리 다 함께 EM을 우리 생활에 활용하여 자연을 사랑하고 하나님을 사랑하십시다. 그것이 온 세상을 살리시는 예수 그리스도께서 우리에게 바라시는 일입니다.

2008-03-25

여해 강원룡 목사를 추모하는 기도

천지만물을 창조하시고 참 좋다고 하신 하느님!

89년 전에 강원룡 목사를 이 땅에 나게 하시고, 하느님이 좋아하신 세상을 회복하는 사명을 그에게 맡겨주신 것을 감사드립니다.

오늘 우리는 강원룡 목사님을 잃은 슬픔을 안고 여기 모였습니다.

사람들 사이의 차별을 허락지 않으신 하느님의 뜻을 따라 강 목사님은 여성들이 차별받지 않는 세상을 만들기 위해 애쓰셨습니다. 기독교장로회가 여성 안수 제도를 통과할 수 있었던 것도 목사님의 덕분입니다. 수원 아카데미, '내일을 위한 집'에서 여성들의 눈을 뜨게 하느라 가르치고, 이야기하고, 함께 노래하며, 춤추셨습니다. 여성들의 귀를 열고, 입을 열어 여성들이 자기들의 권리를 찾도록 애쓰셨습니다. 그래서 수많은 여성들이 새로운 세상을 살게 되었습니다. 여성뿐만 아니라 이세상의 어떤 사람도 차별받지 않는 세상을 만들어 가느라 애쓰게 되었습니다. 목사님은 중간 집단 교육을 통해 극과 극을 달리는 우리나라의 현실을 바로 고치려고 노력하셨습니다. 그래서 우리는 다른 사람들과 담을 쌓지 않고 이야기를 나누며, 온 자연과 더불어 평화로운 세상을 만드는 일에 참여하게 되었습니다.

목사님! 그 동안 우리들을 살려내느라 참 많은 일을 하셨습니다. 참으로 고맙습니다.

우리들의 어머니와 같으신 예수님!

당신의 일을 하느라 애쓰다가 돌아간 강원룡 목사님을 당신의 품에 안아주소서.

그래서 남편을 잃고, 아버지를 여의고, 형님을 보내고, 오빠가 떠나가서, 할아버지를 다시는 육신으로 만날 수 없는 슬픔에 싸인 가족들과 여기 모인 모든 사람들이 당신의 품안에 계신 강 목사님을 바라보고 위로를 받게 하소서.

가난한 사람에게 기쁜 소식을 전하고,

갇힌 사람을 풀어주고 희년을 선포하러 오신 예수님!

강 목사님은 이 기쁜 소식을 전하느라 애쓰셨습니다.

세계 신학을 앞장서 가면서,

오랜 지병을 앓으면서도 세계 곳곳을 다니며 평화로운 세상을 만들자고, 종교 간의 대화를 하자고 사람들을 만나면서,

평화로운 세상 만들어가는 일을 얽어놓으셨습니다.

우리의 사랑을 한 몸에 받으시는 강원룡 목사님!

이제 그 많은 생각과 일들을 여기에 놔두고 편안히 쉬십시오.

여기 남은 사람들이 목사님의 뜻을 이어 가는 사명을 받아 열심히 노력할 것입니다.

우리의 모자람을 아시고 연약함을 아시는 성령님!

우리는 강목사님이 남겨주신 일을 계속해서 우리가 하느님이 기뻐하시는 세상, 공의가 강물 같이 흐르는 평화로운 세상을 만들어 가고 싶습니다. 우리가 가다 쓰러지면 일으켜 세워주시고 갈 길을 잃고 헤매게 되면 우리를 하느님이 원하시는 길로 이끌어주십시오. 그래서 마침내 하느님이 원하시는, 강 목사님이 그리도 바라던 아름다운 세상이 이 땅에 이루어지기를 원합니다.

우리를 살리기 위하여 죽으시고 부활하신 예수 그리스도의 이름으로 기도드립니다.

2006-08-18

박용길 장로 구순 축하 기도

천지만물을 지으시고 인간에게 이 세상의 청지기직을 맡겨주신 하나님!
저희가 이를 믿고 살게 된 것을 감사드립니다.
오늘 저희는 박용길 장로의 구순 잔치를 하러 모였습니다.
일찍이 신학을 공부하고, 당신의 종의 길을 걷도록 준비시키셨습니다.
나라를 잃은 민족의 아픔을 안고 태어난 이 땅의 딸로서
문익환 목사의 아내가 되고 그 부모님의 며느리가 되고
네 자녀의 어머니가 되고, 귀여운 손주들의 할머니가 되면서
이 가정의 기쁨과 슬픔, 고난과 행복을 모두 아우르며
참으로 꿋꿋이 버티어 오게 하셨습니다.
타고난 재능도 많아서, 올갠을 치고, 바느질을 하고, 뜨개질을 하고
붓글씨를 쓰면서, 잠시도 쉴 새 없이 구십년의 세월이 흘러갔습니다.
기장여신도 회원으로 전국연합회에서 활동하고,
교회에서는 장로의 직분을 감당하고,
남편의 옥살이로 단련되니 민주화운동의 선봉에 서고,
남편이 두고 간 통일운동을 위해 스스로 옥살이도 겪어내고.
박 장로는 참으로 다양한 삶을 살아오셨습니다.
그렇게 바쁜 나날을 보내면서도, 설날에 제자들이 세배를 오면

그 자녀들의 이름을 이쁜 붓글씨로 손수 쓰신 봉투에
세뱃돈을 넣어주시는 자상한 사모님이십니다.
오늘 우리는 이렇게 아름다운 박 장로의 구순 잔치를 하렵니다.

사람을 사랑하시어 이 세상에 오셔서
우리를 살리기 위해 죽으시고 부활하신 예수님!
우리 박 장로에게 "착한 종아, 잘 살아왔다"고 칭찬해 주십시오.
당신이 가르치신 사랑을 전하느라 바쁘고 힘들게 살아온 박 장로가
오늘 여기 모인 모든 사람들과 마음껏 웃고 즐기게 해주십시오.

우리의 모자람을 채워주시고
하나님을 향해 바르게 가도록 인도하시는 성령님!
앞으로도 박 장로에게 전과 같이 건강을 허락하시고
매일매일 즐겁고 신나게 살도록 도와주십시오.
이 모든 말씀을 예수 그리스도의 공로로 기도드립니다. 아멘

2008-09-08

박영숙 묘비 제막 기도

우주 만물을 지으시고 주관하시는 하나님!
오늘 우리는 일 년 전에 세상을 떠난
박영숙 님을 추모하며 묘비를 제막하려고 모였습니다.
일 년이 지났어도 우리는 여전히 님의 빈자리로 가슴이 휑합니다.
님이 남기고 간 일들이 많아서
님이 하고 싶은 일들이 많았기에 님의 빈자리는 더 크게 보입니다.
님을 사랑하던 사람들이 님을 그리워합니다.
님이 사랑하던 사람들이 님을 잊지 못합니다.
여기 묘비를 세우면서
님의 하신 일을 기억하고 이어가자고 다짐합니다.

사랑의 하나님!
여기 빈 가슴들을 당신의 사랑으로 채우시고
새로운 힘을 부어주시어 새날을 채워가게 하소서.
온 나라가 세월호 참사로 발칵 뒤집혔습니다.
온통 먹통인 이 나라의 한심한 모습이 다 드러나고 있습니다.
우리가 이런 나라에서 살고 있었구나 한숨이 나옵니다.

화물을 더 실으려고 평형수를 빼버렸답니다.
겹겹이 쌓인 비리들이 이리저리 얽혀 있습니다.
님이 계셨더라면 이 엄청난 참극을 보고 얼마나 애태웠겠습니까?

망가진 하나님의 창조를 바로 살리고
하나님의 모습을 잃어버린 사람들을 살려내기 위해서
골고다의 언덕을 오르시고 십자가에서 죽으시고 부활하신 예수님!
살려달라고 부르짖는 저 소리를 듣지 않으셨습니까?
우리를 살리기 위해 세상에 오신 예수께서
어찌 그 소리를 듣지 못하셨겠습니까?
목으로 물이 꼴깍 꼴깍 넘어가며 숨이 가빠 허덕이면서
살아보려고 있는 힘을 다해 발버둥 치는 그들 한 가운데
바로 거기서 예수님은 그들과 함께 고통을 당하셨습니다.

우리의 모자람을 채워주시고
쓰러진 사람들을 일으켜 세우시고
하나님을 향해 살 수 있도록 이끌어주시는 성령님!
여기 오셔서 이 슬픈 사람들을 위로해 주소서.
사랑하는 사람을 가슴에 묻은 사람들이 여기 있습니다.
멍든 가슴으로 몸부림치는 사람들을 끌어안아 주소서.
우리를 사랑하시는 하나님
우리를 불쌍히 여기소서.
이 갈라져서 서로 싸우며 상처받은 민족에게 통일을 허락하시고

망가진 자연과 사람을 살리는 바른 일을 하게 도우소서.

사람들이 더불어 평화롭게 사는 나라를 이루게 하소서.

우리를 구원하기 위해 세상에 오셔서

우리에게 살길을 보여주신 예수 그리스도의 이름으로 기도합니다.

2014-05-17

하느님 당신은 누구십니까?

(향린교회 수요예배)

호세아 11:1-5

2006년의 대림절이 시작되었습니다. 해마다 이 맘 때가 되면 기독교인들은 의례 대림절, 대강절이라 하여 예수의 오심을 기다립니다. 금년에는 어떤 예수를 기다리고 있습니까? 정말 우리는 예수가 오시기를 기다리고 있습니까? 예수를 기다리기에 앞서, 나는 과연 그 예수를 보내신, 하느님을 제대로 알고 있는 것인지, 오늘 내가 믿는 하느님은 바로 성경에서 말하는 하느님인지, 아니면 사람들이 만들어 놓은 우상은 아닌지를 먼저 생각해 보아야 하지 않겠습니까?

"나의 하느님은 누구인가?" 이런 질문을 해보신 일이 있습니까? 물론 있으실 것입니다. 기독교인이라면서 하느님을 모르느냐고 질책을 하실 수도 있을 것입니다. 철학에서는 하느님을 '존재의 근원' Ground of Being이라고 한답니다. 그러니까 "하느님은 무엇이냐고" 물어야 할 것입니다. 이런 질문에 답하기 위하여 세상에는 수많은 철학자가 있고 신학자가 있습니다. 하느님에 관하여 수없이 많은 책이 출판되었습니다. 그런 질문에 부딪쳐서 여러분은 어떻게 하셨습니까?

저는 하느님을 알고 싶어서 신학대학에 갔습니다. 신학교에만 가면 하느님을 금방 알게 되는 줄 알았습니다. 그런데 신학대학에 다니면서 결혼하고 졸업하고 전도사 부인을 하다가 미국에 가서 목사 부인으로 살면서 나는 하느님을 바로 알고, 교회 일을 하는 것으로 하느님의 일을 꽤 잘하고 있는 줄 알았습니다. 1973년에 남편이 모교인 한국신학대학 교수로 부임하기 위해 우리는 오기 싫어하는 아이들을 끌고 귀국했습니다. 오는 길에 14살 된 맏딸 아이가 머리가 아프다고 시무룩해하면 오기 싫어서 그런가 보다고 생각했습니다. 오자마자 아이는 점점 더 아프다고 했고 이 병원 저 병원 뛰어다니다가 결국은 수술을 했고 뇌암이라는 것을 알았습니다. 이런 말이 나가자 교수네 집에서 기도가 부족해서 애가 죽어간다고 했습니다. 기도 잘 한다는 가정 제단에 갔더니 내가 죄를 많이 졌기 때문에 아이가 죽어가니 어서 죄를 자복하라고 했습니다. 저는 무슨 죄를 졌는지도 모르면서 얼결에 "그저 잘못했다."고 했습니다. 집에 와서 안수 기도를 한다며 아이를 두드리며 기도를 받게 했습니다. 암 부위를 완전히 제거했다고 성공적인 수술이라던 의사는 아이에게 방사선 치료를 받게 했고 얼마 지나지 않아 암은 척추로 내려가서 하반신이 완전히 마비되었습니다. 아이를 앰블런스에 싣고 아이의 주일학교 선생님들이 이끄는 대로 순복음교회에 가서 최자실 목사에게서 안수기도도 받았습니다. 그때는 우리 아이가 아직 한국말을 하지 못해서 미국 교회를 다녔습니다. 그 교회 선교사들이 최후수단으로 기도를 받아야 낫는다고 믿었던 모양입니다. 금식을 해야 한다고 해서 빵 한 조각만 달라고 애걸하는 딸을 데리고 물 한 모금도 마시지 않고 꼬박 사흘을 굶었습니다. 꼼짝 못하고 누어있는 아이는 욕창이 났고 대소변도 다 받아냈습니다. 우리가 귀국한 지 일 년 되는 날 아이는 세상을 떠났습니다. 넋이 나가 멍한 저에게 어느 장로님 말씀이 "당신네가 너무 행복하니까 세상 물정 좀 알라고 하나님이 그러신 거요." 하더군요. 하느님은 그렇게 잔인한 분이십니까?

한 어미의 가슴을 갈기갈기 찢어놓고 회개하기를 바라십니까? 이 세상에 둘도 없는 자기의 분신을 빼앗기고서야 세상물정을 알게 됩니까? 하느님에 대한 인식이 곤두박질치면서 저는 "하나님, 당신은 누구십니까?" 하면서 절규하게 되었습니다.

사람은 하느님에 대한 인식에 따라 그의 사는 모습이 달라질 것입니다. 어떠한 하느님을 믿느냐에 따라서 그의 생활 태도가 달라질 것입니다. 하느님이 하늘에서 영화를 누린다고 믿는 사람은 교회를 웅장하고 찬란하게 꾸미는 것을 자기 인생 최고의 목표로 삼을 것입니다. 아시아 최대, 세계 최대의 교회를 건축하기 위해 온갖 노력을 다 하는 사람도 거기에 속할 것입니다. 헌금을 많이 하면 하나님의 축복을 독차지하고 혼자만 천당에 가리라는 선민의식에 안주하는 사람도 있습니다. 사랑의 하느님을 믿는 사람은, 인간을 사랑하시되 스스로 사람의 몸을 입고 이 땅에 오시어 빵과 명예와 권력의 시험을 물리치고 십자가에서 죽기까지 한 예수를 믿는 사람은, 그 하느님의 사랑을 몸으로 전파할 것입니다. 그리고 그 하느님이 간절히 원하시는 정의와 평등과 평화를 이 땅에 이루는 일을 하느님께로부터 받은 사명으로 알고 살 것입니다.

70년대에 불어 닥친 여성의식화와 여성신학을 알게 되면서 저는 새로운 하느님의 모습을 찾았습니다. 오늘 본문은 하느님의 모성성에 대한 수많은 성구 중의 하나입니다. 하느님을 아버지라 부르는데 익숙해 있던 저는 하느님의 모성성이라는 말은 들어본 일이 없었습니다.

제가 신학교를 다닐 때는 여자가 목사가 된다는 것을 상상도 하지 못했었습니다. 그러니 그러한 신학을 알 리가 없었습니다. 그런데 미국의 가톨릭 신부 Leonard Swindler가 쓴 *Biblical affirmation of Women*(여성의 성서적인 확인)이라는 책을 읽으면서 성경 안에 있는 하느님의 여성성을 표현하는 수많은 성구들을 접하게 되었습니다. 아이를 낳고 길렀던 저의 경험은 하느님의 여성적인 모습에서 금방 어머니 같으신 하느님을 알게 되었습니다. 새로운 세상이 열리는 것이었습니다. 제게는 바로 하느님의 어머니 모습이 복음이었습니다.

오늘 본문은 호세아가 세 번이나 자기를 떠난 아내 고멜을 찾아오면서, 하느님을 떠나는 이스라엘에 대한 하느님의 애끓는 심정을 표현한 것입니다. 하느님만을 하느님으로 모시라는데 이스라엘은 다른 하느님을 찾아다닙니다. 하느님이 아닌 것에 절하며 우상을 섬깁니다. 그래서 내가 너를 얼마나 사랑하는데 나를 몰라보냐고 안타까워하십니다. 제발 나를 알아다오. 나를 떠나지 말라고 애원하십니다.

오늘 본문의 말씀입니다.

걸음마를 가르쳐주고 팔에 안아 키워주고
인정으로 매어 끌어주고 사랑으로 묶어 이끌고
젖먹이처럼 들어 올려 볼에 비비기도 하며
허리를 굽혀 입에 먹을 것을 넣어주었지만,
에브라임은 나를 몰라본다.

오늘 본문은 이렇게 애절하게 하느님의 마음을 그리고 있습니다.

"네가 어려서 천방지축으로 아무것도 모를 때
나는 너를 젖먹이처럼 들어 올려 내 볼에 비비기도 하며,
허리를 굽혀 네 입에 먹을 것을 넣어주며 너를 예뻐했는데
왜 나를 몰라보고 자꾸 다른 데로 떠도느냐"

라고 호소합니다.

물론 아빠들도 그렇게 할 수 있습니다. 그러나 저에게 이런 모습은 분명히 엄마의 역할이었습니다. 바로 나의 어머니가 내게 해주셨던 모습이고 내가 내 아이들에 대한 마음이었습니다. 아이를 위해서라면 내 목숨이라도 아깝지 않은 어미의 마음입니다.

"아하, 그러니까 예수님은 이 세상을 구하러 세상에 오신 하느님이시구나. 수많은 선지자들을 보내면서 아무리 하느님의 마음을 알려주어도 다른 데로만 달려가는 인간들을 위해서 당신 스스로 십자가를 지셔야 했구나!" 하는 깨달음이 절절하게 내 가슴을 파고드는 것입니다. 그래서 "하느님은 사랑이라" 하시는구나. 하느님을 볼 수는 없다고 하시면서 당신의 뒷모습을 보라고 하시는 구나. 하느님이 지나가신 다음에, 하느님의 사랑을 경험한 다음에야 하느님을 알 수 있으니, 바람이 지나간 다음에야 바람이 지나간 줄을 느끼는 것처럼, 사랑하지 않으면 하느님을 알 수 없다고 하신 말씀을 몸으로 느끼게 되었습니다. 그 사랑에 비추어 성경을 읽으니 다 새로운 말씀으로 다가옵니다. 그래서 이 세상의 어느 누구도 소중하지 않은 사람이 없게 되었습니다. 누구나

하느님의 모습으로 지음 받은 소중한 생명이라는 깨달음이 나로 하여금 모든 사람을 소중하게 생각하게 만듭니다. 남녀의 차별뿐 아니라 모든 인간관계에 차별이 있어서는 안 된다는 의식이 생깁니다. 이 세상에는 나보다 못난 사람도 없고 나보다 잘난 사람도 없습니다. 나보다 천한 사람도 없고 나보다 귀한 사람도 없습니다. 이 세상의 모든 사람은 다 하느님의 형상을 지닌 소중한 사람이기 때문입니다. 그러니 내가 누구를 미워할 수 있겠습니까? 이 세상의 모든 사람은 하느님이 사랑하시는 사람이니 나도 그들을 사랑해야 되지 않겠습니까?

예수께서 주신 새 계명은 "하느님을 사랑하고 이웃을 사랑하라."고 하신 것입니다. 그것은 두 가지가 아닙니다. 내가 이웃을 사랑할 때 동시적으로 하느님을 사랑하게 된다고 합니다. 내가 다른 사람을 하느님 모시듯 사랑하는 것이 동시에 하느님을 사랑하는 길이라는 것입니다. 그러니 내가 그들을 사랑해야지요. 이 세상의 모든 사람은 다 각각 다르게 태어났습니다. 나라도 민족도 종교도 문화도 다 다른 사람들이지만 모두가 하느님이 사랑하시는 사람이라는 인식이 모든 차이를 넘을 수 있게 만듭니다.

전통적으로 교회에서는 거룩하신 하느님, 왕이신 하느님, 벌주는 하느님, 전쟁에서 승리하는 장군이신 하느님, 재판관이신 하느님이라고 가르쳤습니다. 그래서 감히 가까이 갈 수 없었던 하느님이 나를 가장 아껴주시던 어머니의 모습으로 다가 왔습니다. "그래, 내가 죄를 많이 지어서, 기도를 하지 않아서 딸이 죽게 되었다고 하던 사람들도 벌을 주는 무서운 하느님의 모습에 매여 있는 사람들이었구나!" 하고 그들을 이해하게 되었습니다.

또한 하느님의 어머니 모습을 그려내는 여성신학자들의 글들이, 예수의 여성성을 그리는 글들이 제 마음에 와 닿았습니다. 제가 앓는 딸 옆에서 가슴 조이며 안타까울 때 하느님도 내가 측은하고 애처로웠을 것이라 생각하게 되었습니다. 딸을 잃고 헤맬 때 하느님도 나와 함께 슬퍼하셨을 것으로 이해하게 되었습니다. 하느님이 나를 벌하신다고 생각할 때 사람들은 움츠러들고 숨어버리고 싶을 것입니다. 그러나 하느님이 우리 어머니처럼 나를 사랑하신다고 생각하게 되면 새로운 힘을 얻게 됩니다. 나를 사랑하시는 그 하느님을 위해 살고 싶어집니다.

저는 저의 아이들에 대한 제 마음을 미루어 하느님을 알게 되었습니다. 사람인 나도 내 자식들을 이렇게 애지중지 하는데 사랑이신 하느님이 어찌 나를 버리시랴? 그러니 든든한 빽을 믿고 신나서 일할 수 있게 되는 것입니다. 나뿐만 아니라 이 세상의 모든 사람은 하느님의 사랑의 대상이기 때문에 누구나 다 하느님의 빽을 가질 수 있습니다. 그가 이 세상을 지으신 하느님을 자신의 하느님으로 받아들이면 하느님께서는 그의 편을 들어주실 것이기 때문입니다.

"하느님 당신은 누구이십니까?"를 절규하던 저는 어머니 같으신 하느님을 고백하면서 비로소 하느님이 이 세상을 사랑하시어 독생자를 보내셨다는 말씀을 이해하게 되었습니다. 교회는 하느님이 이 세상을 사랑하신다는 것을 알려주고 이 세상에 하느님 나라가 이루어지도록 일하는 도구임을 알게 되었습니다. 하느님이 원하시는 것은 하느님이 창조하신 대로 아름다운 자연이 회복되며 사람들이 서로 사랑하는 평화로운 세상이 이 땅에 이루어지는 것입니다. 그것이 바로 "하나님의 뜻이 하늘에서 이루어진 것 같이 땅에서도 이루어지이다."를 기도하는 주기도문의 내용이라는 것도 알게 되었습니다. 그 하느님 나라의 아름다운 그림을 보면서 하느님의 뜻에 따라 살아가려는 것이 바로 제가 아는 신학의 길이요 여성신학을 살아가는 것입니다.

2006년 대림절을 맞이하여 우리가 기다리는 아기 예수를 생각하기 전에 먼저 그 예수의 몸을 입고 세상에 오시는 하느님을 생각해보았습니다. 여러분의 마음을 차지하시는 하느님은 어떠한 분인지 다시 한번 생각하는 계절이 되시기를 바랍니다.

2006-12-03

평화의 섬, 제주
(제주 살림교회 설교)
레 25:8-19, 고전 13:1-13, 마 7:9-13

어느 목사님이 크리스천의 삶을 출애굽에 비유하면서 광야의 시련을 지나 가나안 복지에 이르는 삼 단계 중에 당신은 지금 어디에 있느냐고 물었답니다. 종살이 하던 애굽에서 해방되어 광야 40년의 단련시기를 거쳐 젖과 꿀이 흐르는 가나안 복지에 이르는 것이 크리스천의 목표라고 한다면, 우리는 지금 어느 단계에 있는지를 항상 점검해야 할 것입니다. 때로 우리는 아직도 애굽에 매여 있기도 하고 가나안에 들어갔나 싶으면 세상의 여러 가지 관심사에 매여 또다시 종살이를 하고 있기도 합니다.

제주도 4·3 사건이 바로 외세의 착취에서 벗어나 자유롭고 자율적인 공동체를 이루려던 출애굽이었다면, 4·3 이후의 그 엄청난 길고긴 인고의 세월은 바로 새 공동체를 이루는, 젖과 꿀이 흐르는 가나안을 향한 단련의 세월이었다고 볼 수 있지 않을까요? 그리고 마침내 '세계 평화의 섬'을 이루는 가나안 복지에 이르는 과정이라고 보면 어떻겠습니까? 그래서 오늘 저는 제목을 '평화의 섬, 제주'라 하였습니다.

4·3의 회오리바람이 몰아친 후에 50년의 세월이 흐른 다음에야

4·3의 이야기를 할 수 있게 되었습니다. 지금도 아물지 않은 상처를 우리는 현장의 소리에서 들었습니다. "하느님, 언제까지입니까?" 하고 호소하는 소리입니다. 지난 55년 동안 메아리 없는 울부짖음으로 하늘을 향해 소리치고, 땅을 치며 통곡했습니다. 그러는 동안 기독교 교회는 잠잠했고 아무 말도 하지 못했습니다. 아니 그 사건이 누구의 입에서 터져 나올까 두려워했는지도 모릅니다. 일제 36년을 기나긴 세월이라 한탄했었는데, 그보다 훨씬 더 긴 세월이 지났는데도 우리는 4·3의 상흔에서 헤어 나오지 못하고 있습니다. 아직도 그 때의 아픔을 가슴에 묻고 입을 벌리지 못하는 사람도 있다고 들었습니다. 피해자와 가해자 측이 서로 갈라져서 추모제도 함께 드리지 못한다고 합니다. 우리는 언제까지 피해자, 가해자로 양분되어 갈등을 겪어야 합니까? 이런 고민을 하면서 오늘 희년의 의미를 생각합니다.

오늘 본문 말씀입니다. 레위기 25장 8절에서 시작하여 11절에 보면,

"50년이 되는 이 해를 너희는 거룩한 해로 정하고 너희 땅에 사는 모든 백성에게 희년을 선포하여라. 이 해는 너희가 희년으로 지킬 해이다. 저마다 제 소유지를 찾아 자기 지파에게로 돌아가야 한다… 너는 동족끼리 서로 억울하게 하지 말라. 너희는 하느님 두려운 줄 알아야 한다. 나 야훼가 너희 하느님이다. 너희는 내가 정해주는 규정을 실천하고 내가 세워주는 법을 지켜 그대로 해야 한다. 그러면 그 땅에서 안심하고 살 수 있으리라."

라는 말씀이 있습니다.

한국기독교교회협의회는 10년 전에, 1995년을 통일희년으로 선포했습니다. 해방 된지 50년이 되는 해를 통일을 향한 희년으로 선포한 것입니다. 그리고 한국교회에서는 희년의 실천을 이야기하면서 예수님 스스로가 희년의 완성이라고 선포하셨던 것을 재해석했습니다. 누가복음 4장에 보면 예수께서 갈릴리 회당에서 이사야의 두루마리를 읽으시면서 "가난한 이들에게 복음을 전하고, 묶인 사람들에게 해방을 알려주고, 눈먼 사람을 보게 하고 억눌린 사람들에게 자유를 주며, 주의 은총의 해를 선포하게 하셨다."고 하신 후에 21절에서 "이 성서의 말씀이 오늘 너희가 들은 이 자리에서 이루어졌다"고 하셨습니다. 예수의 교역이 바로 희년의 성취이며 희년 신학이야말로 기독교의 핵심이라 할 수 있습니다. 하느님이 명하신 희년을 사람이 지키지 않기 때문에, 하느님의 뜻을 따르지 않는 사람들을 위해 예수께서는 사람의 몸을 입고 이 땅에 오신 것이요 희년을 성취하신 것입니다. 희년에 비추어 복음을 해석하면 복음의 의미를 바로 깨달을 수 있습니다. 50년마다 기득권을 포기하고, 모든 사람이 자기의 원 위치로 돌아갈 수 있는 사회적인 혁신이 일어나게 하라는 것입니다. 4·3의 아픈 상처는 희년을 맞이하는 기쁨으로 용서하고 화해하라는 것입니다.

또한 바울은 문제 많은 고린도교회에 편지를 쓰면서, "내가 가장 좋은 길을 여러분에게 보여주겠습니다."고 하면서 그 유명한 고린도전서 13장, 사랑장을 썼습니다. 그리고 마지막에 "그러므로 믿음과 희망과 사랑 이 세 가지는 언제까지나 남아 있을 것입니다. 이중에서 가장 위대한 것은 사랑입니다."고 마무리 합니다. 사랑하지 않는 사람은 하느님을 알 수 없다고 했습니다. 크리스천이 하느님을 모르면 되겠습니까? 그러니 크리스천에게 요구되는 것은 사랑입니다. 사랑은 모든 것을 감싸 안습니다. 우리가 바로 내 이웃을 사랑할 때라야 우리는 동시적으로 하느님을 사랑할 수 있습니다. 모든 크리스천들이 하느님을 사랑한다고 말할 것입니다. 그런데 왜 세상은 사랑이 없어 한탄합니까? 우리가 사랑을 실천하지 않기 때문입니다. 저는 아주 오래전에 읽은 책에서 사랑을 실천한 사람을 보았습니다. 사랑의 원자탄을 쓴 손양원 목사입니다. 자기 아들을 죽인 인민군을 용서하고 자기 아들로 삼은 이야기입니다.

예수께서는 우리에게 기도를 가르치시면서, "우리가 우리 이웃의 죄를 용서한 것 같이 우리 죄를 용서하여 주옵소서."라고 하셨습니다. 우리가 하느님께 아무리 용서를 빌어도 우리가 먼저 이웃을 용서하는 전제조건이 해결되지 않으면 우리는 하느님의 용서를 받을 수 없습니다. 우리가 먼저 용서해야 하느님이 우리를 용서하신다고 분명히 성경에 기록되어 있습니다. 여기서 죄라는 말은 영어에서는 빚이라고 쓰여 있습니다. 우리가 우리에게 빚진 사람을 탕감해주지 않으면 우리는 하느님께 용서를 구할 수 없다는 말입니다. 이 말씀은 희년과 통합니다. 50년마다 모든 기득권을 포기하고 다시 처음으로 돌아가는 것입니다. 이것이 하느님이 사람에게 지키라고 명하신 규정이고 사람이 지키지 않은 희년입니다. 이스라엘 백성에게 광야의 40년이 가나안에 들어갈 자격을 구비하기 위한 훈련의 기간이라면 제주가 세계평화의 섬이 되기 전에 해야 할 일은 50년의 한을 풀고, 용서하는 대사면이 필요합니다. 우리가 지난 50년의 한을 안은 채, 미움을 불태우고 있다면 우리는 절대로 가나안에 들어갈 수 없습니다. 세계평화의 섬을 만들려면 먼저 제주민 전체의 대사면이 일어나야 합니다. 서로 용서하고 얼싸안는 변혁이 일어나야 참으로 "세계평화의 섬"에 들어갈 수 있습니다.

우리는 어떤 평화의 섬을 꿈꾸고 있습니까? 인터넷에 나온 세계평화의 섬에서 역사적인 평화 전통을 들고 있더군요. "도둑, 대문, 거지 없는 삼무정신은 바로 평화를 의미한다."고 했습니다. 또한 "자연과 인간의 조화를 추구하는 환경친화적 개발, 지방과 중앙 그리고 세계와의 교류 확대를 의도하는 국제자유도시, 4·3의 아픔을 상생으로 승화시킴은 물론 제주 도민의 복지 공동체 구현, 남북한 화해 협력과 동북아 평화 번영의 전진기지로서의 역할"을 목표로 세웠습니다. 제주의 삼무정신은 참으로 귀중한 유산입니다. 이미 평화가 이루어진 상태로 보입니다. 생태적인 관심과 4·3의 아픔을 승화시킨 복지 공동체는 평화를 이룬 상태입니다. 가히 남북 화해와 동북아 평화를 이끌어갈 제주도의 꿈이 담겨있다고 보겠습니다.

거기에 우리 크리스천으로서 생각할 것은 바로 창조질서의 회복입니다. '세계평화의 섬'은 태초에 하느님이 창조하시고 "참 좋다"고 하신 처음의 질서가 회복된 곳이면 좋겠습니다. 남녀의 차별이 없는 곳, 가진 사람과 가지지 못한 사람 사이에 차별이 없는 곳, 동물이 동물을 먹이로 하지 않고 풀과 열매를 먹는 곳, 남녀가 함께 축복받고 자연을 돌보고 가꾸는 청지기로 위임받은 곳입니다. 거기가 바로 젖과 꿀이 흐르는 가나안 복지입니다. 하느님을 하느님으로 모시는 사람들이 하느님의 법을 지키면서 마음 놓고 편안히 살 수 있는 곳입니다.

일본 식민지에서 해방된 기쁨으로 자유로운 자주 공동체를 만들려는 꿈에 부풀었던 제주인들이 4·3이라는 태풍을 만나서 만신창이가 된 채로 50년의 세월을 견디어 온 제주입니다. 이제 그 원한과 갈등을 넘어 화해의 관문을 통과하고 있습니다. '세계평화의 섬'을 지향하는 제주인들 위에 창조주 하느님의 충만하신 은총이 함께하시기를 축원합니다.

2005-04-03

추석감사절에
(여성교회)
열상 8:22-30, 고전 3:10-17, 마 12:1-8

작년 이맘때에 한겨레신문 게시판에 보니까 '추석이 싫다는 여자에 게'라는 제목의 글이 나와 있었습니다. 제목이 말하듯이, 추석이 싫다고 한 사람의 밑바닥 이야기는 전연 모르는 체 일방적으로 그 여자가 나쁘다고 몰아붙이는 글이어서 아주 역겨운 느낌이었습니다. 추석이 되면 자꾸만 그 글이 내 마음을 맴도는 것은 우리 사회에 팽배한, 여성의 가사노동에 대한 그 몰이해 때문일 것입니다. 추석이 가까우면 미리 앓는 사람이 있고, 추석 치다꺼리로 지친 여인들의 증후군이란 어휘가 생길 정도로 우리 추석 문화는 여인들에게 무거운 짐이 됩니다. 물론 젊은 세대는 달라질 것입니다. 그러나 우리네 문화라는 것이 하루 이틀에 바뀌는 것이 아니고 부부만 살 때는 곧잘 하다가도 집에 가서, 고향에 가서 그 문화에 어울리다 보면 예전에 하던 대로 부엌은 여자들이 차지하고 남자들은 해다 주는 음식을 먹고 앉아서 놀기만 하는 식으로 되돌아갈 것입니다.

이런 추석을 왜 감사절이라 했을까요? 추석이 여인들에게 괴로운 절기라면 우리는 차라리 위로의 날이라도 만들어야 하는 것이 아닙니까? 이번 추석에는 4천만 명이 움직였다니 거의 전국민이 이동했다는 이야기가 됩니다. 어쩌면 이리도 극성스럽게 추석을 지내는 것일까? 그러나 생각해 보면 이것이 다 조그마한 나라이기에 가능할 것입니다. 하루길이면 다 갈 수 있고 한 나절이면 갈 수 있는 곳이기에 가능할 것입니다.

한국에서 대부분 교회는 미국 교회가 지키는 대로 11월 셋째주일을 추수감사절로 지킵니다. 추수감사절은 원래 교회 절기에 의한 것이 아니고 미국에 간 청교도들이 첫 수확을 감사하여 지키게 된 것입니다. 그러나 한국교회에서는 11월 하순에 추수감사절을 지키려면 한국 절기에 맞지 않으며, 추수감사절은 그 내용으로 보아서 한국의 추석에 해당되기 때문에 70년대에서부터 추석을 추수감사절로 지키는 교회들이 생겼습니다. 원래 추수감사절도 미국 교회가 임의로 정한 것이기에 우리도 우리의 고유한 추석을 살려서 추석감사절로 하는 것이 좋겠습니다.

유대 절기로 보면 초막절에 속하는 절기로 가을 추수를 마치고 새해로 들어가서 지키므로 '수장절'로 불리었습니다. 포도 무화과 등의 수확제이고 감사로서 제를 마치며 새해를 맞이하였습니다(출 23:16, 34:22).

유대인들이 추수할 때에 하느님께 감사하는 추수절을 지키게 된 것이나 우리 조상들이 한가위에 처음 수확한 것을 하늘에 감사하는, 조상에 감사하는 차례로 지킨 것이 같은 맥락으로 보입니다. 그런데 그 감사의 추석이 어찌하여 이 땅에 사는 여인들에게는 고역이 되고, 병을 앓아야 하는 괴로운 절기가 되었느냐는 것입니까?

오늘 본문은 추수감사절에 해당되는 교회력 성경 본문을 택했습니다.

첫째 본문은 솔로몬의 감사의 기도입니다. 솔로몬은 자기를 아버지에게 약속한 대로 왕으로 세우고 나라를 부강하게 해주시는 하느님께 감사하여 고대 최대의 성전을 지어 바칩니다. 열왕기서를 보면 솔로몬이 지어 바친 성전의 규모가 얼마나 대단한가를 알 수 있습니다. 솔로몬은 그 성전을 바치면서 하느님께 자기네 기도를 들어주시라고 간구합니다.

"야훼여 당신의 종인 저의 아버지 다윗에게 내리신 약속, '네가 내 앞에서 산 것처럼 네 자손들도 길을 벗어나지 않고 내 앞에서 살아가기만 하면 이스라엘 왕위에 오를 후손이 끊이지 아니하리라'고 하신 말씀을 지켜주십시오…

소인과 당신의 백성 이스라엘이 이곳을 바라보며 간절히 기도할 때 부디 들어주십시오.

이스라엘이 마음으로부터 뉘우치고 이 전을 바라보고 간절히 빌거든 당신께서는 자리잡으신 곳, 하늘에서 들으시고 용서해 주십시오.

당신께서 이 백성을 어느 싸움터에 보내셨든지 그들이 그 곳에서, 당신께서 택하신 이 성과 소인이 당신의 것으로 지어 바친 이 성전을 바라보며 야훼께 기도하거든 그 간절한 기도를 하늘에서 들으시고 정의를 세워주십시오.

사로잡혀간 적국의 땅에서라도 뉘우치며 '우리는 죄인입니다 못할 짓을 하여 죄를 얻었습니다' 하고 당신께 애원하거든, 그들이 외국 땅에서 참 마음과 뜻을 다 쏟아 참회하고 당신께서 선조들에게 주신

조국 땅과 당신께서 뽑으신 이 성읍과 소인이 당신의 것으로 지어
바친 이 전을 바라보며 빌거든, 당신 계시는 곳, 하늘에서 그 간절한
기도를 들으시어 정의를 세워주십시오."

아버지 다윗과의 약속과 이스라엘 백성과 맺으신 하느님의 계약을
상기하며 절대로 하느님을 떠나지 않겠다는 고백을 다짐합니다. 또 혹
시 이 백성이 잘못하여 죄를 짓더라도 다시 이 성전을 바라보며 하느님
께 참회하면 정의를 세워주시라고 간구합니다. 이스라엘 백성이 이집
트를 나온 지 480년, 솔로몬이 왕위에 오른 뒤 4년에 시작하여 7년 만
에 그 어마어마한 성전을 완성하고 그 안에 법궤를 모셨습니다. 이 감
사와 감격을 모아 기도드리는 것입니다.

마태복음의 말씀은 안식일에 밀밭을 지나가던 예수님의 제자들이
밀을 훑어서 먹은 것이 안식일 법을 어긴 죄라고 규탄하는 바리세인에
게 하신 말씀입니다. 바리세인의 입장에서 보면 그 제자들이 밀 이삭을
잘라서(추수), 비비고(타작), 불어서(키질), 골라(요리) 먹었으니 네 가
지의 죄를 범한 것입니다. 안식일을 법으로만 지키던 바리세인에게는
당연한 비판입니다. 그러나 예수는 그들이 배가 고파서 먹은 것은 안식
일을 범한 죄가 아니라고 합니다. 다윗과 그 일행이 제사장 밖에 먹지
못하는 제단 위의 빵을 먹었지만 죄가 되지 않는다는 것입니다. 안식일
에 성전에서 제물 바치는 일을 하는 제사장은 죄가 되지 않는다고 하십
니다. 배가 고픈데 먹을 것이 없는 불가피한 상황, 제사를 드려야 하는
상황에서는 법을 어겨도 죄가 되지 않는다는 것입니다. 예수께서는 법
의 근본정신을 말씀하고 계십니다. 사람이 안식일의 주인이라 하시고,

나는 자비를 원하고 제사를 원하지 않는다고 하십니다. 하느님이 원하시는 것은 자비요 사랑입니다. 아무리 성대한 제사와 제물을 바친다하더라도 자비가 빠져 있으면 아무 소용이 없습니다. 정말 필요한 것은 사랑입니다. 하느님의 은혜에 감사하고 사랑하는 마음, 함께 더불어 살아가는 사람들과 고마움을 나누고 사랑하는 삶입니다.

바울은 고린도 사람들에게 보내는 편지에서 이렇게 말하고 있습니다.

여러분은 자신이 하느님의 성전이며 하느님의 성령께서 자기 안에 살아계신다는 것을 모르십니까? 만일 누구든지 하느님의 성전을 파괴하면 하느님께서도 그 사람을 파괴하실 것입니다. 하느님의 성전은 거룩하며 여러분 자신이 바로 하느님의 성전이기 때문입니다.

이 얼마나 놀라운 고백입니까?

솔로몬이 그 성전을 바치면서도, "하느님께서 땅 위에 계시기를 우리가 어찌 바라겠습니까? 저 하늘, 하늘 위의 하늘이라도 하느님을 모시기에 부족할 터인데, 제가 지은 이 성전이야 더 말하여 무엇하겠습니까?" 하면서 하느님을 모실 수 없다고 하였지만, 바울은 바로 우리의 몸이 하느님이 계신 곳이라 합니다. 우리가 하느님의 모습으로 지음을 받았다는 사실을 다시 한번 확인하는 것입니다. 우리는 이 세상의 어떠한 모양으로도 하느님의 모습을 만들어서는 안 됩니다. 아무도 하느님을 본 일이 없습니다. 그 하느님이 바로 우리 안에 계시다는 것입니다.

이 추석에 바로 우리가 감사할 일은 우리가 하느님의 성전이라는 것입니다.

하느님은 사람과 함께 하시는 분이십니다. 모세와 함께 하셨고 다윗과 함께 하셨습니다. 예언자들과 함께 하셨고 고통당하는 당신의 백성과 함께 하셨습니다. 우리 조상들과 함께 하셨습니다. 사람과 함께 하시다가 그것도 모자라서 마침내는 사람이 되시지 않았습니까? 예수께서 바로 세상에 오신 하느님이십니다.

하느님이 주신 오곡백과를 감사하며 조상의 은덕을 기린다는 추석에 사람이 파괴되어서야 되겠습니까? 앞에서 말한 여인의 고통은 바로 제사를 드린다는 명분으로 사람을 파괴하는 일입니다. 일 년의 수확을 기뻐하며 하느님께 감사하고 조상에게 감사하는 추석에 왜 여인들만 부엌에서 힘들게 일해야 합니까? 하느님께서 당신의 성전인 우리에게 원하시는 것은 제물을 차려놓고 절하는 차례가 아닙니다. 그 차례를 준비하는 과정에 사람들이 함께 일하며 사랑을 나누었다면 여인들이 힘들어 지칠 일이 있습니까? 다른 사람을 하느님의 성전으로 인식하면 그 사람을 얼마나 잘 섬기겠습니까?

천도교에서는 사람이 곧 하늘이라고 합니다. 인내천 사상입니다. 천도교에서는 두 손을 모아 가슴에 대고 인사를 합니다. 기독교에서는 그런 모습 자체를 불교라고 싫어하기도 합니다마는 그 모습이야말로 상대를 존중하는 마음의 표시입니다. 사람을 귀하게 여기는 것이 감사의 기본입니다. 사람을 사랑하고 하느님이 지으신 자연을 사랑하는 살리미의 삶이 바로 감사의 근본입니다. 우리가 서로 도우며 섬기는 것이 하느님께 드리는 감사의 삶입니다. 이것이 복음입니다. 하느님이 온 우주를 창조하시고 거기에 사람을 세워 다스리게 하신 것이 복음입니다. 하느님은 사랑이시기에 우리의 죄를 묻지 않으시고 하느님만을 하느님으로 모시기를 바라십니다. 솔로몬은 그러한 하느님을 믿기에 자기가 지어 바친 성전을 바라보고 하느님께 잘못을 뉘우치고 빌거든 정의를 세워주시라고 기도합니다. 자기의 감사의 표시로 드린 성전을 바라보고 하느님께 간구하면 들어주시리라고 믿었습니다.

바울은 그러한 성전이 바로 우리의 몸이라는 것을 가르쳐줍니다. 사람이 하느님의 성전이라는 것을 알면 함부로 자기 몸을 죽이거나 자식과 함께 추락 자살을 하거나 강으로 차를 몰고 들어가 일가족이 몰살하는 가슴 아픈 일은 저지르지 않을 것입니다. '추석이 싫다는 여자'라고 질타하지도 않을 것입니다. 복음을 알고 사는 사람은 얼마나 행복합니까? 우리가 하느님의 성전임을 알고 하느님의 성전답게 산다면 거기가 바로 하느님이 이 땅에 이루시려는 하느님의 나라가 아니겠습니까? 이런 복음이 우리를 자유케 합니다. 하느님이 사랑이라는 것을 믿고 사는 사람은 바로 그 마음이 하늘나라입니다.

금년 추석을 맞이하여 우리를 당신의 성전으로 세워주시는 하느님께 감사드립시다. 우리는 예수의 복음으로 자유를 찾은 사람들입니다. 몸이 바로 하느님의 성전이라는 것을 알면 우리는 이웃을 겸손하게 존중하게 될 것입니다. 거기에 사랑과 존경의 공동체가 생길 것입니다. 이웃을 하느님의 성전으로 보는데 '추석을 싫어하는 여자'라고 비난하는 사람이 있겠습니까? 모두 함께 어우러져 음식을 만들고 함께 둘러앉아 음식을 먹으면서 한가위 달 밝은 밤에 강강수월래를 부르며 한바탕 뛰고 나면 일 년 묵은 체증이 확 풀려 내려갈 것입니다. 이런 추석감사절을 지내고 나면 우리 얼굴이 환히 밝아져서 새로운 세상이 열릴 것입니다.

2004년도 추석감사절은 감사로 넘치는 신명나는 명절이 되기를 축원합니다.

2004-09-26

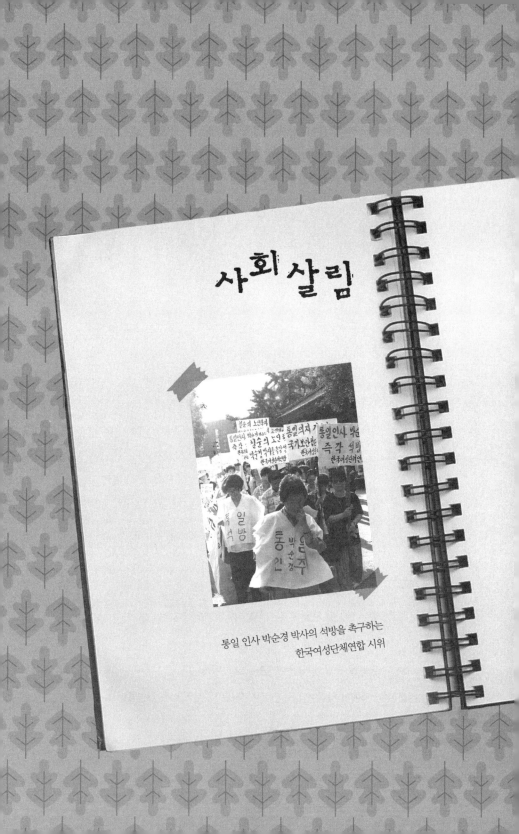

사회 살림

통일 인사 박순경 박사의 석방을 촉구하는
한국여성단체연합 시위

"여성신학은 여성의 현실에서 시작합니다.

여성의 정치현실은 여성을 차별해 온 가부장제의 문제입니다."

"크리스찬은 평화를 위해 일하라는 명령을 받고 있습니다.

교회 여성은 이 땅에서 하나님의 뜻이 이루어지는 데 부름 받은 사람들입니다."

(본문에서 인용)

금 모으기
(경동교회 회보)

　나는 마침내 남편의 마고자 단추에 가위를 들이댔다. 그런데 생각보다 쉽게 잘려지지 않는다. 안경을 쓰고 자세히 들여다보니 단추 고리를 아주 정교하게 수를 놓듯이 마무리 해 놨다. 자르지 말고 그냥 둘까? 단추를 떼려는 나를 탐탁히 여기지 않는 듯하던 남편의 얼굴이 떠올랐다. 내가 너무했나 싶어서 잠깐 주춤했다. 그러나 얼마나 망설이며 별러온 일인가? 집안에 금이라는 것이 별로 없는데 며느리가 해온 시아버지 한복에 금단추가 달려 있으니 그것을 떼려는 것이다. 며칠 전 한 친구의 말이 귓전을 울린다. "금모으기에 마고자 단추는 안 되겠더라. 금을 떼어내면 호박을 달아야 할텐데 그것은 금보다 더 비싸니 그냥 두는 게 낫지." 하긴 이것 떼어내고 또 다른 단추를 사다 달려면 번거롭기야 하다. 그것을 모르는 내가 아니면서도 가위를 든 손을 멈출 수가 없다.

　IMF 한파를 이기자고 온 국민이 금모으기에 나섰는데 나만 가만히 있을 수가 없었다. 처음 금모으기 소식이 나왔을 때, 대뜸 국제 금 가격이 낮은 이때에 금을 팔다니 참 어리석은 발상이라고 비난하는 사람이 있었다. 그래도 금이라도 모으려는 노력은 귀중한 것이라고 항변하면서 금을 집안에 쌓아두려는 우리 국민의 생각을 바꾸기 위해서도 좋은 운동이라고 생각했다. 미국 같은 부자 나라는 개인이 금을 소유하지 못하도록 법으로 정하고 있다는데 우리는 개인들이 금을 소유하기 때문에 국가의 금 보유고가 낮을 것이다. 지금 어떠한 노력이라도 해야 되지 않느냐. 대한제국 말기에 나라 빚을 갚겠다고 금반지를 빼서 헌납했던 우리 어머니들이 있지 않았던가? 지금은 그보다 훨씬 더 많은 빚을 지고 국가 부도 위기에 직면한 우리가 아닌가? 아기 돌 반지에서부터 수북이 쌓이는 금붙이들을 보면서 저렇게 모아지는 우리 국민의 마음들이 더 소중하다고 생각했다. 그러니 나도 가서 한자리를 메꿔야 되지 않을까?

장롱 속의 금을 모으자는데 내 장 속에는 금이 있을 리 없다. 아들이 결혼할 때 며느리에게 다이아몬드도 아주 작은 것으로 한 벌 해주었고, 딸은 자기들끼리 아예 18금 띠 반지로 끝냈다. 남편이 환갑을 맞이하던 해에 미국에 살고 있는 시누이를 만났는데 돈 200불을 주면서 남편에게 금반지를 해주라고 했다. 당신이 잘 아시는 금방 주소까지 일러주면서 꼭 반지를 해주라고 신신당부를 하셨다. 남편에게 그 이야기를 했더니 별 쓸데없는 생각을 한다고 일축해 버렸고 그 돈은 책을 사는데 요긴하게 쓰였다. 하긴 나도 금반지가 하나 있었다. 고등학교를 졸업하고 가까운 친구들이 우정을 약속하면서 한 돈짜리 금반지를 똑같이 만들어 끼었는데, 결혼하고 돈이 없으니 그것을 팔아먹었다. 그것이 39년 전 일이니 까마득한 옛 이야기이다. 그래도 혹시나 하고 경대 서랍과 문갑 서랍을 다 열어서 선물 받은 브로치 등을 다 꺼내 봐도 금이 붙은 것은 없었다. 별로 액세서리에 관심이 없으니 누가 선물이라고 주면 그저 서랍에 넣어두었던 것들인데 참으로 오래간만에 꺼내서 차근차근 살펴보았다. "금이나 진주로 치장을 하거나 비싼 옷을 입지 말고…"(딤전 2:9)라는 바울의 편지 한 구절이 내 삶의 지표가 되었으리라. 다행히도 남편의 10주년 근속상이라고 받았던 금반지가 하나 나왔다. 또 바로 얼마 전에 라이온스클럽 회장이라고 지역 부총재가 보내준 금배지가 나왔다. 라이온스의 로고인데 아직 한 번도 달아본 일이 없는 새 것이다.

그 동안 내가 속해 있는 국민회의와 라이온스에서 금모으기 행사를 했는데 그 때는 미처 이것들도 찾아내지 못했었다. 그 다음에야 이것들이라도 가져가려니 어디로 가야할지 막막했다. KBS와 주택은행에서 접수를 한다는데 우리 집에서는 다 먼 거리에 있다. 주춤주춤하던 중에 바로 앞의 외환은행에서 접수한다고 광고가 났다. 자세히 보니 오늘이 마감 날이다. 그래서 지금 마고자와 조끼에 달린 금단추를 떼려는 것이다. 남편이 달가워하지는 않아도 반대는 않으니까 마음 먹었던 대로 단추 고리를 잘라야겠다. 조심스레 단추 일곱 개를 떼었다. 위의 반지와 함께 손수건에 싸서 가방에 넣었다.

늘 다니던 은행이어서 들어가기는 쉬웠는데 그 금모으기 팻말이 붙은 창구에 가까이 가서는 어쩐지 서먹한 느낌이 들었다. 그 눈치를 챈 직원이 친절하게 이리 오시라고 한다. 용지에 성명, 주소, 전화번호와 은행 계좌번호를 적고 반지라고 쓴 칸에 하나를 적고 기타 난에 단추라고 쓰고 수량 난에 7개라고 썼다. 또 빈칸이 없기에 두 번째 난의 목걸이, 팔찌를 지우고 배지라고 써넣고 하나를 표시했다. 감정사가 보더니 배지를 지우고 단추 8개로 고쳐 넣었다. 그는 반지를 저울에 올려놓

더니 3.27g이라 기록하고 배지는 장식을 풀어 내버리고 송곳처럼 쭉
나온 것을 집게로 잘라버린다. 마고자 단추는 이리저리 돌려보더니 그
대로 저울에 올려놓는다. 그 꼭지는 순금인가보다. 다 합해서 42.91g
이라고 쓰고 나서 그 용지를 옆자리로 넘긴다. 은행 직원이 컴퓨터를
두드리더니 조금 있다가 〈장롱 속 금모으기 금 수령 증서〉를 내준다.
이로써 나도 금모으기에 참여했다는 홀가분한 마음으로 은행문을 나
섰다.

1998-02-22

남아선호 사상

며칠 전 신문에 커다란 광고가 있었다. 어린이 바둑 대결이다. 남자 아이 둘이 바둑판을 사이에 두고 대결하고 있는데, 한 아이는 턱을 괴고 심각하고 의젓하며, 상대방 아이도 자신만만하고 여유 있는 모습이다. 그런데 그 가운데서 바둑을 두는 모습을 지켜보는 여자아이는 촐랑대는 촉새 꼴이다. 그리고 남들의 놀이에 구경이나 하며 경망스럽게 손뼉이나 칠 자세이다. 그건 우리 사회에서 아주 자연스러운 사진일 것이다. 그러나 그런 사진은 우리 뇌리에 은연중에 남자는 여자보다 낮다는 인상을 심어주고 그런 인상은 사회제도를 만드는데 중요한 역할을 한다. 남녀차별을 정당화하는 기재로 쓰인다. 왜 남자와 여자가 대결하는 모습은 이상해 보일까? 한 번은 사진관에 걸린 남자아이 사진을 보고 신문 독자란에 기고한 일이 있었다. 사진관 전시 창에 커다랗게 확대하여 걸려있는 사진은 백일된 남자아이의 벌거벗은 모습이다. 양다리를 쩍 벌리고 자랑스러이 고추를 과시하고 있다. 지금도 서울 거리 한 복판에 그런 사진이 걸려있다니! 더구나 외국인을 끌어들이려고 관광 사업에 열을 올리고 있는 한국에서 그런 사진이 종로바닥에 어엿이 걸려있다니 아연실색할 노릇이다.

저런 것은 순전히 남아선호 사상의 유물이다. 그런 사진에 대해 아무런 거부반응도 느끼지 못하는 우리 사회이다. 아들을 낳아서 백일을 맞으니 얼마나 경축할 일이냐? 딸은 다 어디 가서 퇴박을 받고 있나? 그런 사진에 분개해서 신문에 기고했더니 엽서가 한 장 날아왔다. "할 일이 업스면 자뿌라져 낮잠이나 자지. 지집아가 그런 거나 신문에 내고 지랄이냐 콱 차브릴라 되지비게."라고 쓰여 있다. 처음에는 무슨 말인지 해석을 하느라고 애를 썼으나 아무래도 사투리라 모르겠다. 하여튼 그 사진 투고 때문에 욕을 하는 것 같다. 앞의 말은 좀 알겠는데 차브릴라 뒤지비게는 도무지 알아들을 수 없다. 생전 처음 당하는 일이라 가슴이 떨리고 어쩔 줄을 몰라 했다.

아주 오래 후에야 "차 버릴까 보다 죽어버리게"라는 뜻이라는 것을 알았다. 그 엽서를 어디다 두었는데 지금은 찾을 수가 없다. 이런 여성차별 때문에 지난 30년이 정신없이 흘러갔다. 오늘 호주제 폐지법이 통과될 것이라니 이제 저런 세월은 다시 안 오겠지.

2005-03-02

오키나와에 다녀와서

　지난 3월 2-10일에 오키나와의 한·일·재일 여성신학포럼에 다녀왔다. 그 포럼은 한국과 일본에서 여성신학에 관심 있는 사람들이 한 해 걸러 두 나라를 오가며 모여온 행사이다. 12회 째 되는 포럼이지만 해마다 모이는 사람들이 거의 다 바뀌기 때문에 언제나 여성신학의 기초적인 수준이다. 그래서 사정이 허락될 때 별 부담 없이 참여하곤 했다. 이번에는 오키나와에서 한글 공부하러 한국에 왔던 사람이 지난번 포럼에 참석했다가 일본측에서 다음 모임을 주관할 차례인데 머뭇거리자 오키나와에서 모이자고 제안해서 이루어진 것이다. 오키나와는 좀 자주 갈 수 있는 곳이 아니어서 이런 기회에 가보고도 싶었다. 포럼이 끝나고도 비행기 사정으로 사흘을 더 머물러야 했기 때문에 모처럼 관광도 하고, 반전 시위에도 참가했다. 여기저기 돌아다니면서 사끼마 미술관이라는데 들렀다. 오래 전에 동경에서 이 포럼이 모였을 때 마루끼丸木 부부의 원폭 그림이 굉장히 인상적이었는데 그분의 그림이 있다고 해서 갔던 것이다. 미술관 한 방에 상설 전시하는 마루끼 부부의 그림이 있는데 높이 4m에 폭이 8.5m의 대형 그림으로 방의 한 벽을 꽉 채우고 있었다. 그림을 설명하는 사람이 1945년 4월부터 6월에 있었던 오키나와 전쟁을 이야기했다.

"모든 일본국민은 천황의 자식이었습니다. 자식은 천황을 위해 죽음으로써 천황을 지켜야 할 의무가 있다고 가르친 교육이 이 모든 사람들을 죽게 했습니다. 지하 동굴 속에 숨어 있던 그들은 전쟁이 끝났으니 항복하고 나오라는 미군의 안내 방송을 듣고도 나올 수 없었습니다. 일본군이 만주와 남경에서 중국인을 학살했던 것을 기억하고 자기들이 지금 나가면 다 학살될 것이라 했습니다. 그런 꼴을 당하느니 차라리 자살을 하라 했고, 자살하는 것이 어려우니 가족이 서로 죽이라고 했습니다. 또 나가려고 하면 일본군이 뒤에서 죽였습니다. 오키나와 사람들을 보호하기 위해 싸우러 온 줄 알았던 일본군이 오키나와 사람들을 죽였습니다. 동굴에서 나온 피는 바다를 벌겋게 물들였습니다. 가까스로 백기를 들고 나왔던 소년이 지금 살아 있기는 합니다. 무고한 조선 사람을 간첩으로 몰아서 군중이 보는 앞에서 죽였습니다. 아이들 셋과 엄마 뱃속에 있는 아이까지 다 죽였습니다."

참으로 무거운 마음으로 그 설명을 들으면서 사람에게 "존귀와 영광의 관을 씌워주신 하나님"을 찬양하는 시편 8편이 떠올랐다.

동경에서 히로시마의 원폭을 그린 마루끼의 그림을 샀었는데 이번에도 그의 그림책을 또 샀다. 잊어버리지 말고 기억해야할 그림이라 생각되었다. 사람이 하나님의 형상으로 지음 받은 존귀한 존재라는 것이 그 그림에는 깡그리 지워져 있다. 인간의 가장 처참한 모습을 그린, 그리고 잊어버리면 안 된다고 절규하는 듯한 강렬한 인상이 내 머리 속에 각인된 듯하다. 그 책에 그림을 설명하는 대신 화가들의 글이 영어로 쓰여 있기에 여기 소개한다.

오키나와 전쟁

너 자신을 부끄러워 말라

너는 죽어야 한다!

우리에게 수류탄을 달라

너의 낫이나 삽이나 면도칼을 써라

죽이라! 죽으라!

부모가 자식에게, 남편이 아내에게, 젊은이가 늙은이에게

에메랄드 녹푸른 바다가 붉게 물든다.

집단 자살이라 불렸다

사실은, 무관한 사람에 대한 집단 살인이다

아이리 마루끼

도시 마루끼

오키나와 전쟁

오키나와에 세 번째 왔다.

여기는 일년내내 따뜻하다.

나무들과 풀들, 바다와 산은 완전히 다르다.

나는 꽃을 보았다고 생각했다. 이전에 이화여자대학교 본 일이 없는

-가까이 가서 보니, 새빨갛게 물든 나무 잎이었다.

푸른 바다, 새빨간 꽃들.

이른 아침부터 늦은 밤까지 편안한 쇠미슨(악기)과 노래 소리

그 소리에 취해 네 마음은 너울너울 춤을 춘다.

나는 우라시마 토라도, 립 반 윙클도 아니다.

그러나 집에 돌아갈 생각이 없다

—평생을 여기서 살고 싶다.

별안간, 전쟁이 하늘에서 떨어지고 땅에서 솟아났다.

적군이 오키나와 본토와 가까운 작은 섬들에 착륙했다.

모든 것이 거꾸로 뒤집혔다.

내가 아무리 많이 그림을 그려도, 나는 전연 그것을 표현할 수 없다.

우리 부부는 히로시마를 그렸고, 우리는 남경을 그렸고,

우리는 아우슈비츠를 그렸다.

그러나 오키나와를 그리는데서, 우리는 참으로 전쟁을 그렸다.

지금부터는 겨울이 올 때 오키나와에 가서 그림을 그리리라.

우리는 오키나와 그림을 전연 다 그릴 수 없으리라.

우리의 오키나와 전쟁 그림은 절대로 끝내지 못하리라.

일본사람이 찍은 오키나와 전쟁 사진은 단 한 장도 없다.

우리는 선택의 여지가 없이 존재하는 바를 그리고 색칠하고 기록

하고

뒤로 남겨둘 수밖에.

_ 아이리 마루끼 1984년 3월

저 사람들에게 기독교 신앙이 있었으면 저리도 사람의 목숨을 하찮게 여겼을까? 저 사람들이 '사람은 하나님의 모습을 입은 소중한 존재이며 모든 사람이 평등하다'는 것을 알았더라면 저렇게 천황을 위해서 죽으라는 말에 복종했을까? 사람에게 존귀와 영광의 관을 씌워주신 하나님을 노래하는 다윗의 신앙을 아는 것은 얼마나 고마운 일인가? 공산혁명이라는 이상을 안고 죽은 사람들, 인간의 힘으로 이루려던 지상낙원은 한낱 구호로 남았으니. 그 전쟁에 휘몰려 서로 죽인 우리 민족. 50년이 지난 지금도 그 후유증은 그대로 남아 있는데. 오키나와를 보면서 우리의 아픈 상처는 또 찢겨져서 피를 흘린다. 그리고 우리의 무거운 과거는 다시 우리를 짓누른다.

박순경 박사 석방 대책위원회의 위원장이 되다

33도를 넘어가는 이 숨 막히는 날씨에 우리 선생님 박순경 박사는 갇힌 몸이 되었다. 1991년 8월 12일에 서울지방검찰청 보안1과에 의해 국가보안법 위반 혐의로 구속되었다.

그동안 선생님이 자신의 신학을 몸으로 사느라고 통일과 신학의 현장을 뛰어다닌 일, 통일을 위한 글과 강연 등이 보안법에 저촉되었다고 한다. 해방 이후 줄곧 민족의 분단 문제로 가슴앓이를 해 오던 선생님은 1980년대에 들어서는 신학과 신앙적 결단으로 학교와 여성단체와 사회단체를 분주히 뛰어다녔다. 한국여신학자협의회의 초대 회장으로 시작하여 여성신학회 회장, 여성단체연합 통일위원, 교회여성연합회 평화통일위원, 이화여자대학교 민주동우회 고문, 임수경후원회 회장 등으로 여성운동에 참여하였다. 이화여자대학교에서 23년간 조직신학을 가르치고 은퇴한 후에는 목원대학교 대학원 교수로 후학을 가르치는 일을 계속하고 있다. 제3세계신학자협의회의 신학위원, 아시아교회협의회 신학위원, 세계교회협의회 신앙과직제위원, 한국기독교산업개발원 이사, 한국평화연구소 고문, 자주민주통일국민회의 통일위원, 전국민족민주운동연합회 조국통일 위원, 기독교여성평화연구원 이사, 한국통일신학동지회 부회장, 범민족연합 부회장, 범민족대회 준비위 고문으로 평화, 통일, 신학의 현장 속에서 일해 왔다.

오직 조국과 민족의 통일만을 염원하면서 학자로서 최고의 지성을 현장과 연결하는데 온 몸을 바쳐 온 우리 선생님이 국가보안법을 어겼다는 죄목으로 구속되었다. 남·북한이 유엔에 동시 가입을 하게 되었는데 어떻게 보안법 위반이라는 죄목이 성립될 수 있는가? 통일은 금방이라도 다가올지 모른다고 장담하는 정부가 통일을 위해 일하는 사람들을 왜 가둬놓는가? 동구 사회주의 국가와 수교를 하고 북한에 쌀을 보내고 산업 개발을 서두르는 정부가 왜 국내의 통일 의지를 짓밟아 버리는가? 요즈음 돌아가는 일들을 어떻게 보통 사람들이 이해해야 하는가?

선생님의 신학은 그동안 출판된 책들에 잘 나타나 있다. 1980년에 한국여신학자협의회의 회장이 되면서 여성신학과 민족문제로 우리 회원들의 눈을 뜨게 해주느라 밤낮 없이 고민하면서 여신학자협의회의 세미나를 주선하면서 강연도 맡았다. 그 강연을 보완하여 책으로 낸 것이 1983년에 출판된 『한국민족과 여성신학의 과제』이다. 그 당시 신학과 민족의 문제를 연결하는 생각들이 겨우 싹트기 시작할 때 선생님은 『하나님 나라와 민족의 미래』라는 두꺼운 책을 내놓아서 민족의 문제를 신학적으로 확인하였다. 1986년에 출판된 『민족통일과 기독교』는 민족의 분단 극복을 위한 선생님의 횃불이다. 그 횃불을 들고 먼저 달리면서 우둔해서 미처 따라오지 못하는 우리를 한탄하셨다. 1980년대 강연을 지금 다시 읽으면서 선생님이 이미 비판하고 제시했던 우리의 과제들이 아직도 그대로인 채 몇 발자국도 나가지 못하고 있는 것을 느끼게 된다. 그렇게 앞장 서 가던 선생님은 이제 주체사상과 수령론을 제기하여 많은 사람들을 놀라게 하고 있다. 제일 많이 놀란 사람들이 안기부에 있는 것 같다. 북한과는 적대 국가와의 관계가 아니고 동반관계를 지향한다던 정부의 이야기는 어디로 가고 북한 이야기만 나오면 양날이 달린 칼이라는 보안법을 들이대고 있다. 아무나 베어버리고 싶으면 아무렇게나 휘둘러도 다치게 할 수 있는 보안법으로 우리 선생님이 갇혀 있다.

지금 미처 선생님의 신학을 이해하지 못하는 많은 사람들이, 제자들이 칠순이 가까운 노학자의 구속에 어안이 벙벙해 있다. 이런 문제에 대처해 본 일이 없던 사람들이 선생님의 구속 때문에 일어서기 시작한다. 선생님의 신학을 다시 읽어보고 왜 주체사상과 수령론까지 거론하시는지 이해하는 데는 좀 시간이 걸릴 것이다. 그 이해가 선생님의 고난에 동참하는 결단을 하기까지는 좀 더 시간이 걸릴 것이다. 그러나 그냥 하루 이틀 만나는 사람이 아니고 평생 배우며 사랑하던 많은 사람들이 눈을 뜨고 일어설 때, 선생님의 횃불을 이어받으며 뛰어가게 될 때, 멀지는 않겠지만, 그 때는 정말 선생님이 바라보시는 하나님 나라를 바라볼 수 있게 될 것이다. 하나님의 미래에 비추어서 오늘을 보아야 한다던 선생님의 강의가 살아나서 사람들의 눈을 뜨게 할 때, 마침내 민족 사회 안의 불의 구조를 극복하는 변혁의 새 역사가 이루어질 것이다. 아직은 미처 엉기지 못한 우리의 힘이지만 선생님의 신학을 이해하고 선생님의 행동을 지지하는 사람들의 생각이 들불처럼 번지기 시작할 것이다.

13일에 선생님의 구속 소식을 듣자마자 12일부터 올림피아 호텔에서 평화통일 세미나에 참석했던 기독교 여성들을 중심으로 14일에 '박

순경교수석방대책위원회'를 구성했다. 나를 위원장으로 밀어붙이는데
얼결에 사양도 못하고, 해본 적도 없는 일을 맡게 되었다. 구속의 부당
성을 항의하는 성명서를 각 신문사에 보냈고 29일 6시에 기독교회관
에서 모이는 목요기도회는 박순경 교수 석방을 위하여 기도드리기로
하였다. 홍성우, 강철손 두 변호사를 선임하여 모든 법적인 문제를 의
논하였다.

> "통일 선지자 박순경 교수님, 부디 강건하시고 도도하게 걸어가세
> 요. 바알에게 절하지 않은 7000명이 아직 남아있습니다."

1991-08-14

박순경 박사 석방을 촉구하며

한국이 낳은 최초의 여신학자 박순경 박사가 지난 8월 14일에 국가
보안법 위반 혐의로 구속되었다. 벌써 한 달이 넘는 오늘 점점 쌀쌀해
지는 날씨에 감기와 폐렴의 위기까지 갔던 일(작년)이 있던 몸이시니
제자된 우리들은 몸 둘 바를 모르고 있다. 평소에 곱고 깨끗하기만 하
던 분이라서 어떻게 감방생활을 견디시나 걱정하는데 면회를 가보면
헬쑥해진 얼굴에 수의를 입은 모습은 여전히 깨끗하고 아름답다. 거기
서도 우리를 걱정하며 잔잔한 미소로 우리의 마음을 어루만진다. 저런
선생님을 가둬두는 우리 정부는 얼마나 옹졸하고 인색한가? 69세인
노신학자는 이미 7월에 출국정지를 받았고 수사 요청에 자진해서 출두
하셨는데 무슨 도주의 우려가 있겠는가? 그의 신학과 사상은 그의 책
에 기록되어 있고 그의 말은 강연과 강의로 다 알려져 있다. 무슨 증거
인멸의 우려가 있어서 그분을 가두어 놔야 마음이 놓이는가?

우리 선생님의 구속을 보면서 우리 정부가 얼마나 못 나고 못 되었
는지를 절감하게 된다. 제나라에 살면서 자기가 연구한 학문을 마음대
로 말하지 못한다면 학자들이 어떻게 심오한 연구 활동을 지속할 수
있겠는가? 선생님은 연구뿐만 아니라 그 연구한 바에 따라 민족의 현
장, 통일의 현장을 찾아다니며 통일을 향한 과제를 풀어나가려고 노력

하였다. 그래서 통일신학동지회의 부회장을 맡았고 전민련의 조국통
일위원회에 참여하셨다. 그런 것이 범민련을 통해 범민련 준비를 통해
범민족대회 준비를 통해 범민족대회 추진본부 발대식에도 참석하게
되었다. 당국에서는 연구만 하지 않고 위와 같은 기구들에 참여한 행동
을 문제시한다. 당국에서는 학자들이 상아탑에 갇혀 있기를 바라는가
본데 아무리 연구를 많이 하고 잘 해봐도 그것이 그의 삶에서 구현되지
못하면 그 학문은 별로 가치가 없는 것이 될 수 있다. 선생님은 연구와
생활을 함께 하는 학자이시다. 우리의 자랑스러운 학자이신데 더구나
민족의 문제, 통일 문제를 연구하고 과제를 제시하고 행동으로 참여하
시는데 그런 것이 잘못이라고 선생님을 가둬두는 것은 우리 정부가 얼
마나 민주화와 통일을 막고 있는지를 분명히 보여주고 있다.

또 문제가 되는 것은 지난 7월 7-12일에 재일대한기독교회가 주최
한 조국의 평화 통일과 선교에 관한 기독자 동경회의에서 '기독교와 민
족통일의 전망'을 주제로 했던 강연인 모양이다. 거기서는 근래에 남한
에서 표면화되는 흡수통일의 문제점 고찰과 우리 민족에 적합한 통일
문제를 하나님 나라 개념의 시각에서 논했던 것이다. 그 중에서 몇 군
데 인용하면 다음과 같다.

"통일은 남이 북을 꿀꺽 삼켜버리는 과업이 아니다. 그렇게 삼켜버
린다면 그 때에는 남의 뱃속에서 요동이 일어날 것이며, 그것은 평
화 통일도 화해도 아니다. 반공주의는 복음을 서양 자본주의 지배
세력과 황금주의 맘몬이즘과 혼합, 혼동하게 만든 서양 기독교 선교
의 유산이며, 민족 해방의 능력으로서의 복음을 상실하게 해온 지배

자 이데올로기이다. 민족 선교는 우선 복음 아래서의 민족 해방과 자주성 회복을 위한 통일의 과업에 참여하는 일이다. 민족 사회 내의 불의한 구조 즉 계급 모순 혹은 사회 경제적 불평등 구조를 극복하고, 평등 구조를 이룩한다는 것을 의미한다. 구약의 예언자들이 불평등한 사회와 열국들에 대하여 하나님의 정의와 심판을 외쳤으며, 예수의 하나님 나라 선포는 철저한 종말론적 새 나라의 도래를 증언한 것이다. 민족 복음화는 민중의 삶의 권리와 평등한 사회 실현을 주제로 삼고 부활의 새사람의 나타남, 하나님의 자녀들의 나타남(로마서 8장)을 계속 선포하고 실천을 도모해야 한다. 그러한 역사적 변혁 과정에서 우리 민족이 새로워지리라. 민족 선교는 에큐메니칼 교회 모델을 창출해야 한다. 기존의 교파 확장은 서양 기독교의 반복이다.

주체사상은 민족의 자주적 존립을 생각함에 있어서 남한 국민이 고려할 수밖에 없다. 주체사상은 일제 아래서의 항일 투쟁을 배경으로 그 투쟁사의 의의를 수렴해 가지고 있으며 육이오 전쟁의 잿더미와 유혈을 디디고 게다가 국제적 세력들과 겨루면서 민족의 자주적 삶을 건설해 온 사상이다. 주체사상에 대한 교회의 비판은 대체로 수령론에 대한 비판으로 집약될 수 있다. 수령은 집단 공동체의 주체를 의미한다. 교회 구조에 비유하자면 수령은 가톨릭교회의 교황과 유사하다. 개신교는 교황을 인정하지 않고 오직 예수 그리스도를 교회의 머리로 인정한다. 그러나 예수 그리스도 혹은 하나님은 불가시적이므로 가톨릭교회와는 달리 개신교는 분열할 대로 분열한다. 교황은 교회의 통일성 보편성의 가시적 구심체 역할을 상대적이나마

수행한다. 유사하게 강력한 수령 없이는 북조선 인민의 자주적 삶이
지금까지 지탱될 수 없었을 것이다. 주체사상은 남한의 기독교와 타
종교 사상 조류들과의 대화, 따라서 상대화 과정을 통하여 민족 사
상으로 정립되고 전개되어야 한다. 민족복음화와 선교는 민족의 삶
의 터전에서 하나님 나라의 도래와 땅에서부터의 변혁을 중개하는
사역이다."

이상과 같은 박 교수의 글은 신학과 삶을 연결하려는 진지한 노력
의 결과로 볼 수 있다. 칠순이 다 되는 노 교수의 건강을 염려하면서
대책위원회는 변호사 세 분(홍성우, 강철선, 백승헌)을 선임하고 원로들
의 탄원서를 첨부하여 적부심을 신청하였다. 지난달 29일에 파고다공
원에서부터 종로5가까지 60여 명이 한의 행진을 하고 기도회를 가졌
는데, 기독교회관 강당이 꽉 차게 모인 사람들이 선생님을 아끼고 걱정
하고 분노하는 심정들을 서로 확인하며 격려하는 자리였다. 이런 마음
들이 날이 갈수록 점점 커지고 강해질 것을 믿으며 박 교수님이 건강하
게 견디어 주시기만 간절히 바란다.

1991-09-14

여성신학과 정치 참여

14대 총선을 1992년 3월 24일로 확정한 지금 여성의 정치참여 문제에 관심이 높아지는 것은 너무도 당연한 일이다. 한국에서 신학을 공부한 여성들로서, 또한 여성신학을 한다는 사람들로서 여신학자협의회는 이미 여성정치 참여의 이론이 정립되고 구 과제를 실천하는 단계에 있어야 할 것이다. 그러나 유감스럽게도 우리는 정치참여라는 어휘조차 꺼내기 거북해하는 상황에 처해 있다. 오죽하면 칠삭둥이 같은 필자에게 이렇게 다급하게 이글을 써내라고 몰아 부칠까? 필자가 마치 자동판매기 같아서 필요할 때 동전 두어 개만 넣으면 준비된 글이 줄줄 쏟아져 나온다면 얼마나 좋을까! 며칠을 끙끙거리고 다니면서 그래도 한 정당의 당무위원이며 여성부위원장이라는 사람이 이 글 하나 쓰지 못해서 쩔쩔 매는 꼴이 한탄스러운 것이다. 준비되지 못한 채 자리에 밀려들어간 것도 우리의 현실이고 그 자리에 들어갔다고 금방 자격이 갖추어지지 못하는 것도 어쩔 수 없는 현실이라는 것을 실감하고 있다. 그런 필자의 형편이니 여성 전반의 정치참여를 논하기는 어렵고 필자 자신의 정치참여를 어떻게 여성신학적으로 풀이할 것인가를 써보고자 한다.

여성신학은 여성의 현실에서 시작한다. 여성의 현실 문제를 분석하여 그 원인을 규명하고 하나님의 미래에 비추어 잘못된 것을 고쳐서 하나님이 의도하신 창조질서의 회복을 위해, 여성의 온전한 인간성 회복과 남녀평등의 세상을 이루기 위하여 일하고자 결단하고 행동하는 신학이다. 내가 정치 현장에 들어오게 된 것도 여성의 정치세력화는 여성운동의 연장이라고 생각한 데서 비롯된다. 여성의 정치세력화를 말로, 글로 주장하는 사람은 많은데 실제로 정당에 입당하라고 권하면 슬그머니 꽁무니를 뺀다. 나는 우리 여성신학교육원에서 교육한 여성의 정치세력화를 위해 여성들이 정치에 참여해야 한다는 것으로 이해하고 행동한 것이다.

작년 1월에 김영삼의 민주당과 김종필의 공화당, 노태우의 민정당이 합당하여 민자당을 만들 때 정말 믿을 사람이 없다는 허망한 생각이 들었다. 민주당은 70년대, 80년대에 민주화 운동을 함께 하던 사람들인데 어찌 하루아침에 우리와 맞서 싸우던 사람들과 손을 잡으며, 그들 편이 되어 우리에게 총부리를 겨누고 있지 않은가? 이러다가는 나라가 어떻게 될지도 모르겠다는 암담한 생각이 들었다. 그런데 필자의 스승이신 여성 원로가 야당 통합을 위해 창당 준비를 한다는 소문이다. 다 늙게 무슨 할 일이 없어서 정치까지 한다고 야단이냐는 비난의 소리가 들려왔다. 어느 날 그 준비위원에 내 이름을 넣겠다는 전화가 왔다. 그분이 하시는 일이니 잘못된 것은 아닐 테고 내 이름이라도 필요하다면 넣으시라지, 그런 심정이었다. 알고 보니 그렇게 권유한 여성들이 43명인데 모두 민주화 운동에 함께 뛰던 사람들인데도 하나도 입당을 하지 않겠다는 것이다. 그렇게 아무도 안한다면 그 선생님도 창당 준비만

하고 그만두겠다고 하셨다.

그 여성 원로를 지원하기 위해서 '나'라도 들어가야 했다. 지금 때를 놓치면 여성 정치세력화를 주장하는 여성운동은 정치면에서는 한 10년쯤 뒤로 물러섰다가 다시 해야 될 것이라고 한다. 결국은 그 선생님이 하는 일을 지지하기 위해서 발기인 준비회의에 참가하여 여성위원장 일을 맡았다. 똑똑하고 야무진 사람은 다 빠져나가고 멍청한 필자만 엉거주춤하다가 그물에 걸려든 꼴이 되었다. 얼마 후에 길에서 여신협 회원을 만났는데 나를 보더니 "도대체 어떻게 된 일이냐?"면서 배를 쥐고 웃는 것이었다. 그 모습에서 내가 얼마나 얼간이 꼴로 보이고 있는지를 확인하면서 씁쓸한 마음을 어쩔 수 없었다.

필자의 입당을 재촉한, 결정적인 역할을 했던 한 정치 선배의 말이 있다. 정치판에서 여성의 자리라고는 바늘구멍만한 데도 찾기가 힘들다. 신당을 시작하면서 여성에게 문을 활짝 열어놓고 들어오라고 할 때 빨리 들어와서 자리를 차지하지 않으면 나중에는 여성의 자리를 따로 만들 수 없다는 것이다. 여성에게 비정하게 닫혀 있는 정치 성곽의 문틈을 비집고 들어가려면 얼마나 힘들게, 처절한 투쟁을 해야 하는지를 말하는 것이다.

그런 것은 이번 공천 때 6년간이나 지역구를 관리해 온 50대 여성을 제쳐 버리려던 경우에서도 잘 드러난다. 공천 논의 중에 여성은 당선 가능성이 희박하다는 것이 정론이 되었다. 그 여성은 13대 총선 때 2년 동안이나 지역구 위원장을 해왔었는데 여자라서 불리하다는 이유로 그곳에 처음 온 남성에게 공천을 빼앗겼다. 아무 기반도 없던 그 남자 후보는 낙선한 후에 다 팽개치고 사라져 버렸다. 당에서는 다 흐트러진 그 지역구를 다시 그 여성에게 맡겼다. 그리고서 4년 동안 열심히 지역구를 관리해왔다. 그 지역구는 분구되어서 한 지역구는 다른 남자가 차지했다. 나머지 한 지역구야 당연히 그 여성의 몫이어야 할 텐데 여성은 선거에 불리하다는 이유로 공천을 주지 않겠다는 것이었다. 얼마나 비정한 정치현실인가? 결국 최후까지 버티고 싸워서 공천을 받아냈다. 그 여성이 13대 총선 때 공천 탈락의 쓰라린 경험을 통해 또한 6년간 지구당을 관리해온 능력으로 공천을 받아내는 싸움에 이길 준비를 해온 것이다. 그런 바늘구멍만한 자리를 붙잡고 안간힘을 쓰는 모습을 옆에서 보면서 여성의 당무위원 자리 하나라도 빼앗기지 않아야 한다는 의지로 나는 지난 일 년간 버티어 왔을 것이다.

때로는 내가 왜 이 걸맞지 않는 곳에 와서 몸 둘 바를 모르며 어정쩡하게 헤매고 있나하고 한탄하기도 했다. 처음 간 그곳에서 아무도 어떻게 하는 것이라고 가르쳐주는 일이 없다. 다 자기가 알아서, 헤쳐서 찾아가야 하는 모양이다. 학교 다닐 때 질문 한번 해 본 일이 없는 성격이었으니 누구에게 어떻게 하는 것이냐고 물어보지도 못하고 눈치를 봐가며 공고된 것, 지시된 것만 열심히 하면서 자리를 지켰다. 바쁜 시간에 내가 하던 일을 놔둔 채, 이 자리를 모두 피하니까 '나'라도 지켜야 된다는 생각 때문에, 여성에게 맡겨 봐야 별로 성과가 없다는 소리를 듣지 않으려고 애를 썼다. 당무위원이 부담하는 당비, 행사 부담금, 후보 지원금 등 내게는 엄청난 경제적 부담도 감당해야 했다. 때로는 "하나님 어떻게 하라는 말씀입니까?" 하고 투정을 부리기도 했다. 그래도 여성을 위한 일이라는 말 때문에 나는 매정하게 거절하지 못하고 별로 탐탁하게 여기는 자리도 아닌데도 질질 끌려온 셈이다. 그러면서도 그 바늘구멍이 조금씩 넓어져서 여성의 자리가 50%를 넘게 될 때 이 나라에는 진정한 민주주의가 자리 잡게 될 것이라는 확신이 또한 나를 버티게 해 주고 있다.

지난 12월에 처음으로 모인 당무위원과 부위원장 이상의 당직자들 세미나 때 일이다. 그룹 토의 시간에 나는 당연히 여성 참여의 길을 넓혀달라는 발언을 하였다. 물론 그런 제안을 넣어야 된다고들 엉성하게 수긍하는데 국회에서도 뛰어난 석학인 중진의원이 "왜 여자들은 가만히 앉아서 달라고만 하느냐? 지역구에 출마하라."고 했다. 너희가 싸워서 차지하지 왜 구걸을 하느냐는 소리로 들렸다. 또한 나를 당무위원으로 선정할 때 "이 사람은 국회의원에 출마하지 않을 사람이니 빼도 된다."는 발언과 "이 사람은 여성의 몫으로 넣어야 한다."는 주장이 맞섰다고 한다. 요즈음 "아무개 전국구 준대?" 하는 소리를 자주 들었다. 여성단체들에서도 여성의 전국구 확보를 위해 정당에 촉구하고 있다.

이런 상황에서 나는 줄곧 구걸 문제와 출마 문제를 생각해 보았다. '나'라도 출마를 해야 되는 것인가를 한동안 고민했다. 현역의원 중에는 학력이 빠지는 사람이나, 덕이 없다고 지탄받는 사람도 있다. 나야 학력은 충분하고, 60이 가까운 지금까지 별 탈 없이 살아왔으니 덕이 없다는 소리는 듣지 않을 것이다. 국회의원은 국민의 대표이니까 나는 주부의 대표는 충분히 될 수 있다. 내가 33년간 집에 일하는 사람 두지 않고 4-5식구 살림을 혼자서 해왔으니 주부를 대표하는 일은 분명히 가능하다. 그러나 문제는 아무도 주부들이 한 일을 사회의 가치로 인정하지 않는다는 것이다. 주부의 경력은 이력서 경력 난에 기재되지 못하고 직업난에도 대개는 무직으로 기재한다. 나의 그 많은 시간과 노동과 정성을 들인 가사노동이 아무런 상품 가치의 인정을 받지 못하는 것이다. 그 많은 반복 노동은 30년간 내 머리를 빈털터리로 만들어 놓은 것도 사실이다. 그러나 그 오랜 동안 쌓아온 여성의 경험은 얼마나 소중한 것인가? 그런데 그런 경험은, 마음속에 쌓여있는 이야기들은 하나도 눈에 보이는 증서에 기재되지 못한다.

더구나 가장 핵심적인 당선 기반이 되는 지역구 조직을 하지 못한 것이다. 또 여성의 대표성이 될 만한 조직도 없다. 게다가 가족이나 친척들의 지원도 기대할 수 없다. 내가 정당에 있는 것 자체에 거부감이 있으니까. 정당에서 가장 중요한 평가 기준은 그 사람 뒤에 얼마만큼의 표가 있느냐이다. 그러니 내가 출마한다는 것은 불가능하다는 결론을 내렸다. 그렇다면 다른 여성들이 당선되도록 힘써야 한다. 여성정치 세력화의 가장 확실한 방법은 여성을 위해 일할 국회의원을 많이 배출하는 것이다. 그러나 우리에게는 지역구를 대표하는 여성의원이 한 사람도 없다. 일본 참의원의 슈미즈 스미꼬 의원은 일본 부인회 회장으로서 여성들의 힘으로 만들어낸 국회의원이다. 여성들의 지원으로 선출되었기 때문에 의원 자신도 뒤가 든든하고, 자랑스럽고, 여성들에 대한 책임감도 크다. 우리는 아직 그런 사례를 만들어 내지 못하고 있다. 그러니까 가만히 앉아서 달라고만 한다는 지탄을 받을 수밖에 없다.

그러면 우리는 지탄 받으며 구걸이나 사고 있어야 할까? 성경에는 민족의 위기에 대처하여 용감하게 일어섰던 드보라와 에스더가 있다. 모세의 동역자 미리암이 있다. 적장의 머리를 베었던 유디트가 있다. 느헤미야의 개혁을 주도한 여성들의 아우성이 있다. 성경은 여성에게 정치를 외면하라고 말하지 않는다. 더구나 예수의 희년 선포는 가진 사람과 가지지 못한 사람 사이의 벽을 허무는 화해의 원리를 제시하고 있다. 희년의 성취는 사람이나 땅이나 제 자리로, 제 임자에게 돌아가는 것이다. 땅은 사람이 발을 딛고 설 수 있는 근거이다. 땅이 없는 사람과 땅이 많은 사람의 계급을 없애는 희년은 수천 년 전에 구약의 레위기에서 선포되었고, 예수께서 이사야서를 읽으실 때 확인된 것이다(눅 4:18-21). 노예를 풀어주는 일은 사람이 억울하게 노역에 묶인 것을 풀어주는 것이다. 여성이 가부장제에 묶여있는 것은 노예와 같은 것이다. 여성이 억압되었던 것을 50년마다 풀어주었더라면 오늘과 같은 가부장제는 존재하지 않았을 것이다.

여성의 정치 현실은 여성을 차별해온 가부장제의 문제이다. 여성의 정치 현장이 황무지와 같은 것, 여성의 극히 소수가 바늘구멍만한 자리라도 붙들고 빼앗기지 않으려고 안달하는 것, 여성의 국회 진출이 어려운 것 등은 모두가 희년의 질서, 하나님의 미래에 비추어 보면 잘못된 것이다. 여성은 당연히 그의 온 일생을 드려 성실하게 살아온 삶이 경력으로 인정되어야 한다. 남성 지배에 밀려서 제대로 성장할 수도 없고, 발언할 기회도 적었던 것을 희년의 정신으로 보상 받아야 한다. 그래야만 남녀가 평등한 정치 풍토를 만들 수 있다.

그러면 우리는 어떻게 이 황무지를 개간하여 꽃을 피우고 열매를 맺게 할 수 있을 것인가? 여성의 정치 현실이 황무지이고 더러워서 가까이 갈 수 없다고 그냥 놔두면 여성의 정치 참여의 길은 그대로 남아 있고 변화가 없을 것이다. 우리는 문제를 알면 문제의 해결을 위해서 일하는 것이 여성신학의 한 방법이라고 했다. 여성의 문제를 여성 자신이 해결하려고 나서지 않으면 아무도 해주지 않는다. "하늘은 스스로 돕는 자를 도우신다."는 말은 동서고금의 명언이다. 우리는 그것을 신앙고백으로도 받아들일 수 있다. 나는 기왕에 정당에 들어왔으니까 정당 안의 여성을 조직하고 여성을 위해 일할 것이다. 정당에 들어오지 않은 사람은 정당에서 바로 일할 수 있도록 격려하고 비판하고 지원할 수 있다. 선거에 기권하지 않는 일에서부터 올바른 후보를 선정하는 일은 국민의 기본 의무이다. 선거가 제대로 치러지는지를 감시하고 고발하는 것, 좋은 후보를 알려주는 것, 모두가 정치참여의 한 방법이다.

여성의 정치참여는 남녀평등을 위해 일하는 여성신학의 한 방법이다. 여성들이 성 때문에 차별받지 않는 나라를 이루고 모든 사람들이 그의 태어난 배경이나 조건 때문에 차별 받지 않는 세상을 만드는 것은 하나님 나라의 오심을 위한, 하나님 나라의 미래를 위해 일하는, 여성신학을 사는 길이다.

1992-02-24

주여 우리에게 평화와 통일을
(잠실중앙교회 설교)

오늘 여신도회 주일을 맞이하게 된 것을 먼저 하나님께 감사드립니다. 우리에게 주어진 제목은 "주여 우리에게 평화와 통일을"입니다. 여신도회가 생명문화운동을 시작하면서부터 평화는 우리들의 목표였습니다. 평화 문제를 다루다 보면 분단으로 인한 우리 민족의 비극을 가슴 아파하면서 민족통일이 바로 이 나라의 살길이요 세계 평화의 지름길이라고 생각하게 됩니다. 그래서 금년 주제를 평화통일을 기원하는 기도로 정한 줄 압니다. 평화와 통일을 기원하는 여신도주일에 저는 예수의 어머니 마리아의 행적을 찾아보면서 오늘 우리 크리스천 여성에게 요청되는 할 일을 생각해 보고자 합니다. 그래서 예수의 첫 번째 기적을 일어나도록 선도했던 본문 말씀을 택했습니다.

우선 본문에 나타난 마리아의 행적을 찾아봅시다. 예수께서 가나 잔치에 그의 제자들과 함께 초대되어 가셨을 때 그의 어머니도 계셨습니다. 잔치 도중에 포도주가 떨어지자 예수의 어머니는 예수께 포도주가 떨어졌다고 합니다. 예수께서는 "어머니, 포도주가 떨어진 일이 제게 무슨 상관이 있다고 그러십니까? 아직 제 때가 오지 않았습니다."고 그 일에 관여하지 않으려고 합니다. 그런데도 그의 어머니는 거드는 사람들에게 '무엇이든지 그가 시키는 대로 하라.'고 일러둡니다. 자기와 상관이 없는 일이라고 거절했던 예수께서는 물을 포도주로 만드는 기적을 행하시어 잔치집 사람들을 기쁘게 합니다. 그 일이 있은 뒤에 예수께서 가버나움에 가실 때 그 어머니도 함께 갑니다. 이 이야기 속에서 우리는 예수의 어머니에 대해 몇 가지 점을 생각해 볼 수 있습니다.

1) 예수의 일에 동참하는 마리아

복음서에서 많이 볼 수 있듯이 예수가 가는 곳에 나타나는 마리아는 이 잔치 집에 와 있습니다. 또 거기서 가버나움에 갈 때도 어머니가 함께 갑니다. 당시의 관습으로 유대인 여자가 이렇게 남자들이 가는 곳에 함께 다닌다는 것은 보통일이 아닙니다. 예수에게 특별한 관심이 있던 마리아는 그가 가는 곳마다, 하는 일마다 관심을 가지고 동참합니다.

2) 마리아는 주변 상황을 파악하고 문제를 해결하려고 노력했습니다. 결혼 잔치는 인생살이의 대사 중 하나입니다. 하객들이 모여서 음식을 함께 먹으며 즐기는 것은 동서고금, 언제 어디서나 다 같을 것입니다. 그런데 잔치 집의 흥을 돋우는 포도주가 떨어져 가고 있으니 얼마나 당황할 일입니까? 이런 상황을 파악한 마리아는 남의 일이라고 두 손 놓고 가만히 있는 것이 아니라 그 일을 자기 일처럼 안타까워하며 해결책을 모색합니다. 그 당시 유대인의 관습으로 여자는 남이 보는 데서 남자와 이야기 할 수 없었습니다. 마리아는 그런 여성의 제약을 뛰어 넘어 예수에게 상황을 설명하고 해결책을 촉구합니다.

이제 오늘의 주제로 돌아가 봅시다. 우리는 앞에서 예수의 일에 동참하는 마리아가 상황을 분명히 파악하고 문제를 해결하기 위해 노력했으며 포기하지 않고 추진하는 모습을 보았습니다. 이제 우리도 그 맥락에서 오늘의 문제를 생각해 봅시다. 평화 문제는 우리 민족이 지난 5000년 동안 갈망하던 소원입니다. 그리고 지금 전 세계 곳곳에는 평화를 위해 일하는 사람들의 소리가 높습니다. 또 나라가 분단된 지 42년이 되는 우리에게는 꿈에도 소원이 통일입니다. 그러나 우리의 국시를 반공으로 정한 이래 통일 문제 논의는 금기와 같았습니다. 그래서 한국기독교교회협의회와 세계교회협의회는 용공으로 몰리기도 했습니다. 최근에서야 통일 논의가 조금씩 나오고 있습니다. 한국기독교교회협의회는 통일문제위원회를 두고 통일 문제를 위해 애쓰고 있습니다. 그러나 당국의 제재로 몇 번이나 모임을 연기했다가 1985년에 처음으로 성공회 회의실에서 통일문제협의회로 모였습니다. 그리고 지난해 유성에서 한북미협의회에 참석할 사람들이 모여서 한국 통일 문제 협의를 호놀룰루에서 모이는 한북미협의회의 주요 안건으로 다루기로 했습니다. 또 미국교회협의회에서는 그 준비의 하나로 북한 교회를 방문하고 서울 보고회도 열었습니다. 그 방문단에는 재미한국인 목사님들도 세 분이나 있었는데 모두 이북에서 월남한 분들로 가족과 상봉하는 감격적인 시간도 가졌다고 합니다. 그리고 세계교회협의회가 주선해서 스위스의 글리온이라는 곳에 북한 목사 다섯 분과 남한 목사 다섯 분이 만났습니다. 거기에는 한국기독교교회협의회의 김소영 총무, 본 교단의 이영찬 목사, YMCA의 강문규 총무가 참석했었습니다. 유감스럽게도 거기에는 북한에서 온 통역만이 여자일 뿐, 모두 남자들만의 모임이었습니다. 하여튼 한국이 분단된 지 41년 만에 만난 공식

모임이었고, 이념이 다를지언정 민족의 정을 다시 한 번 확인했다고 합니다.

또 여성들의 활동을 살펴보면, 1985년에 모였던 한국교회여성연합회의 평화세미나에서는 남북한 교회 여성의 만남의 자리를 만들어 대화를 하자는 제안이 있었습니다. 그보다 앞서서 여신학자협의회에서도 통일 문제에 관심을 갖고 당시 회장이던 박순경 박사를 한국기독교교회협의회의 통일문제위원회에 위원으로 추대했었습니다. 민족분단 문제에 깊은 관심을 가진 박순경 박사는 한국교회 100주년 기념사업을 할 때 여성의 기도문에 통일을 기원했습니다. 그 기도는 100주년 사업 여성분과 사업 전체에 반영되었습니다. 그래서 100주년 사업 여성분과는 통일을 위한 기도회를 6월 25일 임진각에서 개최했고, 해마다 계속하고 있습니다. 또한 여성들이 민족의 어머니 역할을 하자는 결의도 다졌습니다. 지난 12월에 방콕에서는 세계교회협의회 주선으로 아시아 여성들이 모인 평화문제협의회에서도 세계 평화를 위해 남북한 교회 여성들이 만나서 대화할 자리를 세계교회협의회가 주선하도록 제안하였습니다. 북한에서 세계교회협의회를 통해서만 대화에 응하겠다고 했기 때문입니다.

요즈음 가장 큰 화제는 평화댐 건설 모금일 것입니다. 북한에서 금강댐을 건설한다고 해서 그보다 더 높은 댐을 건설한다고 통일 문제가 해결될 수는 없습니다. 그것은 분단된 민족을 더 멀리 갈라놓을 뿐입니다. 남북이 서로 대적하여 원수처럼 된 것이 지난 40여 년의 역사입니다. 예수께서는 "평화를 위해 일하는 사람은 행복하다 그들은 하나님의 자녀가 될 것이다."고 말씀하셨습니다. 우리는 세계에서 하나뿐인

단일민족국가입니다. 우리는 갈라져서 살 수 없는 한 민족입니다. 민족을 갈라지게 하는 일은 제거하고 화합하게 하는 일이 필요합니다.

오늘 예수를 따르겠다고 응답한 크리스천은 평화를 위해 일하라는 명령을 받고 있습니다. 이 절박한 상황에서 마리아처럼 해결책을 찾아서 관철하는 일이 우리에게 주어졌습니다. 하나님께서 이루실 새 하늘 새 땅의 꿈을 보는 사람은 그 꿈을 위해 일할 것입니다. 하나님께서는 분명히 우리 민족을 하나로 합하여 평화롭게 살기를 원하십니다. 관심하는 일에는 동참해야만 일이 성취됩니다. 남의 일처럼 방관할 것이 아니라 바로 내 일로 알고 안타까워서 몸부림쳐야 합니다. 실제로 우리는 통일 문제를 너무도 모르고 있습니다. 평화와 통일 문제에 관심을 갖고 배우고, 배운 것을 다른 사람에게 알려야 합니다. 통일을 위해서 우리들의 마음을 여는 평화 교육이 시급합니다. 남과 북은 함께 사는 나라를 위한 준비를 해야 합니다. 북한의 교회와 북한의 모든 사람을 위하여 기도하며 우리 모두가 변화되도록 사랑해야 합니다. 사랑은 모든 것을 변화시킵니다.

아일랜드의 전쟁을 종식시킨 어머니들의 행진이 생각납니다. 기독교와 가톨릭교회의 오랜 알력에서 터져 나온 아일랜드 전쟁이 계속해서 서로를 죽이고 있을 때 양측의 어머니들이 만났습니다. 그들은 우리가 죽더라도 이 땅에 전쟁은 없어야 한다는 결의 아래 양쪽의 총부리가 마주 있는 전장의 한 가운데를 걸어갔습니다. 그 여인들의 행렬에 아무도 방아쇠를 당기지 못했습니다. 그리고 아일랜드의 전쟁은 끝났습니다. 이 이야기는 꿈을 보는 사람들의 행동입니다.

분단의 나라 한국의 어머니들은 그 동안 미움과 슬픔을 다 감싸 안고 통일의 꿈을 보면서 그 꿈을 실현하기 위한 행동을 시작해야 합니다. 일이 어렵다고 포기하지 말고 좌절하지 말고 하나님께서 이루어 주실 것을 믿으며 끝까지 기다리며 견디어 나가야 할 것입니다. 이제 오늘 주제를 위해 선정된 하나님의 말씀으로 이 말씀을 마무리 짓겠습니다.

1987-01-18

교회 여성과 정치 참여
(제1회 기독여성평화연구원 토론마당)

나는 일단 정당에 발을 들여 놓았으니 최선을 다해서 여성의 현장에서 일해 볼 생각이다. 그러면 어떤 입장에서 최선을 다 할 것인가? 내가 할 수 있는 것은 성서 속에서 찾는 일일 것이다. 첫째, 출애굽의 여성 기수였던 미리암에서 찾아볼 수 있다. 모세의 누이였던 미리암은 모세가 세상에 태어날 때부터 모세를 더 이상 숨겨둘 수 없게 되자 강물에 띄워놓고 멀리서 지켜보고 있다가 바로 공주에게 자기 어머니를 모세의 유모로 데려가는 기지를 발한다. 미리암은 모세의 일생을 이끌어온 사람 중의 하나다. 또 미리암은 "야훼를 찬양하여라. 그지없이 높으신 분, 기마와 기병을 바다에 처넣으셨다."라고 노래 부름으로써 소고를 들고 여자들과 함께 춤을 추면서 전쟁의 스릴을 노래하였다. 이렇게 대열의 선두에서 노래를 부르는 미리암은 모세의 출애굽을 돕고 있다. 미리암은 여 예언자일뿐만 아니라 출애굽의 대장정에서 직접 백성을 이끌어가는 인도자의 역할을 하고 있다. 미리암의 노래는 혼자의 노래가 아니라 그를 뒤따르며 함께 호응하는 무리들의 노래이다. 미리암의 노래는 출애굽기 15:1에서 모세가 부르는 노래의 서두에 나타난다. 그 노래는 계속해서 부르는 행진가였을 것이다. 우리는 그 행렬을 상상할 수 있다. 바로의 학정 밑에서 신음하던 이스라엘 사람들이 대열을 지며 홍해를 건너오는 과정 속에서 얼마나 많은 문제들이 있었을 것인가? 몸이 아픈 사람, 아이를 낳는 사람, 어린 아이에게 젖을 먹여야 하는 사람, 노인들을 보살펴야하는 사람 등 마치 우리의 피난 행렬과 마찬가지였을 것이다. 이 행렬 속에서 미리암은 여 예언자로서, 정치지도자의 몫을 담당하였을 것이다.

둘째로 판관기 4장에 나오는 야엘이다. 가나안 왕 야빈은 시스라를 지휘관으로 두고 철병거 900대를 가지고 이스라엘을 20년간이나 억압한 왕이었다. 드보라가 바락을 불러 이스라엘 출병을 명령하였을 때 실제로 이 전쟁을 승리로 이끈 것은 야엘이었다. 야엘은 친분이 있는 적장 시스라를 장막으로 불러들여 우유를 먹여 안심하게 하고 잠이 든 시스라를 천막 말뚝을 망치처럼 내리쳐 죽여 버렸다. 드보라의 승전가에는 승리의 전사 야엘을 노래한다. "켄 사람 헤벨의 아내 야엘이여, 어느 여인보다 복을 받아라. 방구석에 묻혀 사는 어느 여인보다 복을 받아라. 왼손을 내밀어 말뚝을 잡고 오른 손을 내밀어 대장장이의 망치를 쥐고 시스라를 쳐서 머리를 부수고 관자놀이를 뚫어 쪼개버렸다"(판 5:24). 야엘은 민족 수난의 와중에서 적장이 도망해온 결정적인 순간에 보통 여성으로서는 상상하지 못할 일을 감행하였다. 20년 동안이나 시달려온 나라의 운명을 바꾸는데 획기적인 역할을 한 것이다. 그 뒤 40년간 이스라엘은 평온하였다고 기록하고 있으니 야엘의 공로는 대단한 것이다. 야엘이 만약 주춤거리고 시스라의 위력에 눌려 아무 일도 할 수 없었다면 이스라엘은 야빈의 손아귀에서 벗어날 수 없었을 것이다. 그 시대는 판관이 지도하던 때였으므로 오늘처럼 발전된 정치는 없었겠지만 적을 물리치는 일은 가장 중요한 정치 참여로 볼 수 있을 것이다.

셋째로 외경의 유딧이다. 유딧서는 여성의 손을 통해서 이스라엘을 승리로 이끈 유딧의 이야기를 기술하고 있다. 이스라엘이 포로생활에서 돌아와 더럽혀진 성전을 깨끗이 한지 얼마 되지 않은 때에 시리아의 느부갓네살은 서방 제국을 토벌하고 굴복시켰다. 이스라엘의 성읍 베룰리아는 34일이나 시리아에 포위되어 양식도 물도 다 떨어져 백성들이 항복하자고 아우성쳤다. 성화에 못이긴 지도자들은 5일 안에 하나님께서 도와주시지 않으면 도성을 넘겨주겠다고 약속했다. 므라리의 딸 유딧은 남편 므낫세를 여의고 과부로 3년 넘어 살아오면서, 하나님을 공경하며 아름다운 용모와 많은 재산을 가지고 있으면서도 주변 사람들에게 존경받는 사람이었다. 유딧은 지도자들의 잘못을 지적하고 하나님께 간구하면서 자기의 계략을 추진하였다. "그들의 거만한 자세를 보시고, 당신의 분노를 그들 머리 위에 부어주소서. 이 과부에게 뜻하는 일을 이룰 수 있는 힘을 주소서. 간계를 꾸미는 이 입술을 이용하여 원수들을 넘어뜨리소서. 종들은 상전과 함께, 상전은 그 신하와 함께 쓰러지게 하소서. 그리고 여자의 손을 이용하여 그들의 콧대를 꺾으소서. 당신은 보잘 것 없는 사람들의 하나님이시고 불쌍한 사람들을 도우시는 분이시며 약한 자를 붙들어 주시는 분이시오, 버림받은 사람들의 보호자이시며 희망 없는 사람들의 구조자이십니다. 당신은 참으로 내 조상의 하나님이시요, 이스라엘을 상속으로 주시는 하나님으로서 하늘과 땅을 다스리고 물을 만들어 주시는 분이시며 모든 피조물의 왕이십니다. 내 기도를 들어주소서." 유딧은 과부의 상복을 벗고 아름답게 치장하고 성문 밖으로 나가 적장에게로 갔다. 유딧은 적장에게 이스라엘이 멸망할 것을 알고 넘어왔다고 안심시켰다. 3일 동안 골짜기에 가서 목욕하고 기도하고, 4일째 되는 날 적장이 불러 연회장으로 갔다. 적장이 마음을 놓고 술에 취하자 유딧은 적장의 머리를 베었다. 유딧이 베툴리라 성으로 돌아와 적장의 머리를 성 위에 달아놓았다. 적군은 혼비백산하여 달아나고 이스라엘은 승리를 거두었다. 유딧은 자신들은 아무 일도 안하고 하나님께서 도와주시지 않으면 항복하겠다는 지도자들과는 달리 자기 목숨을 걸고 민족의 위기를 극복한 여성이었다. 유딧은 여성의 손을 통해서 역사하시는 하나님을 찬양하며 노래한다(유딧 16:1-5). 그의 기도는 그의 신학이며 정치 이념이었다고 할 수 있다.

넷째로, 라합을 들 수 있다. 여호수아가 가나안으로 들어갈 때(여호수아 2장) 먼저 정탐원 2명을 밀파하여 여리고 지역을 탐색하게 한다. 라합이라는 창녀는 여리고 왕의 명령을 불복하고 그들을 맞아들여 지붕에 널어놓은 삼대 속에 숨겨둔다. 그리고 야훼께서 이스라엘에게 하신 이야기를 듣고 겁에 질려 있는 여리고인의 심정을 고백했다. 하나님의 뜻에 따라 사는 이스라엘에 속하려고 자기가 속해있던 여리고 왕을 배반하고 새로운 공동체, 새 사회를 이루는 데 한몫을 담당한다. 시대를 분간하고, 자기의 설자리를 파악하고, 어디에 설 것인지를 판별하고, 또 자기 자리를 탈출하여 새로운 세계를 지향하는 라합은 정치적 결단을 한 사람이다. 자기뿐 아니라 자기에게 속한 식구들을 모두 이끌고 새로운 세상으로 떠났던 라합은 역사를 바꾸는 일에 참여하였던 것이다.

지난 IPU회의 참석차 북한을 방문했던 박영숙 의원은 북한의 여성에 관하여 한겨레신문에 다음과 같이 썼다.

"북한은 총 취업 인구 48%를 여성이 차지하고 있으며, 최고인민회의에는 21%의 의석을 차지하고 있다. 도, 시, 군의원의 진출 비율은 더욱 높다고 한다. 북한의 고위급 여성 지도자들은 여성으로서가 아니라 각자 맡은 분야의 전문인으로서 활약하고 있다. 최고인민회의의 여연구 부의장은 외교 분야에서 뛰어난 역할을 하고 있고, 정무원의 김복신 부총리는 방직공으로부터 시작하여 그 자리에 오르기까지 줄곧 그 분야에서 일해 온 전문가이다. 북한 여성의 정치 참여는 잠깐 나타났다가 사라지는 우리의 현실과는 다르다."

사회 변혁이 먼저인가 아니면 여성운동이 먼저인가 라는 주제로 맑스주의와 사회주의 여성운동의 의견이 서로 다르지만 나는 둘 다 보완해야 된다고 생각한다. 가부장적 자본주의 하에서는 강자와 부자만이 인간다운 대접을 받기 때문에 여성의 진정한 해방은 불가능하다. 우선 북한 여성의 정치 참여가 20%라는 것만 보아도 우리의 현실보다는 낫다. 사회개혁이 이루어지면, 혁명이 성취되면 여성은 자연적으로 해방된다는 것은 인정할 수 없다. 이러한 이유로 사회주의 여성해방론을 지지하면서 또한 여성이 정치에 관여하지 않는 한 여성은 정치적으로 소외될 수밖에 없다는 것을 인정한다. 정치는 남이 나의 일을 해주지 않는다는 사실을 인식하는 것이다.

교회 여성은 이 땅에서 하나님의 뜻이 이루어지는 데 부름 받은 사람들이다. 교회는 이 땅이 하나님 나라로 변해가는 데 필요한 도구이다. 이 땅에 정의, 평화, 창조의 보전을 구현시키려면 그 꿈을 구현시키는 일에 적극적으로 참여해야 한다. 말만 한다고 해서 이루어지지 않는다. 내 스스로 실천할 때 이 땅에 변화가 이루어지는 것이다. 혼자서 하는 것이 아닌, 뜻이 같은 사람들이 모여 사람 사는 세상을 만들어가기 위해 함께 일해야 한다. 제도권 안에 있는 사람들과 밖에 있는 사람들이 연대하여 함께 해야 한다.

1991-05-29

내 나라에 태어나고 싶어요
(「새가정」기고)

한국여신학자협의회에서는 지난 8월 20일부터 25일까지 재일조선민주여성동맹과 민주여성회 자매들을 만나는 역사적인 행사를 가지게 되었다. 처음에는 25명이 오겠다고 했는데 진행하는 과정에 어려움이 있어서 여성동맹에서 10명, 민주여성회에서 3명이 내한했다. 그분들을 초청하기 위하여 통일부에 북한 접촉 신고서를 내는데 공동대표로서 신원보증서까지 쓰는 등 번거로움이 많았다. 그래도 조총련이라는 것 때문에 한 번도 제 나라에 올 수 없었던 사람들을 생각하면 그보다 더한 어려움이라도 당연히 감수해야 한다는 생각이었다. 이 행사는 지난 3월에 일본에 살고 있는 한국교회 여성들을 위해 성서 연구를 인도하는 목사님의 간절한 편지로부터 시작되었다. "조총련 여성들이 한국을 방문하고 싶은데 한국에 있는 여성단체에서 하는 행사에 초청받고 싶다고 간청합니다. 1995년 기독교여성연대에서 희년 행사로 남북 여성들의 만남의 광장을 준비했었는데 이미 7년이 지나긴 했지만 지금이라도 가능하길 바랍니다. 모든 경비는 본인들이 자담하겠다고 합니다."는 편지를 여러 단체(통일연대, 여신학자협의회, 한국교회여성연합회, 여성교회)에 보냈다. 그 편지를 받은 사람들과 의견을 나누다가 결국

여신학자협의회에서 맡게 되었다. 우선 여신학자협의회가 주관하고 있는 여성예배를 중심으로 8·15 행사와 연결하기로 하였다. 8월 21일에는 정신대대책협의회의 수요 시위를 여신학자협의회가 주관하며 그 손님들이 함께 참여하게 하였다. 계속해서 정대협 사무실과 교육관(할머니들의 전시관)을 방문하고 독립공원을 관람하였다. 저녁에는 프레지덴트 호텔의 신세계 홀에서 환영 만찬을 가지며 공동대표인 필자는 다음과 같은 환영사로 그들을 맞이하였다.

오늘은 참으로 좋은 날입니다. 그동안 만나기 어려웠던 자매들을 57년 만에 만나게 되었습니다. 제가 열 살 때 헤어진 식구를 57년 만에야 만나는 셈입니다. 얼마나 긴 세월이었습니까? 두 시간이면 도착될 수 있는 거리에 있으면서 우리는 만날 수 없었습니다. 일본에서 오신 우리 자매님들 참으로 반갑습니다. 오늘 새삼스러이 10여 년 전에 있었던 일이 자꾸만 생각납니다. 1991년 11월이었습니다. 그때도 남북이 서로 막혀있는 상황이었지만 '아시아의 평화와 여성의 역할'이라는 주제를 걸고 남북 여성들이 만나는 자리를 만들었습니다. 그해 5월에 일본 여성들이 북한 여성들과 남한 여성들을 동경에 초청하여 만나게 한 것이 계기가 되어 서울에서 일본 여성들과 북한 여성들을 초정하는 자리를 만드는 일이었습니다.
한 달 남짓 남은 행사 날짜를 맞추느라고 실행위원들은 밤인지 낮인지도 모르고 있는 힘을 다해서 준비했습니다. 마침내 여연구 씨를 대표로 한 북한 여성들이 판문점을 넘어와 서울에서 만났습니다. 민간 여성들의 모임으로는 처음 있는 행사여서 얼마나 가슴 부풀고 신났는지 모릅니다. 다음해 9월에 우리도 판문점을 넘어 평양에 갔습니다. 그때 조총련에서 오신 여성들도 처음으로 만났습니다. 김일성 주석의 오찬에도 초청받았습니다. 꿈에 그리던 금강산도 가보았습니다. 다음 해에는 동경과 오사까에 가서 총련, 민단, 민주여성회 여성들이 다함께 만났었지요. 그래서 우리는 자주 만나게 될 줄 알았습니다. 그러나 이제 10년의 세월이 흐르고서야 오늘 여러분을 뵙게 됩니다. 평양과 동경에서는 조총련 여성을 만날 수 있었지만 서울에서는 오늘 처음으로 만나는 것입니다. 그동안 우리는 서로 얼마나 만나고 싶어 했습니까? 총련에서 오신 자매님 얼마나 고향에 오고 싶으셨습니까? 우리들은 서로 그리워하면서도 참으로 가슴 미어지는 세월을 살아왔습니다. 같은 말을 쓰는 한민족인데 이리도 오래 갈라져 있었습니다. 이제 우리 자주 만나십시다. 우리가 그렇게 만들어 가야 합니다. 우리 민족의 통일은 아무도 만들어 주지 않습니다. 우리가 만들어야 합니다. 비록 짧은 기간이지만 편안히 즐겁게 지내시고 다음에 꼭 다시 만나십시다. 감사합니다.

이렇게 시작된 우리들의 만남은 통일에 관심 있는 여성 단체들과 그동안 통일을 위해 일 해온 사람들과의 이야기 마당을 가지고 기독교를 전연 모르는 그분들이 여성 예배에 참여하였다. 여신협의 실행위원들과 저녁을 먹으며 서로를 사귀는 시간을 나누었다. 거기서 내가 잊을 수 없는 말이 바로 위의 제목이다. "내 나라에 태어나고 싶다."는 말이다. 얼마나 자기 나라가 그리웠으면 저런 말이 나올까 싶어 가슴이 아렸으나 아무 말도 하지 못했다. 다음날 우리 집에서 점심을 하기로 되어있으니 그때 이야기하리라 하면서도 저런 '한'을 어떻게 풀 수 있을까 하는 안타까움이 나를 짓누르는 것이었다.

추석날 KBS 교향악단이 북한의 조선중앙 교향악단과 함께 연주하는 장면을 보면서 저렇게 되면 이제 통일해도 되는 것 아닐까 하는 생각이 들었다. 찔끔찔끔 이산가족 상봉이라 해서 온 민족을 떠들썩하게 해놓고는 그저 몇 백 명도 안 되는 사람들이 24시간도 안 되는 상봉을 하고는 또 목이 메어 울며 헤어지는 모습을 얼마나 애타는 마음으로 보아왔는가?

또 한편에서는 통일 후에 닥쳐올 혼란을 두려워하여 통일을 반대하는 사람들이 있다. 어차피 겪어야 할 혼란이요, 뛰어넘어야 할 과제이다. 우리가 한 민족으로 태어난 것을 바꿀 수는 없다. 아무리 도망치고 싶어서 미국으로 원정 출산을 하러 간다 해도 우리는 한민족이다. 통일은 우리 한 민족이 겪어야하고 풀어야 하는 과제이다. 시간이 길어지면 길어질수록 우리의 거리가 더 멀어질 수밖에 없다. "내 나라에 태어나고 싶다."는 한 맺힌 절규를 더 이상 듣지 않으려면 통일을 해야 한다. 분단으로 인한 이 민족의 피해가 얼마나 많이 쌓여있는가? 분단의 피해는 살림을 꾸려야 했던 여성들이 더 힘들게 몸으로 겪어왔다. 분단으로 인해 비틀려진 마음들이 얼마나 심히 앓고 있는가?

문익환 목사님이 80년 대 초에 '우리 통일운동 하자'고 하시던 말씀이 생각난다. 그때는 통일이라는 말도 꺼낼 수 없을 때였다. 그렇게도 통일을 위해 목청이 터지게 외치시며 갖은 고생을 다 하시던 분이 이 세상을 떠나신 지도 한참 되었다. 이제는 남은 사람들이 통일을 이루어야 한다. 서로 다른 것을 두려워 말자. 우리의 온 몸으로 감싸 안으면

다름이 섞여서 하나를 이루리라. 사람이 하다하다 못하면 하나님께서
이루어주실 것을 믿는다.

2002. 11.

외국인 노동자를 위하여
(「새가정」 기고)

여기는 명동 성당 구내에 있는 어느 건물의 추녀 밑이다. 어느 건물 안에 들어갈 수도, 천막 하나 치지도 못하게 하는 형편이니 일부에서는 노숙을 감행하면서 이 추녀 끝에 둘러앉아 장마비를 피하며 우리의 해야 할 일을 추진하고 있다. 필자는 여성 교회에서 운영하는 외국인노동자여성센터 대표 자격으로 지금 농성에 참여하고 있는 것이다. 정부는 지난 7월 15일에 기존의 자진 등록한 외국인 노동자 25,600명을 내년 3월까지 전원 강제 출국 조치하고, 새로 외국인 노예 연수생을 도입하겠다는 소위, '외국인력제도 개선 방안'을 발표하였다. 연수제가 '현대판 노예제도'라고 규탄 받을 만큼 악명이 높아진 것은 연수생들의 인권이 침해받고 있기 때문이다. 외국인노동자대책협의회에서는 계속 연수제 폐지를 주장해 왔고 기존의 불법 체류자들에게 노동권을 허락하기를 주장해 왔다. 그러나 정부는 그런 요청과는 정반대의 개선안을 내놓았으니 가만히 있을 수 없었다. 긴급운영위원회가 모이고 18일에 "기만적인 정부의 '외국인력제도 개선 방안'을 철회하라!"는 성명서를 내걸고 22일부터 항의 농성을 시작한 것이다. 어제 저녁에는 피켓을 들고 명동 거리를 한 바퀴 돌았다.

여기 앉아서 새삼스러이 1985년 여름에 성도섬유 해직 노동자들의 복직을 요구하며 종로 매점 앞에서 항의 시위를 하다가 닭장차에 실려 가서 종로경찰서로 강남경찰서로 끌려 다니며 즉결 처분을 받고 7일간 구류를 살고 나온 생각이 났다. 그때 경찰서장이 나를 부르더니 그 나이와 그 배경에 왜 애들하고 길거리에 나와서 소리를 지르고 시위를 하느냐고 질문을 했다. 나는 '신학을 살기 위해서'라고 대답했다. 그때도 내가 제일 나이 많은 축이었다. 한국교회여성연합회 회장직을 마치고 며칠 안 된 때였으니 그 서장 생각에는 내가 무척 한심해 보였을 것이다. 그리고 이후에도 수없이 많은 시위를 한 뒤에 민주화를 이루었다. 이제는 시위 할 일은 없으리라 생각했는데 외국인 노동자들의 인권이 침해당하고 있으니 또 싸워야 해서 이 시위에 동참하고 있다. 역시 나의 신학을 살기 위해서이다.

왜 나의 여성 신학은 이런 시위에 참여하게 하는가?

이스라엘 백성들이 가나안에 들어갔을 때 하나님의 명령 중의 하나는 나그네를 돌보라는 것이었다. "너희도 애굽에서 나그네로 종살이 하던 것을 기억하고 나그네를 돌보라." 하셨다. 여성 신학은 여자가 남자에게 차별받지 않는 평등 사회를 이루자는 신학이다. 여자가 차별을 받은 경험에서 시작하여 그 차별의 문제를 분석하고 하나님의 말씀에 비추어서 그 차별의 문제를 파악하고 차별이 하나님의 뜻에 어긋나는 나쁜 사회 질서라면 그 나쁜 것을 고쳐서 하나님의 뜻에 합당한 평등 질서를 만들기 위해서 일하는 신학이다. 하나님을 믿는 사람은 그가 고백하는 하나님의 신학을 매일의 삶에서 구현해야 한다. 그 평등 질서는 남자와 여자의 차별에만 국한되는 것이 아니고 이 세상 사람 모두에게 적용되는 것이다. 이 세상에 태어난 사람은 누구나 그의 성이나 종족이나 외모나 지식이나 소유에 따라 차별되어서는 안 된다. 내가 하나님의 형상을 지닌 소중한 사람이라고 고백한다면 이 세상의 모든 사람이 나와 똑같이 하나님의 형상을 입은 소중한 사람이라고 고백할 수 있어야 한다. 그러니 외국인 노동자들이 한국에 와서 일하는데 차별을 받고 있다면 그것은 당연히 하나님의 뜻에 어긋나는 일이다. 하나님을 믿는다는 사람은 하나님이 차별하지 말라고, 나그네를 돌보라고 하신 말씀을 따라야 한다.

우리나라의 광부와 간호사가 독일에서 외국인 노동자로 일할 때 독일 노동자와 똑같은 대우를 받았다고 한다. 거기에 정착해서 사는 한국 사람들이 아기를 낳으면 독일 사람들과 똑같이 아기의 양육비를 국가로부터 받았다. 요즈음 한국에서 미국으로 가는 노인들도 미국 사람들이 받는 사회복지 보조금을 받는다. 미국에서 평생 일하면서 사회복지 기금으로 국가에 세금처럼 지불했던 사람이나 한 푼도 내지 않고 이제서 간 사람이나 똑같이 사회복지 기금의 혜택을 받고 있다. 약삭빠른 계산으로 하면 맞지 않는 일이지만 하나님의 법으로 보면 이해가 가는 일이다. 그런데 우리나라에 와서 더럽고 힘들고 어려운 일을 도맡고 주로 중소기업에서 일하는 외국인 노동자들은 한국 노동자들이 받는 대우를 받지 못하고 있다.

필리핀 노동자의 아기가 태어난 지 30일 만에 한국에서 쫓겨났다는 이야기를 듣고 너무나 놀랐다. 아기가 태어나면 당연히 시민권을 받는 미국의 경우를 보면 우리는 아무래도 인도적이지 못하다 싶다. 미국 시민권을 얻으려고 2000만원을 들여서 원정 출산을 하는 한국인

의 이야기와는 어떻게 연관을 지어야할까? 산월이 가까운 필리핀 노동
자가 한 달 휴가를 받았는데 무급이라고 한다. 한국인은 3개월의 산전,
산후 휴가를 법으로 보장받았고, 2개월은 유급이다. 거기도 차별은 있
다. 차별의 이야기를 쓰자면 끝이 없을 것이다.

위의 시위를 매일 계속하는데 사무실이며 할 일은 따로 밀려가고
집안일은 또 따로 있으니 여간 바쁜 게 아니다. 그러나 이 시위만으로
는 안 되겠으니 성직자들이 단식기도회를 하자고 하면서 갑자기 27일
9시 30분까지 나오란다. 여자는 원불교 교무(성직자)와 나뿐인데 물러
설 수가 없었다. 아직 이런 일로 단식을 해 본 일은 없는데 대책위원회
에서 합의한 일이니 따르기로 했다.

28일은 주일이니 아침 일찍이 스코틀랜드에서 온 여 목사를 기독
교회관 앞에서 만나 금곡에 있는 외국인노동자여성센터에 데려 갔다.
그 목사는 스코틀랜드 교회에서 한국교회여성연합회로 파송한 동료로
서 주일 설교를 맡은 것이다. 금곡에서 예배가 끝나고 공동체 식사를
함께 하고 3시에는 여성 교회 예배를 드리고 급히 종묘에서 열리는 대
집회에 갔다. 외국인 노동자들의 집회로는 처음으로 그렇게 많은 사람
들이 모였다고 한다. 2000명이 넘는 사람들이 모였으니 경찰이 긴장
하고 행진을 못하게 막았다.

단식하는 성직자들이 앞에서 플랑카드를 들고 밀고 나갔다. 한동안
의 대치 끝에 우리는 명동까지 걸어갔다. 나중에는 발이 질질 끌리는
듯 했지만 명동에 이르러 다시 집회를 하고나서 또 저녁 모임을 한단
다. 바로 그 전에 효소 한 숟가락에 물을 타서 마시는데 다시 살아나는

느낌이 들었다. 물 한잔이 그리도 고마운지 새삼스럽게 느꼈다. 그런 와중에도 이 원고를 쓸 일이 마음에 걸렸는데 도저히 시간을 빼지 못하고 며칠이 또 넘어갔다. 명동시위 이후 바로 성직자들의 단식농성을 시작했기 때문이었다. 단식 사흘이 넘어서 새가정에서 독촉의 글을 받고서야 참으로 힘이 없는 손으로 이 글을 친다. 이 일도 여성신학을 알리는 길이니 어찌 피할 수 있으랴.

2002. 9.

성매매로 우는 사람을 위하여
(여성교회 설교)
마태복음 5장 28절

1. 성매매를 당하는 한 여성 장애인의 현장

얼마 전에 '성매매 근절을 위한 한소리회'의 소식지를 받았습니다. 우리 교회의 조진경 교우가 사무국장으로 부임한지 얼마 되지 않는데 벌써 이렇게 소식지를 보내는 것이 신통하고 기뻐서 얼른 읽기 시작했습니다. 성남중동 사건의 현장의 소리를 읽으면서 "아니 이럴수가!" 하면서 가슴이 미여져 오는 느낌을 받았습니다. 그 기사를 인용하겠습니다.

"마담은 여성들을 관리하기 위해 장애 여성을 왕따시켜 집단을 결속시키려고 하였다. 그중 제일 센 여성을 시켜 장애 여성을 라이타로 지지고, 젓가락을 불에 달궈서 몸을 데게 하고, 머리를 강제로 자르게 하였다. 어느 날 장애 여성이 다른 날처럼, 남성과 관계를 하면서, 다른 여성들보다 늦게 끝냈다고 벌을 줬는데 왼쪽 손과 발이 불편한 여성을 무릎 꿇고, 손들고 있게 했다. 30분이 지났고, 이 여성이 도저히 벌을 못 서겠다고 하니까, 마담이 오줌물을 먹을래, 아니면 계

속 무릎을 꿇고 손들고 있을래, 했다는 것이다. 장애인 여성은 도저
히 벌을 서고 있을 수 없어서, 오줌물을 먹겠다고 했다. 그랬더니,
오줌물을 퍼다가 장애 여성에게 마시게 했다. … 마시다가 구토를
했더니, 다시 오줌물을 더 퍼오게 해서, 4번이나 마시게 했다. 그러
자 갑자기 마담이 배가 아프다고 나가더니, 설사 똥을 담아가지고
와서 먹으라고 시켰다. 이 여성은 그것까지 먹어야 했다. 계속 이 짓
을 3-4회 더 반복시켰다. 사실 우리는 그 이야기를 들으면서 그런
일을 당한 여성이 얼마나 무섭고 힘들었으면, 마담과 사장이 자신에
게 잘 대해줬다고 말했을까. … 너무나 불쌍했다."

인용하기조차 너무나 힘이 드는 현실 이야기입니다. 어떻게 사람이
이 지경이 될 수 있을까? 며칠 동안 이 이야기가 계속 내 머리 속에서
맴도는 것입니다. 여기가 한국 여성의 현실이구나. 장애인으로 사는
것도 힘드는데, 성매매를 당하고 왕따를 당하면서 오줌, 똥을 먹어야
하는 치욕을 당했으면서도 자신이 당한 일을 숨겨야 하는 이 장애 여성
은 도대체 얼마나 많은 굴레를 쓰고 있는 것입니까?

2. 성매매로 인한 여성의 굴레

세계교회협의회는 2001-2010년을 폭력 극복의 10년으로 선포하
고 전 세계 교회가 폭력 근절에 연대하는 운동을 벌이고 있습니다. 성
매매도 폭력으로 간주합니다. 사람이 자기가 원하지 않는 일을 강제로
하게 하는 것이 폭력이기 때문입니다. 성매매는 필요악이라고 하는 사

람도 있습니다. 성매매를 할 수 없으면 온전한 가정주부가 있을 수 없다는 것입니다. 남자는 도저히 성 욕구를 자제할 수 없기 때문에 사방에서 강간이 이루어 질 것이라 합니다. 그래서 인간이 존재하는 한 성매매는 존재한다는 말을 합니다. 성매매를 인정해야한다는 사람들의 주장일 것입니다. 도대체 성이란 것이 무엇이기에 그렇게도 성을 사고 팔고, 강제적으로 성행위를 하는 일이 일어나야 한다는 것입니까?

우선 성의 기원을 살펴봅시다. 창세기 1장에 보면 사람은 하느님의 형상으로 창조되었고 남자와 여자가 만났을 때 "내 살 중의 살이요 뼈 중의 뼈라"고 기뻐했습니다. 모든 생명에 음양이 있어서 음양이 합할 때 희열이 있고 자손이 번식합니다. 생물 재생산을 촉진시키는 자연현상을 인간은 환락의 수단으로 이용하는 것입니다.

구약에 나타난 성에 대한 입장을 찾아봅시다.

(1) 전장에서 잡힌 여인에 대한 대우(신 21:10-14)

(2) 간음 금기(출 20:14; 신 22:28-29; 출 22:16; 신 27:22; 레 18:9, 11, 20:17)

(3) 여성의 성을 접대용으로 다룸(판 19; 왕상 1:1-4; 판 19:23 -24; 창 19: 6-8)

(4) 여자 포로를 전리품으로 처리(신 21:11)

3. 성에 대한 예수의 입장

1) 마 5:28. 누구든지 여자를 보고 음란한 생각을 품는 사람은 벌써

그 마음으로 그 여자를 범했다.

2) 요 8:1-11. 현장에서 잡힌 여인

이 부분은 요한의 기록이 아니라고 합니다. 초기 헬라 사본에는 없었고 서부 라틴교회 두루마리를 통해 성경에 들어왔다고 합니다. 근 1000년 동안 동방교회나 헬라사본에는 빠져 있었습니다. 또 본래 요한복음에 들어 있지 않고 외경에 있었다고 해서 별로 중요하게 여기지 않았습니다. 그러면서도 기독교에서 간음죄를 지은 죄인에 적합한 태도를 지시하는데 사용되어 왔습니다. 요 8:11b는 본래 없던 것을 추가한 것으로 봅니다.

(1) 이 여인은 누구인가?

윤락녀, 음탕하고 바람기 있는 여자로 매도하나 1세기 유대 사회는 여성이 자유를 가진 인격체가 아니라 소유주인 남성의 소유물로 존재할 뿐이었습니다. 당시 남자는 일부다처제로 여러 명의 첩도 있었습니다. 타인의 아내를 간음한 것만 법에 걸립니다. 남의 소유를 범했기 때문입니다. 남편의 성적 순결은 문제 삼지 않고 여성의 순결 여부는 죽음의 형벌에 직결되었으니 어느 누가 간음을 할 수 있겠습니까. 이렇게 무서운 가부장적 법제도 아래 있는 유대 여자들은 전혀 여자 쪽에서 먼저 자유롭게 간음 행위를 할 수 있는 처지가 아니었습니다.

(2) 바리새인과 서기관들의 관심사는 예수를 함정에 넣는 것

여자를 죽이라 하면 사형을 할 수 없는 로마법을 어기는 것이요, 이 여자를 죽이지 말라 하면 간음한 자를 돌로 쳐 죽이라는 모세의 율법을 어기는 것입니다.

(3) 간음한 남자와 증인 두 명은 어디에 있는가?

(4) 예수는 가부장적 사회를 끌어가는 남자들의 양심에 호소함으로써 문제를 해결하였습니다. "죄 없는 자가 먼저 돌로 치라."

2003-03-30

세계 물의 해
창 1:1-26, 출 15: 22-27

　유엔이 1972년 6월 5일 스톡홀롬에서 인간환경선언을 발표하고 세계환경의 날로 지정한지 올해로 31년째 됩니다. 이 일을 기념하기 위하여 한국기독교교회협의회ᴷᴺᶜᶜ 환경위원회는 1992년에 6월 첫째 주일을 환경주일로 공식 선포하였습니다. 이를 지지하는 한국교회들은 오늘을 환경주일로 지킵니다. 유엔은 2003년을 '물의 해'로 정했습니다. 전 세계에서 물의 관리, 이용, 보존의 중요성을 깊이 인식하고 일상생활에서 물을 살리고, 환경을 살려서 하느님이 창조하신 이 세계를 아름답게 보전하려는 것입니다. 기독교환경운동연대에서는 이 환경주일을 기하여 물의 해를 특집으로 내고 설교를 실었습니다. 저는 오늘 그 설교의 일부를 인용합니다.

　유엔의 보고에 따르면 2002년 현재로 세계 인구의 10억이 넘는 사람들이 깨끗한 식수를 얻지 못하고 있다고 합니다. 30억 명이 제대로 된 하수시설을 갖추지 못하고 살아간답니다. 2025년이 되면 80억 명이 넘는 인구의 1/3이 물 기근으로 고생할 것이라 합니다. 지금도 제3세계 국가에서는 물이 부족하여 8초마다 한 명이 수인성질

환으로 죽어갑니다. 유럽도 도시화로 인해 자연적인 물공급 지역이 없어져가고 있습니다. 세계 인구의 1/4을 차지하는 중국은 담수량이 지구 전체의 6%밖에 되지 않는데 공업화로 인한 물 수요량은 계속 증가하고 있습니다. 산업화와 도시화로 인해 세계 어디에서나 물의 위기가 심각해지고 있습니다. 이런 현실 앞에서 유엔은 물의 해를 선포하면서 맑은 물의 해라고 구체적으로 밝혔습니다. 인간의 생명은 맑은 물을 바르게 얻는 데 달려있다는 것을 강조한 것입니다.

오늘 새삼스러이 하느님의 창조를 되새겨 보면서 물이 얼마나 대단한가를 새롭게 느낍니다. 첫날의 빛을 빼고는 모두 물이 들어 있습니다. 한 처음에 하느님과 함께 있었던 것은 깊은 물뿐이었습니다. 그 물이 갈라져서 궁창이 생기고, 궁창 아래 물이 한곳으로 모이니 마른 땅이 드러나고 바다가 생겼습니다. 그 땅위에 식물과 동물이 생기고 마지막에 사람이 생겼습니다. 마른 땅이라 해도 그 속에는 물이 있습니다. 빛을 빼고는 모두 물이 있습니다. 생명이 있는 곳에는 어디에나 물이 있습니다. 인간이 하느님을 떠나서 타락하여 세상을 더 이상 두고 볼 수 없게 되었을 때 하느님은 물로 쓸어버리십니다. 노아의 홍수입니다. 그리고는 무지개를 세워 다시는 이런 일이 없으리라 약속하십니다. 그 무지개는 무수한 물방울이 위에 비추어진 빛이었습니다. 얼마나 오묘한 하느님의 창조입니까?

지구상의 물 가운데 97.2%는 짠 바닷물입니다. 바다는 지구 표면의 73%를 덮고 있습니다. 바닷물의 평균 수심은 3795m이고 2.15%는 얼음과 빙하입니다. 그 중에서 사람이 사용할 수 있는 물(지하수, 하천수, 호수 등)은 0.65%에 불과합니다. 물은 쉽게 더워지거나 식지 않기 때문에 지구 표면의 온도를 일정하게 유지해 줍니다. 바닷물은 해류를 이루어 흘러가기 때문에 세계 여러 지역의 기온을 고르게 해줍니다. 인간의 몸은 70%이상이 물로 채워져 있습니다. 사람이 물을 마시지 않으면 1주일 이상 살 수 없습니다. 어른은 하루에 2.5리터 이상의 물을 섭취해야 합니다. 일생동안 마시는 물이 50톤이 됩니다. 몸 안의 물이 정상보다 2%가 부족하면 갈증을 느끼고, 5%가 부족하면 혼수상태에 빠지고, 12% 부족하면 죽게 됩니다. 물은 우리 몸 안에서 영양소를 소화 흡수하고 찌꺼기를 밖으로 내보냅니다. 더우면 땀을 흘려 체온을 조절합니다. 몸 안에서 잠시도 쉬지 않고 돌아다닙니다. 심한 설사를 하거나 땀을 많이 흘리면 물 부족 현상이 일어납니다. 식욕이 떨어지고 구토가 나며 심하면 죽게 됩니다. 물을 지나치게 많이 마시면 혈압이 오르고 부종이 생깁니다. 좋은 물을 섭취해서 온 몸에 골고루 순환시키다가 적당한 때에 배설하는 것이 건강의 비결입니다. 그러니 물은 생명의 근원입니다.

우리나라는 삼천리 금수강산이라 자랑하고 있습니다. 어느 곳이나 산이 있고 물이 흐릅니다. 그래서 '물 쓰듯이'라는 표현이 있을 정도로 물을 마음대로 썼습니다. 우리나라에는 연중 1159mm의 비가 내립니다. 총 빗물은 1140억 톤이나 됩니다. 42%는 증발하여 하늘로, 44%는 강으로 흘러 바다로 갑니다. 겨우 14%로 생활, 공업, 농업용수로 쓰고 있습니다. 우리 조상들은 빗물에 의지하여 농사를 지었기 때문에 물을 귀하게 여겨서 "비가 온다"고 아니하고 "비가 오신다"고 했습니다. 그러나 도시화, 산업화로 물 수요가 늘어난 데다가 문화 수준이 높아지니 물 사용량이 급격히 늘어났습니다. 한번 사용한 물은 재사용하지 못하고 오염된 물로 인한 질병과 환경 파괴는 우리의 생명을 위협하고 있습니다. 낙동강의 페놀 사건을 기억하실 줄 압니다. 1854년에 런던에서는 오염된 물이 우물로 스며들어 40일 동안 콜레라가 극성을 부려서 616명의 목숨을 앗아갔습니다. 1993년에도 미국의 밀워키에서 오염된 수돗물로 인해 100여 명이 사망했습니다.

물을 잘못 관리하는데서 오는 재앙을 우리는 수없이 많이 보았습니다. 옛말에 '치산치수治山治水 치국평천하治國平天下'라 하였습니다. 우리처럼 산이 많은 나라에서는 예로부터 산을 치리하는 일이 중요했습니다. 물을 잘 관리할 수 있어야 나라를 잘 다스리는 것입니다. 물은 우리가 사용해도 없어지지는 않습니다. 다만 생명을 잃은 물, 오염된 물이 문제입니다. 물은 생명입니다.

하느님께서는 물에서 건져낸 모세를 통하여 출애굽 사건을 이루셨습니다. 모세는 우물가에서 물을 긷던 십보라를 만나서 안전한 피난처를 얻었습니다. 뿐만 아니라 하느님은 애굽에서 나온 이스라엘 백성을 물 가운데로 지나가게 하셨습니다. 홍해의 물을 가르고 추격해오는 애굽의 군대로부터 이스라엘을 구원하십니다. 마라에서 쓴 물을 단물로 바꿔주셨고, 르비딤에서 바위를 쳐서 물이 나게 하여 이스라엘 백성을 살리셨습니다. 아론이 제사를 드릴 때에 놋으로 만든 물두멍의 물로 손과 발을 씻고 정결하게 한 뒤 제사를 드리게 하셨습니다. 출애굽 사건 속에서 이스라엘 백성에게는 물이 곧 생명이었습니다. 예수님께서도 물로 세례를 받으시어 구원받은 사람들의 표징을 보여주셨습니다. 물에서 그물질을 하는 어부들을 제자로 삼으셨고, 갈릴리 바다의 풍랑을 잔잔케 하여 제자들의 생명을 구해주셨으며, 많은 무리가 모일 때에는 바닷가에 배를 띄워 그들에게 하늘나라의 말씀을 들려주셨습니다. 가나의 잔치집에서는 물로 포도주를 만드는 기적을 행하셨습니다. 야곱의 우물가에서 사마리아 여인과 대화하며 자신이 생수의 근원이라 밝히셨습니다. 제자들의 발을 물로 씻어주시며 섬김의 본을 보여주셨습니다. 예수는 물이 곧 생명임을 알려주셨습니다.

　물은 또한 하느님의 심판의 도구로도 쓰였습니다. 출애굽할 때도 모세가 나일강을 지팡이로 치니 물이 곧 피로 변하였습니다. 물고기는 죽고 강물에서는 냄새가 나서 마시지 못하게 되었습니다. 홍해는 애굽의 병거와 기병을 삼켜버려 이스라엘 백성을 살려냈습니다. 아합왕의 악함이 극에 달했을 때 그 땅에는 7년 기근이 들었습니다. 에스겔 선지자는 하나님을 저버린 이스라엘이 기근의 형벌을 받게 될 것이라 예언하였습니다(겔 7:15). 성경은 물이 넘치거나 모자랄 때, 마실 수 없게 되었을 때 그것이 곧 하느님의 심판임을 알려주고 있습니다.

　출애굽기 15장 22-27절에서 오염된 물을 정화하는 기사가 나옵니다. 홍해를 건너 하나님의 구원을 체험한 이스라엘 민족은 얼마 가지 않아서 수르 광야에서 마라의 쓴 물을 만났습니다. 쓴 물이어서 마실 수 없으니 바로 오염된 물입니다. 비록 종살이기는 하였어도 먹고사는데 어려움이 없었던 애굽 생활에 비하여 광야는 너무나 거칠고 모자랐습니다. 되돌아가고 싶은 생각이 나고 모세에게 불평을 터뜨립니다. 사흘 길을 걸어가서 겨우 찾은 물이 써서 마실 수 없으니 무엇을 마시라는 말이냐고 모세에게 대들었습니다. 바로 며칠 전에 홍해를 건너서 하나님의 은총에 감사하고 소고를 치며 춤추던, 하나님께 감사의 찬양을 드리던 사람들입니다. 그 감사의 찬양은 며칠이 못 가서 자기들을 데리고 애굽을 떠나온 모세를 원망하기 시작하였습니다. 기회만 있으면 하느님을 떠나려는, 어쩔 수 없는 인간의 모습입니다.

모세는 다시 야훼께 부르짖습니다. 도대체 이 백성을 어찌하란 말씀이냐고 소리쳤을 것입니다. 야훼께서 나무 한 그루를 보여주시니 모세가 그 나무를 물에 던지니 단 물이 되었습니다. 하느님께서는 생명의 은총을 베푸시어 마라의 샘의 쓴 물을 단 물로 바꾸셨습니다. 야훼께서는 바로 여기에서 그들이 지켜야 할 규율을 주시고 그들을 시험해 보셨다고 성경은 말합니다.

너 이스라엘이 너희 하느님 야훼의 말을 들어 순종하고,
그가 보기에 바르게 살며 그 명령을 귀에 담아 모든 규칙을 지키면,
에집트인들에게 내렸던 어떤 병도 너희에게는 내리지 아니하리라.
나는 야훼, 너희를 치료하는 의사이다.

하느님의 말에 순종하고, 하느님 보시기에 바르게 살고, 하느님의 규칙을 지키면 야훼께서는 우리를 치료하는 의사가 되신다는 말씀입니다. 이스라엘 민족이 하느님의 명령에 순종하면 얻게될 은총을 엘림의 종려나무와 샘물 열둘을 통하여 확인해주셨습니다.

오늘 본문 말씀은 이스라엘 민족의 경험을 통하여 우리의 삶의 자세를 바꾸도록 촉구하는 말씀으로 들립니다. 모세가 마라의 쓴 물에 나무를 던지니 단물이 되었습니다. 오염되었던 물이 맑아졌습니다. 하느님이 원하시는 대로 우리의 삶의 태도를 바꾸어 하나님의 뜻에 순종

하고, 물을 맑게 보전하여 하느님 보시기에 바르게 살며 그 규칙을 지키면 우리에게 살 길이 열린다는 말씀으로 들립니다. 하느님은 우리를 고치시는 의사라고 하셨으니 하느님을 의지하여 생명을 사랑하고 가꾸는 사람이 되십시다. 마라의 쓴 물을 달게 바꾸신 것처럼 우리에게 풍성한 생명의 선물을 주실 것입니다.

오늘 2003년 환경주일을 맞으면서 여기 물 항아리를 놓았습니다. 이 물을 들고 옥상에 가서 우리 화분에 물을 주십시다. 생명을 돌보고 가꾸는 일을 해 보십시다. 저는 그 옥상을 보면서 '여기에 화원을 꾸미고 예배를 드리면 얼마나 은혜로울까!' 생각하면서 나무와 꽃이 가득한 아름다운 교회를 꿈꿉니다. 이제 생명의 근원인 물을 바로 쓰며 하느님의 창조를 보전하고자 결단하는 여성교회 위에 우리 하느님의 풍성하신 은혜가 함께 하시기를 축원합니다.

2003-06-01

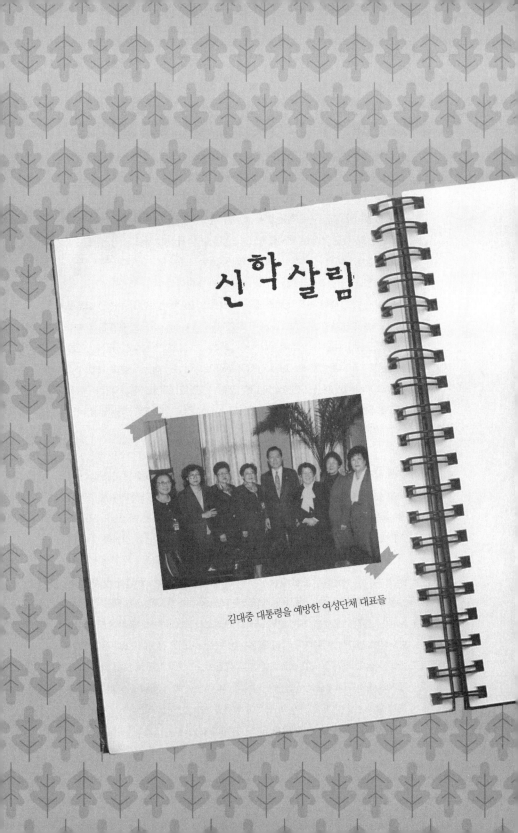

신학살림

김대중 대통령을 예방한 여성단체 대표들

김명현: 우리가 지금 참여하고 있는 〈기독여성살림문화원〉은 본래의 이름이 아니었지요. 1980년대 중반에 이 모임이 시작될 무렵에는 이 모임 이름이 〈아시아여성신학교육원〉이었지요. 그 때 안상님 회원께서는 초대 원장을 맡으셨고, 십여 명 안팎의 여성 회원을 초청하여 후원 이사회를 조직하셨지요. 저도 그 열 명 중에 끼어 있었어요. 매달 후원하는 이사 회비를 이사 1인당 5만원씩 책정했어요. 당시로서는 좀 부담이 되는 액수였지요. 그런데 원장 자신이 매달 30만 원씩 내겠다고 자청하셨어요. 그 비용은 매달 자가용을 유지하는 데 드는 비용인데, 자신은 자가용을 가지지 않기 때문에 그 비용을 이사 회비로 내겠다고 하셨어요. 또 차를 갖지 않는 여러 가지 이유를 말씀하셨는데 인상적이었던 것은 매연 발생을 줄여 환경 보존에 조금이라도 도움이 되겠다고 하셨어요. 참으로 훌륭한 의식을 가지셨던 원장님을 우러러 봤던 기억이 납니다. … 그렇게 시작했지만 한 해를 지내는 동안 이사들 중에는 끝내 이것이 부담이 되어 포기하는 이들도 있었지요. 지금도 생각하면 안상님 원장님의 그런 결단은 대단한 것이었어요. 아무리 여성신학을 몸으로 살아내는 삶이라 해도 그런 희생은 결코 쉬운 것이 아니었을 터인데, 그런 용기와 결단이 어디에서 났던 겁니까?

안상님: 우선 제가 초대 원장이 아니라는 말씀을 드립니다. 이우정 선생님이셨지요. 이우정 선생님이 직원 한 사람 두고 6개월간 원장직을 맡으셨다가 사임을 하셨지요. 저는 재무이사를 맡았었지요. 이선애 목사님이 해외에서 여성신학 교육을 위한 프로젝트를 조금 받아오셨지요. 그것으로는 교육원 비용을 감당할 수 없어서 그렇게 이사님들께 무리한 짐을 지워드렸던 것이고 나중에도 무거운 마음이었습니다. 이사님들의 뜻을 살피지 못하고 제 주장을 강하게 했었나 봅니다. 여성신학 교육이 시급하다는 마음에 만용을 부렸던 것이 아니었나 생각됩니다. 저는 워낙 생각이 단순합니다. 앞뒤 따지고 요리조리 재고 하는 신중함이 모자라지요. 이제 생각하면 필요에 따라 행동하는 단순 사고의 결과로 보입니다. 제가 살아온 삶도 제가 옳다고 생각하면 그저 행동했고, 그냥 부딪혀 보고 아프면 그제서야 비켜가거나 돌아서 갔던 것입니다. 제 인생도 제가 계획해서 살아온 일은 거의 없어 보입니다. 누가 밀어 넣듯이 빠져들어가 일을 했거나 죽어도 안하겠다고 발버둥 쳐도 꼼짝없이 빠져들어가 감당해야 했습니다. 그러니 미련 없이 떠나

기도 했지요. 누구를 부러워하거나 경쟁하느라 애쓴 일도 별로 없어요. 그저 나생긴 대로 내 나름으로 최선을 다 해서 살아왔을 뿐이에요. 여성신학이 제게는 버팀목이 되어왔을 것입니다. 레티 러쎌이 가르쳐준 나선형 신학 방법이 제 삶의 행동 원리가 되어온 지 오래입니다.

김명현: 안상님 목사님께서 80년 세월을 사셨는데, 인생의 절반은 여성신학을 모르신 채 사셨고, 절반은 여성신학을 대변하고 몸소 실천하면서 살아오셨습니다. 여성 신학이라는 학문이 목사님 개인에게서, 목사님의 가정과 관계하시는 교회와 사회에서 어떤 변화를 일으켰습니까? 서구 여성신학이 한국적 토양에 뿌리를 내리면서 어떤 창조적 변화, 이를테면, 한국적 혹은 아세아적 특징을 가진 것이 있습니까?

안상님: 그때는 "여성신학이 무슨 신학이냐?"로 시작해서 아주 싸움패로 여기다가, 만나보고서야 어쩌면 말소리도 그리 고우냐고 하더군요. 여성신학이 나 개인에게는 구원의 소리였지요. 무조건 하나님을 알고 싶어 찾아간 신학교에서 박근원을 만나 결혼하고 세 아이의 엄마가 되고 목사 부인, 교수 부인으로 열심히 살다가 큰 애를 잃으면서 온 세상이 뒤집히는 나락으로 떨어졌지요. 그때 다시 "하나님 당신은 누구십니까?"를 절규하면서 삶의 의미를 찾아 헤매던 때였지요. "역사를 왜 남자의 이야기라 하느냐? 여자의 이야기는 어디 있느냐"는 말이 있다고 해서 레테 러셀의 인간 해방을 읽기 시작했지요. 밤을 새면서, "아하!"를 연발하면서 단숨에 읽은 그 책은 나에게 새로운 세계를 보게 했습니다. 70년 대 후반에 귀국한 장상 박사와 박준서 교수의 여성신학적 성서 해석은 당시 교회 여성들을 눈뜨게 한 회오리바람이었습니다. 홍콩에서 한 달간 "Doing Theology 세미나"를 인도하던 C. S. Song에게서 하나님의 전통적인 모습과 다른 모습의 하나님을 배우게 되었고, 가톨릭의 레오나드 스위들러 교수가 쓴 Biblical Affirmations of Woman에서 어머니 하나님의 모습을 찾았습니다. 1977년에 제네바의 Bossey 에큐메니칼 연수원에서 전 세계에서 모인 사람들과 함께하면서 세계인에 대한 이해가 열린 것입니다.
예수의 나사렛 선언은 내게 별로 의미가 없던 것이었는데, 희년과 연관하면서 바로 남성의 기득권이 없는 가난한 여성, 남성이 앞을 가려 앞을 볼 수 없는 눈먼

여성, 가부장제의 희생자인 묶인 여성인 자신을 알게 되니 희년이 바로 내게 필요한, 해방이 바로 구원이라는 의미를 알게 된 것입니다. '사람들이 50년마다 하나님이 명령하신 희년을 지켰다면 이 세상은 이렇게 엉망진창이 되지는 않았겠다'는 생각이 들었습니다. 이대 대학원에서 배운 장상 교수의 '하나님 사랑과 이웃 사랑은 동시적인 사건'이라는 해석은 사랑하지 않는 사람은 하나님을 모른다는 말과 함께 하나님을 매일의 삶 속에서 생각하게 만듭니다. 그러면서 여성 문제, 인권 문제, 민주화운동, 여성의 정치 세력화 등에 참여하게 된 거지요.

1993년에 시작한 샌프란시스코 신학교의 목회학 박사 과정에서 레티 러셀 교수는 자기의 나선형 4단계 신학 방법을 거듭거듭 실습하게 했습니다. 그러면서 그의 신학 방법이 나의 일상에서 신학을 살아내는데 관심하게 만들었지요. 80년대부터 관심하던 환경 문제는 생명밥상과 아울러 생태신학이 우리의 매일매일 삶의 주제가 되었고, 우주 안의 모든 생명이 소중하니 풀 한포기도 죽여서는 안된다는 하나님의 명령으로 들립니다. 신학은 머리로 공부하는 것만이 아니고 우리의 매일의 삶에서 구현되어야 하는 하나님의 부름이고 응답입니다

안미영: 참 좋은 글을 잘 읽었습니다. 목사님이 알고 계시는 여성신학을 다시 들으니 여성신학이 얼마나 좋은 신학인가를 그리고 그 폭과 깊이가 얼마나 넓고 깊은지를 새롭게 느끼면서 마음이 뜨거워지는 것을 느꼈습니다. 파트너 신학, 수용의 신학, 어머니 신학, 삶의 신학, 평화의 신학 등을 읽으면서 목사님 삶에서 우러나는 그런 모습을 본 기억이 언뜻언뜻 스쳐지나갔습니다. 여성신학이 삶과 어우르는 현장에서 실천하는 신학이기에 여성과 남성을 변화시키고 하나님의 구원의 뜻을 이루어 간다는 말씀을 들으며 부족하기 짝이 없는 우리들을 그래도 여전히 사랑하시는 하나님을 더 가깝게 느낄 수 있었습니다.

'기독 여성 십년'의 약사

세계교회협의회 여성위원회에서는 1988-1998년의 10년을 '교회가 여성과 연대하는 10년'으로 선포하였다. 그 선포가 나오기까지 교회안의 성차별 극복을 위한 노력들을 훑어보면 다음과 같다.

1927년 스위스 로잔에 모인 국제적 교회모임에서 "여성의 올바른 자리는 중대한 역사적 문제이며 제도적 문제이고 따라서 모두의 마음가짐의 문제"라고 하였다. 1948년 세계교회협의회가 창립총회를 할 때 "그리스도의 몸 된 교회는 하나님을 영광스럽게 하는 그의 뜻을 성취하는 책임을 진 사람으로 창조된 남자와 여자로 구성되었다"고 여성의 자리를 찾아야하는 것을 확인하였다. 1974년 베를린에서 모인 세계교회 여성들의 협의회에서 "성차별은 죄악"이라고 고백하면서 세계교회협의회의 여성 총대수를 올릴 것을 건의하였다. 나이로비에서 모인 1975년 총회에는 7%였던 이전 총회에 비해 여성 총대가 22% 참여하였다. 거기서 교회협의회가 수행하는 모든 신학적 연구에 여성들이 더 많이 참여하도록 제안되었다. 1978년에는 '교회공동체 속의 남자와 여자의 특별연구프로젝트'를 시작하여 콘스탄스 파비Constance Parvey 목사가 실무 책임을 맡아 추진하였다. 전 세계의 회원 교단, 신학교, 여성단체, 기독교 기관, 관심 있는 개인에게 이 연구에 참여하도록 초대장을 보냈다.

마침 제네바에 있는 보쎄이 에큐메니칼 연구원에 있던 나는 파비 목사에게서 그 안내를 받았다. 한국에서는 이화여대 대학원의 기독교 학과 학생들이 손승희 교수를 중심으로 한 그룹이 모였다. 또한 내가 한국에 와서 기장여신도회 전국연합회의 교육 총무를 하면서 시작한 선교대학원의 여성팀이 이 그룹 연구에 참여하게 되었다. 나는 이 연구 과정의 자료를 번역하고 그룹의 진행 과정을 세계교회협의회 본부에 보고하였다. 그곳에서는 전 세계 보고들을 모아서 종합된 인쇄물을 다시 전 세계 여러 그룹에게 보내서 진행 사항을 알려주었다. 우리 그룹에서 일어나는 그룹원들의 변화도 감명 깊었지만 전 세계에서 그런 일들이 일어나는 기쁨도 함께 나눌 수 있었다.

1981년 2년간의 연구 결과를 가지고 영국의 쉐필드^{Sheffield}에서 모여 종합, 협의하였다. 한국에서는 장상 박사가 참석하였다. 그 결과 WCC의 모든 모임에 남자와 여자가 동수로 참여하도록 제안되었다. 1983년 뱅쿠버 총회에서 이를 받아들였다. 물론 동참할 수 없는 교단들에게는 앞으로 동참하도록 권유하기로 합의하였다. 그 결과로 한국 기독교교회협의회도 1988년 총회에서 협의회의 모든 기구에 여성을 20% 참여하도록 결의하였다. 이제 1975년 유엔의 '여성의 해' 다음에 '기독 여성 10년'이 선포되었다. 사회에서는 여성들의 진출이 늘어났고 여성들의 활동이 활발해졌다. 그런데 인간성 회복을 전해야 할 교회 안에서는 아직도 여성이 차별 당하고 있으니 앞으로 10년을 교회 안에서 여성이 동참할 수 있도록 모든 변혁을 추진해 가도록 '교회가 여성

과 연대하는 에큐메니칼 10년'을 설정하였다. 이에 한국에서는 "기독
여성 10년'이라고 명칭을 통일하기로 하고 1988년 4월에 이화여대 대
강당에서 선포대회를 가졌다. 필자가 발제한 원고는 이선애 목사님이
편집하는 *In God's Image*에 실렸고, 그 후에 아시아의 여성신학을 실은
*We Dare to Dream*이라는 책에 실렸다.

2008-03-10

한국교회의 여성신학
('기독 여성 십년' 선언대회의 발제문)

여성신학이란 무엇인가?

한국에서 여성신학을 말하기 시작한 것은 1970년대 후반부터입니다. 여성신학이라는 어휘가 아직은 생소하고 어쩐지 거센 여자들의 주장 같아서 거부반응을 보이기도 합니다.

저는 신학교를 졸업하고 20년이 지난 다음에야 여성신학을 통해서 신학을 새롭게 배웠고, 성경을 다시 읽으면서 참으로 기쁜 소식을 알게 되었습니다. 그래서 제가 여성신학을 통해서 깨닫게 된 복음 이해를 오늘 여러분과 함께 나누고자 합니다. 여성신학은 현대 신학의 변천과 여성 교육의 결과라고 할 수 있습니다. 여성들이 교육을 받고 신학을 공부해보니 여러 가지의 성서 해석과 신학이 남자들의 경험에서 남자들의 소리로 표현된 것임을 깨닫게 되었습니다. 하나님의 말씀은 읽는 사람의 상황에 따라 감동이 다르기 때문에 한 사람이 느낀 것을 다른 사람이 똑같이 느끼게 되지 않을 수도 있습니다. 같은 성경 말씀도 내가 작년에 읽었을 때와 금년에 읽을 때 다른 감동을 느낍니다. 또 제가 기쁠 때 읽은 말씀과 슬플 때 읽은 말씀은 다른 감동을 줍니다. 그런데 여성이 되어 보지 못한 남성이 어떻게 여성이 읽은 성경 말씀을 대변할 수 있습니까? 그래서 여성신학은 이제까지의 신학과 교회 전통이 남성들에 의해서 대변되어 왔고 여성의 경험과 여성의 소리를 제외시켜온 것에 이의를 제기하는 것입니다. 인류의 절반을 차지하는 여성들이 참여하지 못한 채 남성들만이 전개해온 신학은 반쪽만의 신학입니다. 그래서 다른 반쪽인 여성들의 신학을 합하여 온전한 신학을 만들어가자는 것입니다.

여성신학은 하나님과 하나님이 관심하는 일을 생각하며 행동하는 신학이라고 합니다. 하나님은 이 세상을 창조하시고 당신의 형상을 입은 사람을 남자와 여자로 창조하시어 그들에게 이 세상의 청지기 직분을 맡기셨습니다. 하나님이 관심하는 일은 하나님을 떠난 인간이 하나님께로 돌아와서 하나님과 인간의 관계가 회복되고 인간과 인간 사이가 하나님이 창조하신 대로 평등한 관계로 회복되는 일입니다. 그리고 사람들이 파괴해 놓은 이 세상을 하나님이 창조하신 원래의 상태로 회복하는 것입니다. 그래서 각각 다른 사람들이 다 함께 조화를 이루며 하나님을 모시고 아름다운 세상에서 평화롭게 사는 것입니다.

여성신학은 그러한 조화와 평화의 나라를 지향합니다. 그래서 여성신학은 조화의 신학, 평화의 신학이라고도 합니다. 여성신학은 그러한 하나님 나라가 오고 있는 것을 믿으며, 오늘의 남녀차별이 하나님이 원하는 질서가 아니요, 그 하나님 나라에 비추어 볼 때 잘못된 것임을 파악하고 그 잘못을 고쳐서 평등한 관계로 회복하려는 것입니다. 따라서 여성신학은 그 일을 위하여 하나님께서 우리를 부르고 계신다고 믿는 사람들이 하나님께 응답하는 길입니다. 남녀 차별이라는 가부장 문화의 거대한 바윗돌을 옮기고자 결단한 사람들이 모여 함께 웃고 함께 울면서 그 바윗돌을 옮겨가는 여정입니다. 우리들 혼자서 하는 일이 아니라 예수께서 약속하신 보혜사 성령이 우리를 격려하고 우리를 도와주면서 마침내 바윗돌이 옮겨질 때까지 함께 해주실 것을 믿고 가는 신앙의 길입니다.

1. 여성이 경험하는 신학: 여성의 하나님 인식

신학이란 무엇입니까? 신학은 하나님에 관한 이야기입니다. 하나님에 관해서 우리들이 생각하는 것을 함께 이야기 하는 것입니다. 여러분의 마음속에 있는 하나님은 어떤 분이십니까? 어제까지 우리가 많이 들어온 하나님의 모습은 거룩하시고, 전능하신 주님, 아버지 하나님, 왕 중의 왕이신 하나님, 재판하시는 하나님, 두려운 하나님, 영원무궁하신 하나님, 용감한 장수이신 하나님 등으로 주로 가부장적인 모습이 부각되어 있습니다. 이러한 하나님은 힘 있는 남성으로 인식되었고, 절대권을 가진 아버지로 생각되었습니다. 그런 가부장적 하나님을 고백하는 신학은 가부장적 교회 위에 가부장적 제도를 확립했습니다. 그런 교회에서 여성은 남성과 평등한 자리가 아닌 종속적이고 주변적인 존재로 떨어져 버렸던 것입니다. 그런데 요한복음 1장 18절에 보면, "일찍이 하나님을 본 사람은 없다."고 합니다. 사람은 하나님을 볼 수 없습니다. 그래서 사람마다 다르게 하나님의 모습을 이야기해 왔습니다. "하나님의 모습은 인간 경험의 모든 영역으로부터 끌어내져야만 한다."고 합니다. 남자와 여자, 부자와 가난한 사람, 노동자와 기업주, 교육받은 사람과 받지 못한 사람, 젊은이와 늙은이, 건강한 사람과 병

약한 사람의 모든 경험이 하나님을 표현하는데 포함되어야 합니다. 그런데 기독교의 하나님은 주로 아버지의 모습으로 표현되어 왔습니다.

그러나 여성들이 성서를 읽으면서 발견하는 하나님은 다른 모습으로 나타납니다. 이브와 아담이 선악과를 먹고 나무 잎으로 몸을 가렸을 때 하나님은 그들에게 가죽옷을 지어 입히셨습니다. 여성은 거기서 바느질하시는 하나님을 어머니같이 느끼게 됩니다.

이사야서 46장 3절에 보면 하나님께서 "야곱의 가문아 내 말을 들어라 너희가 세상에 태어날 때부터 나는 너희를 업고 다녔다. 모태에서 떨어질 때부터 안고 다녔다. 너희는 늙어가도 나는 한결같다. 너희가 비록 백발이 성성해도 나는 여전히 너희를 업고 다니리라. 너희를 업어 살려내리라."고 하셨습니다. 여성은 이 말씀을 읽을 때 간절한 어머니의 심정을 가지신 하나님을 느낍니다. 신명기 32장 18절을 보면 "너희를 낳은 반석을 버리고 너희를 낳느라 고생한 하나님을 버렸다."고 푸념을 하십니다. 해산의 진통을 경험한 여성은 "아! 하나님이 어머니 같구나!"하고 감탄합니다. 호세아 선지자는 "젖먹이처럼 들어 올려 볼에 비비기도 하며 허리를 굽혀 입에 먹을 것을 넣어주었지만 에브라임은 나를 몰라본다."(호세아 11장)고 한탄하는 하나님의 마음도 그렸습니다. 여기서 여성은 자녀를 양육하는 어머니와 같은 하나님의 모습을 보게 됩니다. 그리고 이제까지 엄격한 아버지, 무서운 심판의 하나님에게서 느낄 수 없었던 다정하고 포근한 어머니의 치마폭을 연상하게 됩니다. 그런 어머니 같은 하나님이라면 내가 벌 받을까봐 무서워하지 않아도 될 것이고 나의 사정을 마음 놓고 이야기할 수 있다고 생각하게 됩니다. 그리고 왜 하나님이 그렇게 안타까이 인간을 찾아오시며 사랑한다고 하시는지를 이해하게 됩니다. 가톨릭에서는 이러한 인간의 요구를 마리아 숭배로 해결하는 것 같습니다. 하나님 아버지로만은 채워지지 않는, 어머니 같은 신적 존재를 성모 마리아에게서 찾고 있는 것으로 보입니다.

2. 여성이 읽는 성서: 가부장제를 거부한 예수

그러면 이제 여성이 읽는 성서를 통해서 예수께서 가부장제를 거부하시고 여성을 자유롭게 하신 일을 찾아보겠습니다. 예수께서는 이 세상에 오실 때 성령으로 잉태되었습니다. 남자를 모르던 동정녀 마리아의 몸을 통해 태어나셨습니다. 한국에서 가족법개정운동을 하면 유림에서 목숨 걸고 반대하는 이유가 남자의 씨, 정자입니다. 그 남자의 정자 없이 성령으로 잉태된 예수는 가부장 문화를 거부한 것으로 보입니다. 20세기의 위대한 신학자 칼 바르트는 교회교의학 중에 있는 '크리스마스의 기적'에서 "마리아가 성령으로 잉태한 것은 예수 그리스도의 탄생사건에서 남성의 성이 완전히 배제된 것이다."라고 기록했습니다. 마태복음에서 다윗까지 추적되는 예수의 족보가 무색할 것입니다. 예수는 그 오만한 남성의 성을 거부하고 비천한 여인의 몸을 통해서 이 세상에 오셨습니다.

그 예수가 오신 목적을 누가복음 4장 18-19절에서 보면 "가난한 이들에게 기쁜 소식을 전하고 묶인 사람에게 해방을 주고 눈먼 사람들을 보게 하고 억눌린 사람들에게 자유를 주며 주님의 은총의 해를 선포하는 일을 이루어지게 하는 것"입니다. 여성은 가난한 사람입니다. 남성은 성의 기득권을 가진 사람이요, 여성은 가지지 못한 사람입니다. 여성은 가부장 문화 속에 억눌려 있었습니다. 여성은 남성의 뒤에 가려 있어서 앞을 볼 수 없었습니다. 성차별에 묶여 있었습니다. 이런 여성들에게 예수는 기쁜 소식을 전하러 오셨습니다. 그리고 주님의 은총의 해, 곧 희년을 선포하러 오셨습니다. 레위기 25장에 보면 안식년이 7번 지난 다음 해인 50년마다 희년의 해로 정하고, 그 땅에 사는 모든 사람에게 해방을 선포하라고 하나님이 명령했습니다. 팔았던 땅을 되찾을 수 있고 종들도 풀려나서 억울한 일이 없게 되는 해입니다. 그러나 구약에는 이 일이 실행되었다는 기록이 없습니다. 히스기야 때 잠깐 해보려다 말았던 일이 있을 뿐입니다. 인간이 그렇게 하나님의 뜻을 따르지 못하므로 마침내 사람의 몸을 입고 세상에 오신 예수께서는 오늘 이 자리에서 그 일이 이루어졌다고 선포하셨습니다.

그러면 예수께서 여성을 어떻게 해방시키셨는지를 찾아보겠습니다. 여러분은 예수께서 12년간 혈류병에 걸렸던 여인을 깨끗이 해주신 기사를 잘 알고 계실 것입니다. 그 당시 여성의 하혈은 더러운 것으로 여겨졌습니다. 레위기 12장에 보면 산모의 부정을 벗기는 예식이 있습니다. "여인이 아기를 배어 사내아이를 낳으면 7일간 부정하고 그 여인은 33일간 더러워진 몸이 깨끗이 되기까지 집안에 있어야 한다. 여자아이를 낳으면 14일간 부정하고 66일간 집에 있어야 한다."고 합니다. 여기서도 여자는 태어날 때부터 차별받는 규정을 봅니다. 레위기 15장에 보면 여성의 몸에서 생긴 부정을 벗는 예식이 있습니다. 여성의 생리적 분비물은 더러운 것이어서 그것이 닿았던 자리나, 닿았던 사람까지 더러워진다고 합니다. 그 여인은 생리가 끝난 뒤에도 7일간 집에 있어야 하고 그 후에 속죄제물과 번제물을 바쳐야 깨끗해졌습니다. 여성의 하혈이 이렇게 더러운 것으로 규정된 사회에서 12년 동안이나 하혈을 한 여인은 그 동안 한 번도 사람 대우를 받을 수 없었을 것입니다. 그 여인은 집밖에 나갈 수도 없고 그 여인의 몸에 닿았던 것도 더러워진다고 하는데 그 여인은 예수의 옷자락을 만졌습니다. 당시 남자는 길에서 자기 부인이라도 여인과 이야기 할 수 없었습니다. 유대 율법으로 보면 이 여인은 엄청난 범죄를 저지른 것입니다. 그런데 예수께서는 그 여인을 많은 사람들 앞에 불러내어서 그가 깨끗해졌다고 선언합니다. 가부장적 율법을 거부하고 그 여인을 만인 앞에서 온전한 인간으로 해방시켰습니다.

또 한 가지 일을 찾아보겠습니다. 구약성서에 보면 여성이 남성의 가문을 이어주는 도구로 쓰인 것을 볼 수 있습니다. 창세기 16장에 보면 아브라함의 아내 사라가 아이를 낳지 못하므로 그의 몸종 하갈을 아브라함에게 소실로 들여보냅니다. 창세기 29장에 보면 야곱의 아내들, 레아와 라헬도 각각 자기의 몸종을 야곱에게 소실로 들여보냅니다. 신명기 25장에는 형이 아들 없이 죽으면 동생이 그 형수와 결혼해서 형의 대를 이어주어야 합니다. 룻기 4장에 보면 룻은 아들 없이 죽은 남편의 대를 이어주기 위해 남편의 가장 가까운 친척인 보아즈의 아들을 낳아줍니다. 이런 것은 유대인의 율법이 얼마나 철저히 가문 계승을 중요시했고 여자는 그 가문 계승을 위한 도구로 쓰였던가를 보여줍니다. 그런데 누가복음 11장 27-28절에 보면 예수께서 사람들을 가르치고 계실 때, 한 여인이 그의 말씀에 감동하여 저런 아들을 낳은 어머니는 얼마나 행복할까 생각하며 "당신을 낳은 자궁과 당신이 빨은 젖은

복이 있다."고 큰소리로 외쳤습니다. 그것은 훌륭한 아들을 낳은 어머니를 칭찬하는 말이었습니다. 그러나 예수께서는 "하나님의 말씀을 듣고 그 말씀을 지키는 사람이 더 복이 있다."고 하십니다. 그것은 아이를 낳는 도구인 여성상을 거부하신 것입니다. 여성신학은 이러한 예수의 가르침을 따릅니다. 오늘 우리 사회에서 여성의 몸이 성고문에, 기생관광에, 상업광고에 쓰이고 저임금에, 중노동에 시달리는 것은 하나님이 원하시는 일이 아닙니다. 여성의 몸은 남성의 희락을 위한 도구가 될 수 없고, 산업사회의 희생물이 될 수 없습니다. 여성이 하나님의 형상을 입은 존귀한 인간으로 회복되고 따라서 남자도 올바른 인간으로 회복되게 하는 것이 여성신학의 길입니다.

3. 여성의 제자직: 여성차별 철폐를 선언한 바울

이제 여성의 제자직 문제를 생각해 봅시다. 오늘날 대부분의 한국교회가 여성의 안수를 하지 않는 이유들 중의 하나는 예수와 그의 12 제자가 모두 남성이었다는 것입니다. 그러면 예수를 따르던 여인들은 어떠했던가를 찾아보겠습니다. 야곱의 우물가에서 예수를 만난 사마리아 여성은 예수가 메시아이심을 증언하는 첫 선교사가 되었습니다. 베드로가 예수를 그리스도라고 고백했듯이 베다니의 마르다도 예수를 그리스도라고 고백했습니다. 다만 남자인 베드로는 교회의 시작이 되었는데 여자인 마르다의 행적은 별로 알려지지 않았습니다. 어떤 학자들은 사도행전처럼 마르다 행전이 있었다고 합니다. 마르다는 베드로에 못지않은 예수의 제자였습니다. 요한복음 8장에 보면 여인들이 예수 일행과 함께 갈릴리 모든 지역을 다니며 자기들의 재산을 내놓아 예수와 그의 일행을 도왔다고 합니다. 영어로는 minister라 했으니 보조적인 역할이 아니었습니다. 예수께서 십자가를 메고 가실 때 3년이나 예수와 함께 먹고 함께 자던 남자 제자들은 아무도 따라오지 않았습니다. 골고다 언덕길에는 갈릴리에서부터 따라온 여인들이 큰 소리로 통곡하고 있었습니다. 예수께서 이 여인들을 알아보시고 "나를 위해 울지 말고 너와 너의 자녀를 위해 울라."고 다음 세대를 부탁하셨습니다. 예수께서 무덤에 묻히신 후에 남자제자들은 다 숨어버렸는데 여인들은 안식일이 지나자마자 예수의 몸을 건사하러 무덤에 갔습니다. 십자가에서 처형당한 정치범이라서 로마 병정들이 철통같이 지키고 있는 그 무시무시한 길을 여인들이 겁도 없이 새벽녘에 떠나서 갔습니다. 부활하신 예수는 이 여인들을 다 흩어져 숨어버린 남자 제자들에게 부활의 증인으로 보내시며, 갈릴리에서 만나자는 당부까지 전합니다. 그 당시 여자는 공석에서 증언할 수 없었습니다. 그런데 예수께서는 이 여인들을 당신의 증인으로 남자 제자들에게 파송했습니다. 이래도 여성을 안수하는 것이 성경에 어긋나는 일입니까?

그 후에 여자들은 마가의 다락방에서 남자 제자들과 함께 기도하고 함께 성령을 받았습니다. 초대교회를 형성해 갈 때 여인들은 예배 처소도 제공하고 사람들이 모이게 주선하고 교회를 형성하는데 중추 역할을 했습니다. 고린도 교회에서는 방언도 하고 공동기도도 했습니다. 그러나 금방 재림하리라 기대하던 예수께서 오시지 않으면서 1세기가 지난 즈음에는 다시 남자들이 옛 질서를 되찾아서 가부장 문화로 되돌아간 것입니다. 그런 것은 "여성은 잠잠해라"(고전 14장), "여성은 머리에 수건을 써라"(고전 11장), "여성은 남을 가르치지 말며 남자를 지배하지 말라"(딤전 2장), "아내는 남편에게 순종하라"(엡 5장) 등의 구절로 남아 있고, 이 구절들은 지난 2000년간 여성을 성직에서 제외하는데 그럴듯한 구실을 했습니다. 그래서 바울은 여성차별의 책임이 있다고 비난을 받습니다. 그러나 바울이 처음에 쓴 갈라디아서 3장 27절에는 "세례를 받아서 그리스도 안으로 들어간 여러분은 그리스도를 옷 입듯이 입었습니다. 유대인이나 그리스인이나, 종이나 자유인이나, 남자나 여자나 아무런 차별이 없습니다."라고 선언합니다. 이것이 남녀차별 철폐를 선언한 것입니다. 이 말은 저 유명한 유엔 인권헌장의 기초가 되었다고 합니다. 세례를 받은 사람은 종족간의 차별, 계급간의 차별, 성적인 차별이 모두 없어졌다는 말씀입니다. "세례는 동등한 제자직에 부름 받은 성례전"이라고 합니다. 그리스도를 고백하고 세례를 받은 우리는 모두 예수 그리스도의 제자입니다. 크리스천 사이에는 어떠한 차별도 있을 수 없습니다. 그러므로 오늘날 우리 교회에서 보듯이 여성은 안수하지 않는다든지 여성은 결의 기구에 들어가지 못한다든지, 교회 식당 일만 떠맡는다는 것은 잘못된 가부장 문화의 영향입니다. 예수께서는 2000년 전에 이미 여성을 해방시켰습니다. 그리고 바울은 여성들과 함께 복음을 전파하는 일을 했습니다. 로마서 16장에 보면 바울이 그의 동역자들 이름을 들어서 문안하고 있습니다. 그들 28명 중에 10명이 여자들입니다. 교회에서 봉사하는 베베, 예수를 위해 함께 일하는 브리스카, 수고를 많이 한 마리아, 함께 갇힌 일이 있는 뉴니아, 주님을 위해 애쓴 드리패나와 드리포사, 특별히 수고한 베르시스, 주의 일군 루포의 어머니, 율리아, 네레오의 누이동생입니다. 이렇게 엄연히 여성들의 활동이 성경에 기록되어 있는데도 그동안 신학과 교회전통을 주도해온 남성들에게는 별로 눈에 띄지 않았던 것입니다. 그래서 여성들의 제자직도 인정하지 않고 여성에게는 종속적인, 주변적인 역할만 주어졌던 것입니다. 여성신학자들이 분석해서 여성의 이름을 밝혀낸 것입니다. 바울이 이렇게 여성들의 이름을 기록하며 문안하는 것을 보면 그가 선언했던 남녀차별 철폐를 실천했던 모습으로 보입니다.

여성신학은 이렇게 성경을 읽는 눈을 새롭게 열어줍니다. '여성신학'은 성경 본문이나 그 본문에 관한 해석들이 남성 중심적이며 가부장적인 역할을 하는지를 의심해 보고 여성의 경험과 여성의 소리를 통해 신학적으로 평가하고 비판적으로 분석합니다. 잃어버려진 전승을 찾아내고 성경 속에 남아있는 여성들의 경험과 꿈을 찾아내고 여성들의 고통을 기억해서 살려냅니다. 그래서 여성의 관점으로부터 창조적인 재해석을 하는 일이라고 합니다. 여성신학은 머리로 공부하는 것만으로는 되지 않습니다. 신학을 몸으로 실천하는 생활이 동반되어야 합니다. 한국교회의 여성신학은 한국 교회 안에서 여성이 억압받은, 차별받은 경험에서 출발합니다. 그 억압의 원인들을 분석하고 그 원인을 제거하는, 바윗돌을 옮기는 일을 한국의 기독 여성이 하는 것입니다. 그래서 망가진 이 세상을 하나님과 함께 고쳐나가는 것입니다.

이제 앞으로 10년 동안 우리가 해야 할 일을 생각해 봅시다.

첫째, 성경공부를 해야 합니다. 여기 참석한 여러분은 누구나 자기를 중심으로 5-6명의 그룹을 만들어 보십시다. 여성신학의 안목을 가지고 성경을 함께 읽으면서 오늘 우리에게 주시는 하나님의 말씀을 바로 깨닫도록 합시다. 서로의 경험을 나누면서, 서로의 아픔을 나누면서 서로 격려하고 도와주어서, 복음을 바로 알고 사는 사람들로 성장하게 됩니다. 그리고 내가 깨달은 기쁜 소식을 다른 사람에게 전달하므로 하나님의 말씀을 펼쳐가는 선교의 역군이 되는 것입니다. 그래야 우리 교회안의 가부장적 생각, 남성 중심의 편견인 바윗돌을 옮길 수 있습니다.

둘째, 교회는 그리스도의 몸입니다. 교회 안의 모든 기구에는 남자와 여자가 동참해야 합니다. 교회 일을 결정하는 것이나 교회 안팎의 섬기는 일에 남자와 여자가 함께 할 수 있도록 생각을 고치고, 관습을 고치고, 제도를 고쳐가야 합니다. 그리고 여성 목사와 여성 장로가 많이 나오고 그들이 남성들과 동등한 조건으로 일할 수 있게 되어야 합니다.

셋째, 여성의 몸이 성고문에, 기생 관광에, 상업 광고에 쓰이는 것은 여성의 인격이 짓밟히는 일입니다. 여성의 노동이 저임금이나 아예 가치로 인정받지 못하는 것은 여성을 주체적인 인간으로 대우하지 않기 때문입니다. 우리는 다른 종교의 여성들 그리고 일반 사회 여성들과 연대하여 한국 사회 속의 성차별을 없애야 합니다. 특히 가족법 개정과 같은 근본적인 법적인 차별을 없애는 데 전 한국 여성이 함께 바윗돌을 옮겨야 합니다.

넷째, 우리가 태어나고, 우리가 묻힐 삼천리 금수강산이 산업 개발로 파괴되고 공해로 찌들어 갑니다. 하나님이 망가진 이 세상을 고치시는 일에 동참하라고 우리를 부르십니다. 우리는 소비지향적인, 향락 추구적, 상위 경쟁적 생활 태도를 회개하고 자연을 보호하며 자원을 절약하는 생활 개혁을 해야 합니다.

다섯째, 여자가 성 때문에 차별 받았던 일을 기억하고 이 사회와 세상에서 다르다는 조건 때문에 차별 받는 사람들이 하나님의 형상을 입은 존귀한 인간으로 회복되도록 모든 인간 사이에서 차별의 바윗돌을 옮겨야 합니다.

여섯째, 교회 관계의 모든 교육 자료에서 성차별적, 인간 차별적 요소를 제거하고 모든 교육 과정에서 여성과 남성의 인간 회복을 우선적인 과제로 추진해야 합니다.

마지막으로, 민족 분단의 오랜 아픔으로 우리 민족은 깊이 병들어 있습니다. 이제 서로 미워하던 일을 회개하고, 남과 북의 여성들이 만나서 함께 웃고 함께 울면서 민족 화해의 대 역사를 시작해야 합니다. 민족 분단의 바윗돌을 치워버려야 이 민족이 삽니다. 이 민족이 사는 것이 바로 이 세계에서 강자에게 시달리며 빼앗기고 짓밟히던 약한 사람들의 가난과 질병과 고통의 바윗돌을 옮겨버리는 길입니다. 공의가 강물같이 흐르며 사자와 어린 양이 함께 사는 지구 공동체를 만들어 가는 길입니다. 그것이 바로 하나님께서 마침내 이룩하시려는 하나님의 나라가 이 땅에 이루어지는 길입니다.

한국교회의 여성신학은 한국 기독교 여성들의 이러한 과제를 안고 모든 한국교회와 함께 세계 여성과 남성과 함께 손을 잡고 가는 길입니다. 주께서 보내주시는 보혜사 성령의 도움으로 수천 년된 가부장 문화의 바윗돌을 옮겨가는 길입니다. 오늘 하나님께서 우리를 부르고 계십니다. "한국의 기독 여성들아 이 바윗돌을 함께 옮기자!"고 부르십니다.

여러분 이제 한국 교회와 온 세계에 가로막혀있는 가부장의 바윗돌을 옮기러 떠나십시다.

1988-04-06

나의 여성신학 이해
(예장여전도회 총회 강연)

저는 여성신학을 전공한 학자가 아닙니다. 다만 여성신학을 통하여 복음을 새롭게 이해할 수 있었기 때문에 저 나름대로 이해한, 제 경험에서 깨달을 수 있었던 복음의 의미를 함께 나누고자 할 뿐입니다. '신학'이라고 하면 우리는 우선 거리감을 느낍니다. 그것은 학자들이 하는 것이고, 목사님들이 하는 것이라고 생각해서 평신도인 여자가 어떻게 신학을 운운할 수 있느냐고 합니다. 더구나 여성신학이라고 하면 거부감까지 일으킵니다. 그 용어가 새로운 것이기도 하지만 여성 문제를 쳐들 때 나오는, 변화에 대한 불안감 때문에 차라리 외면하고 싶은 것이 일반 교회 여성의 표정이라고 생각됩니다.

그러면 도대체 신학이란 무엇입니까? 지난 1983 한국에 초청되었던, 제가 가장 좋아하는 여성신학자 Letty Russell의 말을 빌리면 다음과 같습니다.

"첫째, 여성신학은 하나님(Theo)에 관하여 생각(logos)하기 때문에 신학이다. 하나님이 그의 피조물인 사람과 세상에 관심하시는 그 일을 생각하기 때문에 신학이다. 하나님께서 창조하신 이 세상이 당신이 뜻하시는 아름다운 세상이 되고, 사람들이 서로 사랑하며 기쁘게 살아가는 세상이 되도록 염려하시는 하나님의 관심을 생각하기 때문에 신학이다.

둘째, 여성신학은 여자와 남자의 평등을 주장하기 때문에 여권주의다. 그러나 여자만 하는 신학이 아니다. 남자와 여자가 다 같이 모든 형태의 비인간화에서 해방을 추구하는 학문이다. 이 해방을 위하여 행동하려는 결단에서부터 시작되기에 삶의 신학이라고 한다. 가부장적인 역사, 문화, 신학, 교회 속에서 가리어졌던 인류의 절반인 여성을 발견하고 그를 회복 시켜 온전한 문화, 온전한 역사, 온전한 신학, 온전한 교회로 회복시키고자 하는 삶의 길이다."

하나님의 뜻을 알고 싶어서 밤새도록 울며 기도하는 사람, 그이는 신학을 하고 있습니다. 성령을 받고, 능력을 받고 싶어서 기도원을 찾아 깊은 산골을 헤매는 사람, 그는 신학을 하고 있습니다. 하나님의 복음을 전하기 위해 온 삶을 바치는 사람, 그는 신학을 하고 있습니다. 더구나 신학교를 졸업하고 교회에서, 기독교 기관에서, 가정에서 그리스도를 위하여 사는 사람은 다 각각 신학을 하고 있습니다. 그래서 그들은 신학자입니다.

그런데 그 신학을 어떻게 바로 하느냐가 문제입니다. 목사가 되어서도 양의 탈을 쓴 늑대라면 그는 악마의 종입니다. 악마란 뿔 달린 귀신이 아닙니다. 바로 우리, 내 마음 속에서, 자기가 하나님이기를 원하는 욕심입니다. 그 욕심이 바로 하와와 아담을 뱀의 유혹에 빠지게 한 것입니다. 우리는 바로 그 욕심과 하나님의 자녀가 되려는 의지 사이에서 끊임없이 씨름하며 살고 있습니다. 그래서 자신도 모르는 사이에 악마의 시녀가 되어버릴 수 있습니다. 이것이 바로 성령을 받았다고, 능력 있다고 하는 사람들이 빠지기 쉬운 함정입니다. 하나님께서만 받으셔야할 영광을 가리고 자기가 하나님처럼 대접받는 순간에 그는 이미 하나님을 떠난 것입니다.

고린도전서 2장 43절을 보면, 성령을 받으면 그 삶이 변화되고 소유욕의 굴레에서 벗어나서 네 것과 내 것의 높은 담이 헐리고 나의 모든 것을 드려서 남을 섬기며 하나님께 영광을 돌리는 삶이 되어야 할 것입니다. 그리고 그의 삶은 사랑이 샘물처럼 솟아나서 그칠 줄 모르는 사랑의 화신이 될 것입니다.

또 그 사랑에 접한 사람이 또 변화되고, 거기서 또 사랑이 넘쳐나고 … 그런 것이 복음을 받아들인 사람의 선교하는 삶이라 하겠습니다. 복음을 믿는다는 사실, 그리스도를 구주로 고백하는 사실 자체가 성령의 감동 없이는 불가능합니다. 그래서 성령 따로 받고 생활 따로 하는 것이 아닙니다. 복음으로 자유하게 된 사람 속에서 성령은 역사하십니다. 그런 역사가 여성을 해방시키고 여성의 인간성을 회복시키고, 여성을 구원하며 나아가서 온 인류가 구원되도록 하는 것이 여성신학의 의의이며 또한 과제입니다.

남녀평등이라는 동일한 목표를 향하는 여성신학은 주로 세 가지 유형으로 분류됩니다. 부정관사를 쓰는 A Feminist Theology이지 정관사를 쓰는 The Feminist Theology가 아닙니다.

1) 개혁파

제도의 개혁을 주장합니다. 교회의 직분을 남녀가 평등하게 받을 수 있는 길, 결의기구에 평등하게 참석하는 일(제직회, 노회, 총회 등), 여성 안수 문제 등 교회의 일을 평등하게 분담하는 길을 추구합니다.

2) 진보파

기독교 전통 안에 있는 성차별 문제를 근본적으로 재검토하며 성서와 신학을 재해석해야 한다고 주장합니다. 성서 재해석으로 이제까지 여성의 소리와 여성의 경험이 배제된 남성 일변도의 성서주석을 바꾸어가며 신학에 대변이가 일어나고 있습니다.

3) 과격파

가부장 제도가 뿌리깊이 박혀 있는 기독교와 유대교는 구제불능이라 규정하고 기독교를 떠나서 새로운 종교를 모색하는 정도로 과격합니다.

이 셋은 각각 강조점이 다르나 교회 안의 변화를 위하여 서로 보완하며 함께 일합니다. 이들이 성서와 전통을 비판함으로써 남성 신학자들의 가부장적 편견을 깨닫게 하였습니다. 이제는 여성신학을 하지 않으면 신학을 한다고 할 수 없을 정도로 신학 전체를 흔들어 놓았습니다. Letty Russell의 강의에서 인용합니다.

"기독교는 남성 문화권에서 남성 중심으로 성서를 해석하고 신학을

창의적 방식으로 여성신학을 실천하는 사람들

수립했기 때문에 인류의 절반이 되는 여성의 역사는 전혀 반영되지
않은 채 반쪽 역사, 반쪽 신학, 반쪽 문화로 발전되어 왔다. 역사를
영어로 History라고 하는데 대하여 여성들은 왜 His story뿐이냐?
여성의 역사 Her story는 어디에 있느냐고 묻는다. 실상 Her story
가 없었을 리가 없다. 여성이 글을 배울 수 없었을 때에는 여성들의
이야기가 기록될 수 없었을 것이고 기록했다 해도 여성의 기록으로
전해 내려오지 못했을 것이다. 그래서 여성신학자들은 기독교 역사
를 들추고 교회사를 파헤쳐 본다."

그 결과 중의 하나인 마녀 학살의 이야기는 여성이 혐오의 대상이 었던 처참한 사실을 드러냅니다. 1000년의 암흑시대를 이루었던 중세기 교권의 몰락과 사회불안(흑사병으로 인한)을 '마녀'라는 희생 제물에 전가해서 100만 명이라는 여성이 학살된 것은 기독교의 이름으로 저질러진 죄악입니다. 그러나 이 엄청난 사실이 남성의 눈에는 몇 줄의 기록에 불과한 하찮은 사실로 간과되었던 것입니다. 이제까지 남성 본위로 해석되어온 교리 문제도 비판하고 재해석합니다. 그래서 Letty Russell은 성부, 성자, 성령으로 일컬어지는 삼위일체 하나님 개념을 창조주 하나님, 해방자 예수, 변호자 성령으로 설명합니다.

이제 그 동안 저 나름대로 이해하게 된 여성신학을 이야기해 보겠습니다.

1) 파트너 신학(동역자)

크리스천은 하나님께서 창조하신 이 세상이 당신이 의도하시는 아름다운 세상, 사람들이 서로 사랑하며 기쁘게 살아가는 곳이 되게 하려고 역사하시는 일에 동참하도록 부름 받은 사람입니다. 하나님은 외로운 하나님이기를 원하지 않으시고 우리의 자유 의지로 부르심에 응답하는 사람들을 당신의 자녀로 삼으시고, 당신의 파트너, 동역자로 삼으십니다. 그러나 사람은 하나님과 동등한 파트너가 될 수 없습니다. 하나님은 창조주이시고 우리는 그의 피조물로서 그분의 창조를 원래대로 유지시키는 청지기로서의 동역자입니다. 그래서 하나님으로부터 똑같은 사람으로 지음 받은 여자와 남자도 파트너가 될 수 있습니다.

사람은 누구나 홀로 살 수 없게 태어났습니다.

창세기에서 하나님은 아담과 하와에게 축복하시며 그의 명령을 지키라고 하십니다. 그러나 하나님이 되고 싶었던 인간은 타락의 길을 선택했습니다. 그래도 하나님은 인간을 포기하지 않으시고 노아의 홍수 때 그 계약을 갱신하셨습니다. 다시는 홍수로 이 세상을 쓸어버리지 않겠다고 약속하십니다. 이스라엘 백성들이 애굽에서 신음하는 소리를 들으신 하나님은 그들을 종살이에서 끌어내십니다. 그리고 "나는 너희 하나님이 되고 너희는 나의 백성이 될 것이다."고 시내산에서 계약을 맺으십니다. 어떻게 보면 하나님은 줄곧 인간을 찾아오시면서 파트너가 되어달라고 짝사랑하듯이 찾아오시는 것이 인류의 역사인 것처럼 보입니다. 결국은 인간이 아무래도 당신의 뜻을 깨닫지 못하기 때문에 인간의 몸을 입고 세상에 오신 하나님은 예수 그리스도 안에서 사람과의 새로운 계약을 선언하십니다(렘 31:1; 31-34). 예수 그리스도의 완전한 복종과 그 복종으로 인한 속죄를 믿는 사람은 하나님의 자녀로 택함을 받고 생명을 약속받습니다(『기독교백과』 I권 "계약신학" 902쪽). 우리는 하나님의 계약 대상입니다(Karl Barth, 『교의학』 IV의 1, 34쪽). 그 계약 조건은 우리가 하나님을 하나님으로 모시고 그분의 뜻을 따르겠다고 하면 그분은 우리를 그의 백성으로 그의 파트너로 만드신다는 것입니다. 여성신학은 사람을 사랑하시되 십자가에서 죽기까지 사랑하신 하나님이 우리의 창조주이심을 믿고 그분이 우리를 파트너로 부르시는 데 응답하자는 신학입니다. 이 땅의 평화와 자유를 위하여 하나님이 원하시는 일을 하나님과 함께 해가자는 것입니다.

2) 은혜의 신학

레위기 25장 8-55절을 보면 하나님께서 사람에게 은혜의 해 (Acceptable Year, Jublee, 희년)를 선언하라고 명령하십니다. 이스라엘 백성이 애굽에서 종살이하던 때를 기억하고 과부와 고아와 나그네를 돌보라고 명령하시는 하나님께서 안식년이 7번 지난 다음 해인 50년마다 '은혜의 해'를 선포하라고 하십니다. 인간의 기득권을 인정하지 않고 잘난 사람이나 못난 사람이나, 많이 가진 사람이나 전혀 가지지 못한 사람이나 다 일직선상에서 인생살이를 시작하라는 것입니다. 50년이라면 보통 한 사람의 일생을 사는 기간입니다. 그 동안 몸이 건강하고 머리가 좋고 좋은 환경에서 태어난 사람은 다른 사람보다 훨씬 많이 소유하고 높은 지위를 차지할 수 있을 것입니다. 그러나 가난한 집에서 몸도 약하고 저능아로 태어났다면 50년 후에 앞의 사람보다 지지리 못난이로 살게 될 수도 있습니다.

하나님께서는 그렇게 사람이 이룩한 모든 기득권을 영(0)으로 하고(장상, 누가복음 강의, 이대 대학원 1982년 2학기), 똑같은 자리에서 다시 시작하라는 말씀으로 해석될 수 있습니다. 그러나 구약성서에는 그 명령이 지켜졌다는 기록이 없습니다(히스기아 왕 때 잠깐 하다 말았을 뿐). 선지자들은 계속해서 하나님의 뜻을 전달했지만 사람은 하나님의 뜻을 거부했습니다(민영진, '희년' 강의). 누가복음 4:18-19을 보면, 예수께서 그의 교역을 시작하기 전에 나사렛 회당에서 이사야 선지자의 글을 읽은 후에 오늘 이 자리에서 그 말씀이 이루어졌다고 선언하십니다. 예수 그리스도로 말미암아 이제 이 세상은 기득권의 횡포에 시달리는 곳이 받아들였다라, 누구나 하나님 앞에서 똑같은 사람으로 똑같은 천부의 인권을 누리며 자유롭게 사는 일이 이루어졌다는 말씀입니다. 그 일을 위해 예수는 이 땅에 오셨다는 뜻입니다.

생존 경쟁이 극심한 이 땅에서 "겉옷을 달라하면 속옷까지 주라." 하고, "오리를 가자하면 십리를 가라."고 가르치신 예수는 우리에게 경쟁심을 버리고 서로 돕고 사는 평안한 사회가 되게 하는 일에 앞장서라고 부르신 것입니다. 그런데 우리는 2000년이 지난 지금 이곳에서, 더구나 예수 그리스도의 복음으로 사는 사람들의 공동체인 교회에서조차 하나님의 뜻대로 평등하게 살지 못합니다. 교회 안에서 가난한 사람은 천대 받고 약한 여자들은 눌리고 있습니다. 최후의 심판 장면에서 예수께서는 "지극히 작은 자에게 한 것이 곧 내게 한 것이다."라고 하십니다. 어느 여성을 경멸하고 천대한 남성이 있다면 그는 곧 예수에게 한 것과 마찬가지입니다. 예수께서는 여자가 남자에게 차별받는 것을 원하지 않으십니다. 여자를 차별하면서 드리는 기도는 하나님께 상달되지 않을 것입니다(벧전 3:7). 그래서 여성신학은 남자와 여자가 일직선에 서서 평등하게 살 수 있는 세상이 되도록 노력하자는 것입니다. 남자와 여자의 평등뿐만 받아들였다라, 모든 인간 사이의 담을 허물어버리고 사람의 기득권이 무시되는 사회를, 피라미드형이 아닌 원형의 사회를 이룩하려는 하나님의 뜻에 응하자는 것입니다. 부자나 가난한 사람이나, 남자나 여자나, 박사나 일자무식이나, 노인이나 젊은이나, 건강한 사람이나 병약자나, 그의 외모나 소유 때문에 아무런 차별을 받지 않으며 한 인간으로서 그의 재능을 마음껏 발휘하며 신나게 살 수 있는 세상이 되게 하는 하나님의 일에 동참하자는 것입니다.

3) 수용의 신학

우리는 주변에서 누가 불행한 일을 당하면 누구의 죄인가 묻습니다. 무슨 일이 잘못 되면 내가 무슨 죄를 지어서 벌을 받는 것이 아닌가 하고 전전긍긍합니다. "진리가 너를 자유하게 한다."(요 8:31-38)는 그 진리는 하나님이 우리를 지극히 사랑하시며 우리의 모습 이대로 받아주신다는 것을 믿음으로써 자유로워지고, 하나님의 은혜를 입는다는 것입니다. 창조주이신 하나님께서 나를 받아주시고 사랑하시는데 세상에 두려울 것이 없습니다. 시편 118:5-6에는 "내가 곤경에 빠져서 부르짖었더니 야훼께서 들으시고 나를 건져주셨다. 야훼께서 내편이시다. 나에게 두려움이 없나니 누가 나에게 손을 대리오."라고 기록되어 있습니다. 그래서 자유하게 됩니다. 그러나 나 혼자만 자유로워지는 유아독존의 자유가 아닙니다. 하나님께서 나를 받아주심을 아는 나는 다른 사람을 또한 그대로 받아들이는 것입니다. 우리는 어떤 사람을 훌륭한 인재라고 보았다가 그 사람의 결점이 드러나면 실망해 버리고 별 볼일 없다고 제쳐 놔 버립니다. 그러나 그 사람의 장점을 좋아하듯이 우리는 그 사람의 단점까지 그 사람의 품성으로 받아들일 수 있어야 하겠습니다.

여성들과 함께 일하다보면 자꾸 서로 부딪치게 됩니다. 다 둥글둥글하게 원만하고 성숙된 사람이라면 부딪치지 않을지도 모릅니다. 그러나 남성의 지배를 받으면서 온전하게 성장할 수 없었던 우리들이기에 부딪치는 것이 당연할 수밖에 없을 것입니다. 여성신학은 이렇게 모나고 부딪치는 우리이지만 서로를 그런대로 수용하면서 함께 성장하자는 것입니다. 다른 사람의 잘못을 발견하면 그 잘못 때문에 그 사람을 깎아내리기보다는 그렇게 잘못할 수밖에 없었던 그의 약한 면, 그의 환경과 역사를 이해하고 인간을 수용하자는 것입니다. 예를 들어 감옥에 갇혀 있는 한 사람이 있다고 합시다. 그가 좋은 환경에 태어나서 많은 사람의 사랑을 받으며 그의 타고난 재능을 마음껏 발휘할 수 있고 이 땅을 지은이가 누구이며 왜 사람이 이 땅에 살아야 할지, 삶의 의미가 무엇인가를 알았다면 오늘 그가 그 자리에, 죄인으로 낙인이 찍힐 일을 저지르게 되었을까? 내가 만일 그의 처지에 태어나서 그가 살아온 환경에서 그가 겪은 어려움에 시달렸다면 나도 그런 범죄를 저지르지 않았을까를 생각해 봅시다. 바로 그 사람이 하나님께서 자신의 몸을 드려 속량해주신 소중한 사람임을 알고 그를 받아들이고 그가 새로운 길, 복음의 길을 찾을 수 있도록 도와주는 것이 수용하는 태도입니다.

내가 지금 이 자리에 설 수 있는 것도 나를 수용해주시는 하나님을 믿는 믿음으로 자유해졌기 때문입니다. 내가 감히 남의 앞에 설 용기를 얻은 것은 내 못난 것을 드러내 보이는 것을 부끄러워하지 않을 수 있게 되었기 때문입니다. 나를 잘나게 보이고 싶을 때 치장을 하고, 조바심을 하고, 가장을 하게 됩니다. 나 이대로 누구나 나를 수용해 주기를 바라는 마음이기에 자유로운 것입니다. 열등감과 우월감은 다 삐뚤어진 심성입니다. 내가 누구보다 높고 잘 났다고 생각하는 우월감은 남을 나보다 낮게 보는 잘못입니다. 내가 못났다고 느끼는 열등감은 내가 하나님 앞에서 누구와도 평등하다는 생각을 가지지 못해서입니다. 저는 신학대학을 졸업한지 20여 년을 지난 후에 여성신학을 통해서, 여성들이 풀이하는 복음의 소식을 듣고서야, 예수 그리스도가 너를 자유

하게 한다는 말씀의 뜻을 이해할 수 있었습니다. 이 여성신학이야말로
이 가식이 많은, 허례가 많은, 속 빈 강정 같은 한국교회를 새롭게 할
수 있는 것으로 믿는 마음에서 이 자리에 선 것입니다.

우리는 먼저 나를 수용해야 합니다. 나, 한국 여자, 5000년의 역사
를 가졌다지만, 저 우랄산맥으로부터 밀려온 몽고인의 혈족으로, 중국
의 넓은 땅을 다 헤매다가, 만주 벌판에서도 밀려서 반도 끝에 웅크리
고 앉아서 매대기치기를 수천 년, 지지리도 못나게, 가난에 찌들어 살
아온 사람들이, 남의 나라에 짓밟히고 남북으로 나뉘어 싸우기를 또
몇 십 년, 한국이 왜 이 꼴이 되었는지를 미처 생각해 볼 틈도 없이 하루
하루 살기에만 급급해서 자기밖에 모르게 되어버린 사람들의 하나입
니다. 내게 있는 천부의 재능이 무엇인지도 찾아보지 못하고 학력고사
점수로 운명이 결정되는 오늘의 학제 속에서 서로 짓밟으며 올라서야
만 하는 이 사회에서 어떻게 복음을 전할 것인가? 이렇게 한계가 많은
나를 받아들이고, 많은 결점을 지닌 나대로 하나님께서 불러 쓰시겠다
는 데 응하여 순복하는 나를 받아들이는 것입니다. 나는 아무짝에도
소용이 없지만 하나님께서는 부르고 계시다는 믿음 때문에 오늘도 살
수 있는 것입니다. 모든 사람을 수용하고 가슴에 품어 안는 것이 여성
신학의 한 길이라 생각합니다.

4) 어머니 신학

하나님을 아버지로 부르는 기독교 전통 속에서 하나님은 남자로 인
식되고, 그래서 남자가 더 우월한 지위를 차지하는 것이 당연하게 인식
되어 왔습니다. 또한 하나님은 엄격한 아버지와 같이, 잘못하면 책벌

하는 하나님으로 그리고 지옥에 보내는 심판의 하나님으로 부각되어
왔습니다. 그런데 성서에는 하나님의 어머니 모습이 많이 있습니다.

사 49:15-16
여인이 자기의 젖먹이를 어찌 잊으랴.
자기가 낳은 아이를 어찌 가엽게 여기지 않으랴.
어미는 혹시 잊을지 몰라도 나는 결코 잊지 않으리라.
너는 나의 두 손바닥에 새겨져 있고
너 시온의 성벽은 항상 나의 눈앞에 있다.

렘 31:20
오냐 에브라임은 나의 아들이다.
눈에 넣어도 아프지 않은 나의 귀염둥이다.
책망하면서도 나는 한 번도 잊은 적이 없었다.
가엾은 생각에 내 마음은 아프기만 하였다.

호 11:1-8
걸음마를 가르쳐주고 팔에 안아 키워주고
죽을 것을 살려 주었지만 에브라임은 나를 몰라본다.
인정으로 매어 끌어주고 볼에 비비기도 하며
허리를 굽혀 입에 먹을 것을 넣어주었지만
에브라임은 나를 몰라본다.

이러한 어머니 같으신 하나님을 보면서 마음이 놓입니다. 우리 어

머니처럼 나를 애지중지하시는구나하고 포근히 안기고 싶어집니다. 또 마태 23:27에 보면, "암탉이 병아리를 날개 아래 모으듯이 내가 몇 번이나 네 자녀를 모으려고 했던가?"라고 예루살렘 성을 바라보시며 한탄하시는 예수의 모습에서 우리는 간절하신 하나님의 어머니 모습을 느낍니다. 부활하신 예수께서 갈릴리 바닷가에 나타나시어 고기를 구어 놓고 제자들에게 먹으라고 하십니다. 음식을 마련하고 자녀들에게 먹이고 싶어 하는 어머니 같은 모습을 거기서 발견하는 것은 여성들의 삶에 가까운 일을 하신 예수에게서 어머니 같은 친근감을 느끼게 됩니다.

12세기의 켄터베리 주교 Anselm은 이렇게 예수를 어머니라고 불렀습니다.

"사랑의 주님 예수, 당신은 또한 어머니가 아니십니까?
진정으로 당신은 어머니이십니다.
모든 어머니들의 어머니이시고
당신의 자녀들에게 생명을 주시려는 당신의 소원에서
죽음을 경험하신 어머니이십니다."

하나님의 어머니 모습을 찾아보면 하나님은 훨씬 더 친근하게 느껴지고, 하나님의 뜻을 이해하기 쉬워집니다. 아이를 낳고 길러 본 어머니의 사랑은 본능적이며, 맹목적입니다. 그런 어미의 마음에 미루어 하나님께서 우리를 사랑하시는 심정을 쉽게 깨닫게 됩니다. 또 생명을 낳아 길러 낸 어머니는 생명의 귀중함을 몸으로 느낍니다. 내 자녀들이 서로 싸우면 내 마음이 미어지듯 아프기 때문에 하나님께서 우리에게 이웃을 사랑하라고 하신 그 명령의 뜻을 이해할 수 있습니다. 해산의 고통을 겪은 어머니는 생명이 파괴되는 것에 무조건 저항하게 됩니다. 아이를 기르면서 밤낮으로 그 시중을 다 해낸 어머니는 어려운 일을 참고, 견디며, 섬기는 일이 몸에 익숙해집니다. 그래서 아무리 억센 남자나 거친 사람이라도 어머니의 사랑에는 부드러워질 수밖에 없는 것입니다.

여성신학은 이제 남자들을 짓밟고 올라서자는 것이 아닙니다. 이제까지 가졌던 무서운 아버지 같은 하나님의 모습에 가려져 있던 인자하신 어머니의 모습을 찾아서 하나님을 바로 이해하자는 것입니다. 어머니와 같으신 하나님의 사랑을 깨닫게 해주고 또한 어머니처럼 오래 참고 견디면서 사랑의 복음을 펴서 이 세상을 사랑이 넘쳐흐르는 즐거운 곳으로 바꿔가자는 것입니다.

5) 삶의 신학

이 신학은 그저 공부만 하는 신학이 아닙니다. 상아탑 속에서 학자들이 만들어내는 신학이 아닙니다. 철학적인 사고만도 아니요, 불교처럼 도를 닦아서 이루어지는 것이 아닙니다. 삶의 구체적인 상황에서 당면한 문제를 놓고 사회적인 모순에 대해서 질문을 제기합니다. 우리가 여자이기 때문에 억압을 받아서 억울하다고 느끼면 그것이 왜 그렇게 되었는지 원인을 파헤치고, 근본을 규명하는 것입니다. 그리고 복음에 비추어서 무엇이 잘못인지를 밝히고 복음이 말하는 구원의 의미, 해방의 의미와 무슨 관련이 있는지 찾아내는 것입니다.

우리 문제를 다루다 보면 우리와 같은 피해자를 발견하고, 공감하고, 연대하고, 함께 일하려는 의지로 계속하게 됩니다. 결국 여성 문제를 다루다 보면 이 땅에서 차별받는 사람들, 사회에서 멸시와 천대 받는 사람들에게도 관심을 가지게 됩니다. 병든 사람, 가난한 사람, 변두리로 밀려난 사람들의 문제가 곧 우리의 문제로 느껴집니다. 바로 그 사람들의 인간 회복을 위하여 예수 그리스도께서는 세상에 오셨고, 그들에게 해방을 선포하셨기 때문입니다. 이 모든 차별의 문제는 하나하나 따로 해결되는 것이 아니고 다 같이 관심하며 함께 풀어가야 할 일입니다.

여성신학은 하나님께서 이루실 마지막 날, 눈물도 없고 죽음도 없는 새 하늘 새 땅을 바라보며, 이사야 선지자가 노래한 '늑대와 어린 양이 함께 뒹구는' 평화의 나라를 바라보며, 거기에 비추어서 오늘 이 땅에서 잘못된 일을 고쳐가는 일입니다. 남녀가 평등하지 못하다면 하나님 나라에서는 남녀가 평등할 것을 믿고 그 일이 하나님의 뜻이라는 것을 믿는 사람들이 그 일을 위해 남녀가 평등해지는 일, 차별이 없는 세상을 만드는 결단을 함으로써 여성신학은 시작됩니다. 우리는 매일 '하나님의 나라가 임하소서. 뜻이 하늘에서 이룬 것 같이 땅에서도 이루어지이다.' 하고 기도합니다. 그 하나님 나라는 바로 그 나라가 이 땅에 이루어지기를 바라는 사람들이 그 나라가 이루어질 것을 믿으며 그 하나님의 부름에 응답하고자 결단하는 사람의 행동에서 시작됩니다. 예수께서 분명히 내 나라는 이 땅에 있지 않다고 하셨습니다. 그것은 그 때 로마인이 생각하고, 예수의 제자들이 바랐던 바와 같은 지상의 권력 구조를 차지하는 것을 의미하지 않았습니다. 그 모든 것을 초월한, 사랑으로 지배하는 하나님의 나라를 말합니다.

　백인들이 흑인들을 노예로 부릴 때, 흑인은 하나님의 뜻에 따라 흑인이 되었고, 저주를 받아서 노예로 태어났다고 성서 해석을 하면서 백인의 잘못을 정당화하였습니다. 노예들이 고생하고 신음할 때, 지금은 고생하나 죽으면 낙원이 기다리고 있으니 죽도록 충성하라고 가르쳤습니다. 그것은 예수 믿고 천당 가라고 가르쳤던 일제강점기의 식민지 신학과 같은 것입니다. 한국교회가 민족 문제와 국가 문제에 관심하지 못하도록 하기 위해 이토 히로부미가 한국에 선교 허락을 받으려는 선교사들에게 제시한 타협 조건이었습니다. 정교분리 정책을 취하고 있는 보수적인 선교사들과의 타협에서 이루어진 식민지 신학입니다. 한국 여성들은 지금도 현모양처나 충효 사상에 사로잡혀 우리의 억눌린 상황을 합리화하려고 합니다. 인간은 아프면 아프다고 말해야 하고 슬프면 목 놓아 통곡할 자유가 있어야 합니다. 그것을 아닌 척하거나 안하도록 강요하는 것은 어느 속임수에 넘어가는 것입니다. 선교 2세기에 접어드는 한국교회는 축제 행사에 현혹되기보다는 한국 교회 여성들이 참 인간으로서 자유로운 하나님의 자녀로 살고 있는지 바로 보아야 합니다.

　흑인의 민권 운동을 끌어가던 Martin Luther King 목사는 "나는 백인을 사랑한다. 그래서 이 민권운동을 해야 한다. 흑인이 완전한 인간으로 회복되지 못하면, 해방되지 못하면 백인에게 구원이 없기 때문이다.", "나는 꿈을 본다. 미국의 어디를 가나 백인과 흑인이 차별되지 않는 환상을 본다. 그 꿈을 위하여 이 운동을 한다."고 외쳤습니다. 마찬가지로 여성신학은 남자와 여자가 모두 구원되기 위해 이 운동을 해

야 합니다. 여성이 해방되지 못하는 교회나 사회에서 남성이 구원될
수 없기 때문입니다.

이제까지 해오던 일을 바꾸는 것 그것은 변혁입니다. 이제까지 교
회에 없던 자리를 새로 만드는 것 그것은 변혁입니다. 사람은 자기가
해오던 일, 이룩해 놓은 것에 안주하고 싶어 합니다. 그러나 하나님은
아브람에게 갈데아 우르를 떠나라고 명령하셨습니다. 큰 백성을 이루
기 위하여, 하나님의 역사를 성취하기 위하여 떠나라는, 안정된 곳을
떠나라는 명령을 내립니다. 떠나는 일은 쉬운 일이 아닙니다. 이 어려
운 일을 감당하려면, 우리는 Pro-women이 되어야 합니다. 여성의
일이라면 발 벗고 뛰어드는 사람이 필요합니다. 여성신학은 어떤 한
사람의 기발한 생각이나 명철한 학자들, 유능한 지도자들만이 하는 일
이 아닙니다. 모든 사람이 민주적으로 참여하는 길입니다. 우리가 함
께 모여 성서를 연구하고 자신의 경험을 반영하면 서로 마음이 통하고
뜻이 맞게 됩니다. 그들이 또 다른 그룹과 손잡고 함께 뭉쳐서 서로를
지원해 주어야 합니다. 우리의 삶, 존엄, 가치를 부정하는 억압의 굴레
에 대항하여 전략을 세우고 실행하고, 실행하면서 생기는 문제들을 또
함께 연구하여 실행하면서 다 함께 성장하며 일해야 합니다.

6) 평화의 신학

인류의 반쪽이 다른 반쪽을 억눌러온 역사, 반쪽이 없는 찌그러진
역사, 여자들 위에 남자들이 군림하는 역사, 강자가 약자에게 횡포하
는 역사 속에 평화가 있을 수 없습니다. 여성신학은 평화를 추구합니
다. 이사야 선지자는 이사야 11:6-9에서 평화에 대한 그의 꿈을 잘 드

러내고 있습니다. 여성신학은 여자와 남자가 함께 손잡고, 성직자와 평신도가 다 함께 그리스도의 몸인 교회를 형성하며 하나님께서 우리를 있는 대로 받아주시는 것을 감사하며, 하나님 나라를 이 땅에 실현하는 파트너로서 서로를 수용하며 온전한 인간이 되어가는 노력입니다. 평화는 서로 다른 사람이 조화를 이루며 온전해지는 길을 추구합니다. 인류 역사 속에서 잃어버렸던 반쪽을, 여성의 몫을 바로 찾아서 온전한 역사를 이루어 가자는 것입니다. 어머니와 같으신 하나님의 사랑을 우리 몸으로 배우며 그 배움에서 내가 누구인지를 깨닫고 나를 회복하고 내가 구원되려는 것입니다. 이 구원의 기쁨을 모르고 신음하는 이웃에게 어머니와 같은 끈질긴 사랑으로 하나님의 은혜의 복음, 구원의 복음을 전파해 나가자는 것입니다. 우리는 모두 우산살처럼 나란히 서서 그 꼭지가 예수 그리스도께로 함께 모여 예수 그리스도를 머리로 하는 한 식구가 되어서 조화를 이루며 살아가는 하나님의 나라를 이루려는 것이기에 조화의 신학이라고 불립니다.

여성신학은 새 하늘과 새 땅, 하나님께서 마침내 이루실 평화의 나라, 눈물도 없고 죽음도 없는 나라를 바라보면서, 그 꿈을 꾸면서 '그 미래로부터', '종말에서부터 현재를 비춰보면서' 오늘을 고쳐가는 하나님의 일에 동참하자는 것입니다. 하나님의 파트너가 되려는 우리의 결단으로 평화의 나라를 이루어가는 일에 부르시는 하나님의 부름에 응답하는 것입니다.

끝으로, 이 길은 외롭고 고달픈 길이 될 수도 있습니다. 슬프고 억울해서 통곡을 해야 할 일이 생길 수도 있을 것입니다. 그러나 하나님 나라의 오심을 기다리는 사람이 그 나라가 오고 있는 것을 믿는 신앙으로, 우리에게 보혜사 성령을 보내마고 약속하신 예수 그리스도의 약속을 믿고 두려움 없이 용감하게 뛰어 들어서 그 날이 오기까지 끈질기게 일하는 것입니다. 나의 억울하고 불행한 상황에서 내 팔자라고 체념하는 것이 아닙니다. 우리 민족은 너무나 오랫동안 체념하며 살아 왔습니다. 복음을 믿는 사람은 체념할 수 없습니다. 포기할 수 없습니다. 이런 나를 통해서 하나님이 영광을 받으시는 길이 무엇일까? 칼뱅의 교리문답에서 말하듯이 "사람의 사는 목적이 하나님께 영광을 돌리기 위한 것"이라면 과연 하나님의 뜻이 어떻게 나를 통해서 드러날 수 있을까? 왜 나는 지금 이 곳에 있을까? 하는 물음의 의미를 찾아야 합니다. 하나님의 형상으로 지음 받은 나는 이 세상의 어느 누구 못지않게 소중한 존재입니다. 바로 이 나를 위하여 예수 그리스도께서는 골고다의 십자가 위에서 피 흘리며 돌아가셨습니다. 그리고 부활하심으로 우리에게 새 생명을 약속하셨습니다.

로마서 8:31-34 말씀을 보면 하나님께서 우리 편이 되셨는데 누가 감히 우리와 맞서겠습니까? 우리 모든 사람을 위하여 당신의 아들까지 아낌없이 내어주신 하나님께서 그 아들과 함께 무엇이든지 다 주시지 않겠습니까? 하나님께서 택하신 사람들을 누가 감히 고소하겠습니까? 그들에게 무죄를 선언하시는 분이 하나님이신데 누가 감히 그들을 단죄할 수 있겠습니까? 예수 그리스도께서는 우리를 위해 돌아가셨을 뿐만 아니라 다시 살아나셔서 하나님 오른편에 앉아서 우리를 위하여 대신 간구해 주시는 분이십니다. 그래서 나는 죄인이 아닙니다. 예수 그리스도께서 나의 죄를 다 짊어지고 가셨기 때문입니다. 나는 다만 그분이 창조주이시고 우리의 구속자, 해방자 예수이시고, 우리를 위해 변호하시는, 보살펴주시는, 인도하시는 보혜사 성령이심을 믿음으로써 자유인이 되었습니다. 이 자유로운 기쁨을 우리의 이웃에게 알리고 함께 나누며 다 함께 하나님의 자녀가 되고자 합니다. 이제 하나님께서 우리를 불러 쓰시고자 하십니다. 이 나라를 위한 평화의 사도로 세계의 평화의 일꾼으로 부르십니다. 하나님의 영광을 드러내는 귀한 자녀가 되시기 바랍니다.

2008-03-09

여성신학과 정신대
(재일한국교회 여성수련회 강연)

일본 전국에서 모이신 교회 여성 여러분, 만나 뵙게 되어서 참으로 반갑습니다. 또한 이렇게 말할 기회를 주셔서 고맙습니다. 지금 두 시간 동안 여기 앉아서 여러분의 종합토의를 들으면서 소통의 문제를 실감했습니다. 그 동안 제가 만난 재일동포 여러분께서 한국말을 하시고 별 어려움이 없이 이야기를 나누었기 때문에 통역이 필요하다는 문제를 생각하지 못하고 왔습니다.

여기 총회 부녀국 간사님이 남자 목사님이신 것을 보면서 이것이 바로 여성 문제의 하나라고 생각을 했습니다. 물론 남자분이 여성들의 일을 맡아서 해주시는 것은 참으로 고마운 일이지만 아무래도 남자는 여성 문제를 여성만큼 알 수는 없다고 생각하기 때문입니다.

저는 1984년에 한일교회여성협의회가 있었을 때 처음으로 일본에 왔었습니다. 그때는 제가 한국교회여성연합회 회장으로서 두 나라 교회 여성들이 평화를 위해 논의하는데 발제하러 왔었습니다. 이번에는 10년 만에 두 번째 왔는데 통일 문제로 북한의 여성들, 일본 여성들, 재일동포들과 만나 동경에서 심포지엄과 집회를 열게 됩니다. 주로 정신대 문제를 많이 협의할 계획입니다.

이제부터 여성신학 이야기를 하겠습니다. 여성신학은 1970년대부터 시작되었습니다. 인권운동과 여성운동이 활발해지면서 신학계에도 여성의 소리가 들리기 시작한 것입니다. 그동안의 신학은 남성이 주도해 왔고 남성의 경험을 토대로 남성들의 소리만 들렸습니다. 여성들은 여성을 경험해 본 일이 없는 남성들의 성서 해석을 배우고 들어야했습니다. 성서는 살아있는 말씀이기에 그때 그 사람에게 필요한 말씀으로 들립니다. 같은 성경 구절이 나의 형편에 따라서 다르게 들릴 수 있습니다. 젊은 날에 미처 깨닫지 못하던 말씀이 새롭게 들리고 다른 뜻을 드러내는 것은 나의 경험이 달라졌기 때문입니다. 그런데 여성이 되어 보지 못한 남성이 어떻게 여성이 느끼는 성서의 말씀을 깨달을 수 있겠습니까? 그러나 불행하게도 그전에는 여성들에게 성서를 읽고 해석할 기회를 주지 않았습니다. 인류의 반인 여성들은 잠잠한 채 남자들 혼자서 수레바퀴 한쪽이 없는 찌그러진 역사를 이뤄온 셈입니다. 이제 그 역사 속에 여성의 수레바퀴를 바로 세워서 두 바퀴가 나란히 함께 굴러가는 올바른 역사를 만들어가자는 것이 곧 여성신학의 기본정신이라 할 수 있습니다.

내가 처음으로 여신도회 교육 총무 일을 하려고 할 때 남편이 말렸습니다. 그때는 여성 의식이 생기고 얼마 되지 않은 때였는데 남편이 반대하니 '이혼을 하고 교육 총무 일을 할까' 하는 생각을 해보았습니다. 결혼하고 20년 만에 처음으로 일할 기회가 왔는데 얼마나 하고 싶었겠습니까? 그러나 곰곰이 생각하니 이혼을 하고는 교육 총무 일을 할 수 없겠다는 것을 알게 되었습니다. 아무개 교수 부인이 이혼하고 교육 총무를 한다는 소문이 나면 아무도 내가 하는 교육 프로그램에 참여하지 않을 것이기 때문이었습니다. 두 달 동안 남편에게 조르기도 하고 설득도 했습니다. 마지막에는 "당신이 100번을 다시 태어난다고 해도 당신이 남자로 태어나는 한 당신은 내가 왜 지금 여성들을 위해 일해야 한다고 주장하는지 이해하지 못할 것이에요."라고 했습니다. 그때는 남편을 설득하기 위해서 한 말이지만 두고두고 생각해도 옳은 말이었습니다. 여성들이 말하지 않으면 어떻게 남성들이 여성의 마음, 경험을 알 수 있겠습니까?

여성신학은 여성의 경험으로부터 시작합니다. 물론 여성신학의 방법이 여러 가지이지만 저는 오늘 제가 하는 여성신학을 말씀드리고자 합니다. 여성의 현장에서 현장의 소리를 듣고 그 현장을 사회학적으로, 역사적으로 분석합니다. 왜 그런 문제가 일어났는지 근본 연유를 찾아보고 나서 그러면 성서에서는 무엇이라 말하며 어떤 해결의 기미가 있는지, 성서에 비추어 어떻게 이 문제를 해결할 수 있는지를 신학화하는 것입니다. 오늘의 현실을 하나님의 미래, 하나님이 이루실 나라에 비추어보고 오늘의 잘못된 것을 하나님의 미래에 따라 고쳐가는 일을 하는 것입니다. 여성신학은 여성의 현장에서 여성이 고통 받는 것을 여성의 운명이라고 그냥 놔두는 것이 아닙니다. 오늘의 잘못된 일들을 하나님의 뜻에 비추어 바로 고쳐나가는 것이 하나님이 우리를 부르시는 일이라는 신앙고백과 함께 결단하고 행동하는 것입니다. 여성신학은 공부만 하는 것이 아니고 그 신학에 따라서 사는, 행동하는 신학입니다.

이제 정신대의 현장에서부터 생각해 보겠습니다. 정신대 문제는 우리들이 너무나 잘 알고 있는 일일 것입니다. 한국이 식민지로 살 때 우리의 어린 여성들이 강제로, 속아서 끌려갔고 강간당하고, 집단 윤간 당하고 전쟁이 끝난 뒤에는 내버려졌고, 죽임을 당하기도 했습니다. 겨우 살아남은 사람들은 제 나라에 돌아오지 못한 사람도 있고, 제 나라에 돌아와서도 고향에 돌아가지 못하고 타향으로 전전하며 이 사회의 밑바닥에서 처절하게 50년 세월을 살아왔습니다. 그 많은 여인들의 가슴 메어지는 이야기를 어찌 다 하겠습니까?

나는 지난 3월에 대만에 가서 한국 정신대 할머니를 만났습니다. 그는 경상남도 통영이 고향인데 16살에 좋은 구경시켜 준다고 해서 어떤 남자를 따라갔다가 종군위안부가 된 것입니다. 대만에서 필리핀으로 갔다가 전쟁 후에 다시 대만으로 와서 73세인 지금까지 살고 있는 것입니다. 한국말은 다 잊어버려서 전혀 대화가 안 되고 대만 변호사가 영어로 통역을 해서 나와 이야기 할 수 있었습니다. 자기가 나와 직접 이야기할 수 있으면 할 말이 참 많다고 하며 안타까워했습니다. 그 가슴에 얼마나 많은 한과 설움이 쌓여있겠습니까? 내가 아리랑 노래를 부르니 조금씩 따라 했습니다. 강제로 종군위안부로 살았던 할머니 한 분 한분이 한결 같이 그 많은 한을 품은 채 오늘도 살아가고 있습니다.

그러면 이 할머니들의 문제는 왜 일어났습니까? 나는 어릴 때 "아무개집 딸은 정신대 안 가려고 폐병 환자한테 시집갔다가 과부가 됐대." 하며 어른들이 조심스레 이야기 하는 것을 들었습니다. 그래서 정신대는 아주 나쁜 것이고 끌려가면 안 되는 것으로 알았었습니다. 그러나 그것이 실제로는 어떤 것이었는지, 얼마나 많은 여성들이 어떻게 당했는지는 몰랐었습니다. 1973년부터 한국교회여성연합회가 기생관광반대운동을 해왔는데 여성 의식과 더불어 성폭력 문제에 관심하게 되고, 기생 관광이 바로 제2의 정신대라는 말이 나왔습니다. 정신대 문제를 바로 잡지 않으면 이 땅의 성폭력 문제의 뿌리가 그대로 남아있을 것이고, 여성들은 성폭력의 위험에 떨어야 하고, 남성은 아무 감각도 없이 성폭력을 자행할 것이라는 인식이 높아졌습니다.

정신대 문제에 관심을 둔 사람들의 연구가 시작되었고, 오랫동안 이 문제를 고민하던 사람들이 마음을 합하여 일하게 된 것이 바로 1990년 11월에 시작한 한국정신대문제대책협의회입니다. 그들은 일본에게 정신대의 진상을 밝혀라, 사죄하라, 배상하라, 기념비를 세워라, 후대들에게 바르게 가르치고, 다시는 이런 일이 일어나지 않도록 교과서에 기록하라, 범죄자를 처벌하라고 촉구하고 있습니다. 또한 작년 1월부터 매주 수요일 정오에 일본 대사관 앞에서 시위를 합니다. 지난 3월 1일에는 전 세계의 여성들이 시위에 동참하도록 호소해서 일본 필리핀 미국 등에서 대대적인 시위가 있었습니다. UN인권위원회에 호소해서 전쟁 처리를 하지 않은 나라는 UN이사국 회원이 될 수 없게 하고, 일본의 전쟁 범죄를 처벌하기 위해 유엔에서 국제재판소를 설치하도록 요구하고 있습니다.

이제 우리는 성서에서 이런 문제를 어떻게 말씀하는지 살펴보겠습니다.

신명기 21장 10-14절에 보면 포로 여성 중에 마음에 드는 여성이 있으면 아내로 맞아도 좋은데, 그를 집안으로 맞아들이고, 몸을 가꾸고, 부모를 위해 한 달 동안 곡하게 합니다. 그 여자를 포로라고 해서 함부로 강제로 끌어 오는 것이 아니라, 그의 마음이 내켜서 스스로 준비가 될 때까지 기다리는 것입니다. 일본은 우리가 식민지였으니 우리를 포로 취급을 했다고 해도, 우리 여성들을 그렇게 강제로, 속여서 끌어가서는 안 됩니다. 또 그들의 인권이 유린되었으니 일본은 인간성을 범한 죄를 저질렀습니다. 우리나라 여성들을 짓밟아 놨으니 민족말살을 시도한 죄를 졌습니다. 이런 죄는 국제법으로 시효도 없고, 국내법도 초월하는 범죄입니다. "여자가 마음에 들지 않거든 절대로 돈을 받고 팔지는 말라. 몸을 버려놨으니 마구 부려먹어서는 안 된다."고 했습니다. 그러나 일본은 전쟁이 끝난 후에도 그들이 쓸모없어졌을 때 그들을 그냥 내버리거나 집단 학살했습니다. 그런 일이 있었다는 증거를 없애기 위해 모든 문서를 없애버리려 했고, 이제까지 은폐해 왔습니다. 살아있는 사람이 본인이 당한 일을 증언하는 데도 자기네는 기록이 없다고 합니다. 인류 역사상 유례가 없는 범죄를 저질러 놓고도 일본은 이제서 겨우 유감이었다는 말을 했을 뿐입니다. 이제 우리가 이런 범죄를 두고 말하지 않으면 '돌들이 소리칠' 것입니다.

정신대 할머니들은 우리가 나라를 잃고 힘이 없을 때 우리의 고통을 대신 짊어진 희생양이었습니다. 교회는 그들을 창녀로 취급하는 어리석은 해석을 하지 말고 희생자로서의 인권 회복을 해 주어야 합니다. 누가복음 4장 18-21절에 보면 예수께서 나사렛 회당에서 이사야 선지자의 글을 읽으신 기사가 나옵니다.

"주님의 성령이 나에게 내리셨다.
주께서 나에게 기름을 부으시어 가난한 사람에게 복음을 전하게 하셨다.
주께서 나를 보내시어 묶인 사람들에게 해방을 알려주고

눈 먼 사람들을 보게 하고

억눌린 사람들에게 자유를 주며

주님의 은총의 해를 선포하게 하셨다.

…

이 성서의 말씀이 오늘 너희가 들은 이 자리에서 이루어졌다."

이 말씀은 바로 예수의 교역 선언입니다. 예수께서 그의 교역을 시작하시기 전에 당신이 이 세상에서 하실 일을 선언하신 것입니다. 예수를 따르는 우리는 바로 이 일을 위해 오늘 부름 받았다고 생각합니다. 그러면 그 선언의 의미를 찾아봅시다.

저는 이 말씀을 처음 읽었을 때 저와는 상관이 없다고 생각했었습니다. 나는 가난하지도, 눈멀지도, 갇혀있지도 않았기 때문입니다. 그러나 여성 의식이 생기고 여성신학을 하면서 성서를 여성의 입장에서 읽게 되니 그 의미에는 또 다른 해석이 가능해졌습니다. 나는 남성의 기득권을 가지지 못했으니 가난합니다. 가부장제에 묶이고 성차별에 갇혀있습니다. 남자들이 앞을 막고 있으니 앞을 볼 수 없습니다. 또 희년이 이루어졌다고 했는데 그것은 레위기 25장에 나옵니다. 50년마다 땅을 본 주인에게 돌려주고 노예를 해방하는 것입니다. 50년마다 기득권을 포기하라는 것입니다. 50년 동안 축적해온 것을 남들과 나누어서 평등하게 만들라는 것입니다. 예수의 기본 가르침이 언덕을 내리고 골짜기를 메워서 평등하게 하는 일 아닙니까?

이 말씀에 비추어 보면 정신대 할머니들은 50년이 되는 지금 반드시 그들의 인권이 회복되고 배상을 받아야 합니다. 그들은 실제로 가난하고 눈먼 사람들과 같이 왜 자기네가 일생동안 슬프고 괴롭게 살았는지 모르고 있었습니다. 이 사회가 여자를 성의 희락용으로 사용하는 가부장 문화이기 때문에 그 여성들이 희생당한 것입니다. 예수를 따른다는 우리는 그처럼 억울한 사람이 기를 펴고 온전한 삶을 회복할 수 있도록 하기 위해 일해야 할 것입니다. 예수께서 골고다의 언덕을 오르실 때에 통곡하던 여성들에게 하신 말씀이 있습니다. "예루살렘의 여인아 나를 위해 울지 말고 너와 너의 자녀들을 위해 울라"(눅 23:26-28). 제가 집에서 아이들을 기르고 있을 때는 이 말씀을 아이 잘 기르라는 말씀으로 이해했었습니다. 그러나 오늘 우리에게는 우리 주변의 문제와 후세를 위해 일하라는 말씀으로 들립니다. 우리 주변에서 울고 있을 여인들을 위해 또 우리 후세들에게 이런 억울한 일이 일어나지 않게 하도록 우리는 일해야 할 것입니다. 바로 내 이웃에 있는 억울한 여인의 인권을 회복시키기 위해 힘써 일하는 것이 예수를 기쁘게 하는 일일 것입니다.

여성신학은 하나님의 미래에 비추어서 오늘을 바로 고쳐가는 삶입니다. 하나님이 관심하시는 일을 위해 사는 것입니다. 오늘 50년 세월을 울며 살아온 정신대 할머니들을 위해 우리를 부르시는 하나님께 응답하는 삶이 되시기를 바랍니다.

1993-04-23

우인이 25주기

오늘이 바로 우인이가 떠난 지 만 25년이 되는 날이다. 해마다 하듯이 기일인 오늘 우인이한테 가자던 남편이 아침에서야 내일 할 일이 준비가 아직 되지 않았다면서 내일 오후에나 가잔다. 언제나 날짜를 정확히 지키던 것은 아니니까 오늘이나 내일이나 상관은 없다. 딸을 묻어놓고 해마다 두세 번씩 다녀오기를 25년째 하고 있다. 25년이니 은주기라고 해야 할까? 금주기까지는 내가 못 보겠지. 참 오랜 세월이 흘렀는데 나는 25년 전에 머물러 있는 것 같다. 우인이가 없다는 것밖에 무엇이 달라졌나? 그 긴 세월의 회오리 속을 헤매다가 결국 나는 이제야 제자리로 돌아오는 것이 아닐까? 우인이가 떠나면서 시작된 내 방황은 여성 의식화, 여성신학, 여성운동, 인권운동, 민주화운동, 정당 활동, 정권 교체를 지나는 동안 나도 모르는 소용돌이 속으로 휘몰아쳐졌다. 이제서 내가 설 자리가 아닌 정당을 떠나야겠다는 생각을 굳히면서, 은퇴가 가까운 나이에 목사 안수를 받는 것도 마땅치 않다는 결론을 내리게 되었다. 그러니 25년 만에 고향으로 돌아오는 길이라고 해야 할까? 인생이 얼마나 길다고 25년이나 방황하고 나서 무엇이 남아 있겠나? 그래서 할 말이 없으면 인생은 공수래공수거를 읊어대나 보다.

그동안에 초등학교 6학년이던 아들은 중, 고등학교, 대학교를 거쳐 결혼도 하고, 군대도 마치고, 박사학위를 받고, 박사 후 과정을 3년이나 했다. 며느리가 들어오면서 우인이가 비워놓았던 식구 수를 채우더니 아들 딸 낳아 4식구로 분가했다. 초등학교 1학년이던 딸이 커서 언니 나이를 지나면서 우인이가 뚫어놓은 내 가슴에 가장 친하던 친구였던 딸 우인의 자리를 채우기 시작했다. 그 애도 벌써 오래 전에 결혼해서 사위가 식구 수를 더 늘려 놓았다. 딸은 한국에서 신학석사를 하고 다시 미국에서 석사를 마치고 있고, 사위도 신학석사를 마치고 있으니 이제는 자기들 인생을 살아 갈 사람들이다. 그 식구들이 다 미국에 있으니 집에는 두 식구만 덩그맣게 남아 있다. 그 애들이 결혼해서 집에서 살았으니 방방이 그 애들 살림이고, 우리는 꼼짝없이 집지기가 되어 버렸다. 그 애들이 언제 돌아와서 같이 살아주려나 기약 없이 기다리면서, 또 언제 우리가 여기를 떠나야 할지를 전연 예측하지 못하면서, 그래도 하루하루 열심히 살자고 다짐하고, 또 무엇을 열심히 해야 할지도 모르면서도 건강하게 살기를 바라면서, 날들이 자꾸자꾸 지나간다.

나의 첫딸로 태어나서 13년9개월 밖에 살지 못한 우인이가 너무 아까워서 그 애 것은 무엇이나 남겨두고 싶었다. 죽은 아이 것이라고 다 태워버리라고들 했지만 그 애가 미국에서부터 가져왔던 클라리넷, 들고 다니던 가방, 하와이에서 사서 즐겨 입던 옷, 내가 만들어 입혔던 옷들, 스케이트, 눈 속에 입는 옷, 뇌수술 후에 오른 손의 마비가 풀리지 않아서 왼손으로 그려 쓴 한글 공책, 그 애가 떠난 다음에 그전 슬라이드를 모두 사진으로 빼서 만들어 논 사진첩…. 금방이라도 그 애가 내 앞에 서 있을듯하게 그 애와의 이야기들을 안고 있는 그런 것들이 집안 구석구석에 25년이나 그대로 있다. 그 애 장례 때 들어온 조의금은 하나도 쓰지 않고 두었었다. 미국에서 남편이 목사로 시무하던 교회에서 우리가 귀국한 후 일 년 동안의 의료보험을 들어주었는데 거기서 우인이의 병원 비용이 전부 나왔다. 또 남편이 안수 받은 미국장로교회의 은급재단에서 딸의 사망에 따른 지원금이 나왔다. 그 돈을 모두 합하니 2백만 원이 되었다. 그 때 마침 팔당댐 건너편 퇴촌에 임야 46,000여 평이 나왔기에 우인이 몫으로 그 땅을 샀다. 거기에다 우인이 이름으로 목사 가족 수양 시설을 만들면 좋겠다는 생각이었다.

우리 가족이 미국에 살 때 남편이 거기서 안수를 받으니 여름휴가 중 한 주는 목사 수양관에 의무적으로 참가해야 했다. 그때만 해도 우리나라에는 그런 시설이 없던 터라 버지니아주 산골에 있는 그 수양 시설이 그렇게도 인상적이었고, 우리나라의 목사들을 위해서 그런 시설이 있으면 얼마나 좋을까 하고 부러워했었다. 미국장로교회 교단에서는 목사 안수 받은 지 5년부터는 그 프로그램에 초대되고 수강한 과목은 목사의 연장 교육으로 평가된다. 부인은 부인대로, 아이들은 아이들대로 프로그램이 있어서 온 가족이 한 주간의 수양회를 멋지게 보낼 수 있다. 목사 부인과 아이들이 목사 가족이라는 특수상황에서 당면하는 문제들을 어떻게 해결하느냐는 구체적인 프로그램과 오락이나 전체 공동체 행사 등으로 심신이 새롭게 되는 수양 프로그램에 매료되었던 경험이 지금도 생생하다. 그런 꿈을 가지고 그 땅을 둘러보며 '무슨 나무를 심을까, 길은 어디로 낼까' 하는 나의 생각과는 다르게 관리하는데 어려움이 뒤따랐다. 그 땅을 판 사람은 양도세 때문이라며 등기 이전을 미루면서 그 근처에 있는 그 집안사람이 관리한다고 드나든다는 말이 들려왔다. 게다가 우리는 희년신학으로 기득권을 포기해야 한다는 생각을 하게 되었고, 땅은 농민에게 필요한 것이지 우리처럼 서울에서 직업을 가지고 바쁘게 사는 사람이 가지고 있는 것은 재산 증식을 위한 투자라는 인식을 하게 되었다. 결국 희년신학 대로 살려면 그 땅을 차지할 수 없다는 생각에서 그렇게 좋아하던 그 땅을 팔아야 했다.

3년 장기 예금을 했더니 1000만 원이 되었는데 1981년에 우리가 집을 이사해야 해서 그 돈을 빌려 썼다. 그 때는 은행 금리가 비쌌기 때문에 그 이자로 월 20만원을 내야겠다고 생각하고 기독교여성연구원을 차려서 간사의 비용으로 썼다. 거기서 『한국기독교여성100년의 발자취』라는 책을 출판하는 프로젝트에 인쇄비로 420만원을 지급하였다. 그런데 그 책이 출판되자 그 책에 우인이 돈이 들어갔다는 말이 한마디도 없어서 남편은 무척 섭섭했던 모양이었다. 그 후에 여성연구원을 다른 사람이 맡아서 몇 년 하다가 그만 두게 되고, 나는 여신학자협의회의 총무를 맡아서 겸직을 할 수 없게 되자 연구원은 문을 닫게 되었다. 그 때 그 책과 자료들은 여신학자협의회에서 인수하고 그 책 수입은 연구 작업을 계속하는 기금을 위한 자료 계정을 따로 두기로 했었다. 그 나머지 기금은 여성단체연합이 들어 있는 사무실의 전세금으로 들어갔다. 몇 년 후에 여성단체연합은 우인이 기금을 희사하였다고 우인이를 기리는 뜻에서 기념 동패를 만들어 걸으면서 박우인 기념 예배를 드렸는데, 아빠는 오지 않고, 딸 여라와 사위 범현이가 참석했었다. 지금도 여성단체연합 사무실 벽에 그대로 걸려 있는지 가본다 하면서도 그렇게 들르지를 못한다.

금년이 우인이 25주기인데 그냥 지내기가 섭섭해서 우리 교회에

주일 헌화를 신청했다. 남편은 우인이 25주기 기념으로 한신에 장학금을 1000만 원 냈다. 그 때 100년사 인쇄비를 내고서 이름 없이 지나간 것이 못내 섭섭했던 모양이다. 나는 우인이의 기금이 책 출판비와 한국여성단체연합의 밑거름이 되었던 것으로 이미 끝났다고 생각했었는데 같이 살아도 이렇게 생각이 다르다. 헌화를 9월 첫째 주일에 신청해 놨는데 마침 남편이 설교를 맡게 되어서 한 주간을 당기기로 했다. 그런데 하필이면 내가 그 주일에 외국인노동자교회의 설교를 맡아서 우리 교회를 가지 못했고, 헌화도 볼 수 없었다. 지난 주일에 교회 사무실에 가서 그 꽃값을 냈는데 "아유, 사모님이 그 꽃 보시고 위로 받으셔야 했는데…" 하며 사무집사가 안타까워했다.

예배 후에 집에 와서 남편이 설교하느라고 입었던 정장을 갈아입고 우인이 묘에 가서 꽃을 놓았다. 우리가 네 곁에 묻힐 날도 멀지 않으리라. 여라에게 우리를 거기에 묻어달라고 부탁해 놓았다. 그래야 우리를 보러 오는 아이들이 우인이 묘도 들여다 볼 테니까. 25년 동안 파주도 많이 변했다. 강산이 두 번 반이나 바뀔 세월인데다 개발의 박차를 가했으니 엄청난 변화일 수밖에. 차만 지나가면 먼지가 뽀얗게 피어나던 비포장도로가 고층 아파트 거리가 되었다. 우인이를 처음 묻어 놓고는 이 근처로 이사를 올까하는 생각도 했었는데 그 긴 세월이 어제인 듯 스러져 버렸다. 그래도 우인이는 언제나 내 눈 앞에 서성거리고 내 입에서는 우인이 이름이 곧잘 튀어 나온다. 아이들을 부르려면 의례 우인이 상호 여라가 한꺼번에 나와 엄마는 아직도 우리를 구별 못하느냐는 소리를 듣곤 한다. 그래도 내 마음 속에 자리 잡은 우인이는 은행계좌를 만들 때 비밀번호를 대라면 그 애 생일이 툭 튀어 나오고, internet

주소를 넣는데도 우인이의 영어 이름 winnie가 비밀번호를 차지했다.
내 숨이 붙어 있는 날까지 우인이는 그렇게 함께 살겠지.

1999-09-04

성령이 이끄시는 삶
(여성교회 설교)
욥 28:12-28, 행 17:16-3, 요 8:31-38

지난 주간 우리 집에는 일본에서 온 40대의 여자가 머물러 있었습니다. 전에 우리 딸이 있을 때 와서 머물렀던 딸의 친구인데 딸의 방이 비어 있으니 필요하면 이용하라고 했더니 이 주일 만에 또 온 것입니다. 한국을 좋아하고 한국에 오면 굉장히 신이 난다고 합니다. 그 사람들 습관대로 조그마한 선물을 가져왔는데 매실을 넣은 젤리와 찹쌀떡입니다. 딱 한 입에 들어갈 만한 분량인데 젤리를 넣은 용기에, 그 용기를 봉한 비닐, 그것을 다시 종이접시 받침에 담아서 4개를 종이 상자에 넣어서 예쁜 종이로 포장을 했습니다. 결국은 젤리 한 입 먹느라고 쌓인 쓰레기에 놀라고 말았습니다. 이러니 쓰레기를 어찌 감당할까 싶더군요. 환경을 생각한다면 그렇게 많은 쓰레기를 만드는 포장은 하지 않을 것입니다. 우리들의 하루하루 삶 속에서 우리는 얼마나 환경을, 자연을 살리는 생활을 하고 있는지를 다시 생각하게 되었습니다. 예쁜 포장으로 선물을 주는 마음도 소중하겠지만 자연을 살리는 살리미가 되는 것이 더욱 소중하다는 생각 때문에 포장쓰레기를 보는 마음은 안타까웠습니다.

세 본문을 생각하는데 예수께서 "진리가 자유롭게 하리라."는 요한 복음의 본문이 마음에 닿습니다. 어떤 진리를 알게 된다는 것입니까?

"너희가 내 말을 마음에 새기고 산다면 너희는 참으로 나의 제자이다. 그러 면 너희는 진리를 알게 될 것이며 진리가 너희를 자유롭게 할 것이다."

유다인들은 이 말을 듣고 자기들은 노예가 아닌데 왜 자유롭게 된 다고 하느냐고 반문합니다. 위의 이야기 속에서 저는 포장의 노예와 살리미의 자유를 봅니다. 음식을 버리지 않고 자연을 살리려는 살리미 의 일은 자유한 사람의 삶입니다. 누가 시켜서 그런 일을 하겠습니까? 예수의 말을 마음에 새기고 사는 제자는 하느님이 원하시는 일을 생각 하기에 자유로워집니다. 진리가 너희를 자유롭게 하리라는 말을 우리 는 많이 들었습니다. 그런데 과연 어떤 진리가 나를 자유롭게 하겠습니 까?

오늘 욥기 본문에서는 욥의 세 친구중의 하나인 소바르가 지혜와 슬기를 찾아다니는 인간의 노력을 열거합니다. 땅 위에도, 물 속에도 없는 지혜, 금 은 보석으로도 구할 수 없는 지혜, 그 어느 값진 보물에 도 비할 수 없는 지혜입니다. 사람이 아무리 지혜를 찾아 헤매어도 찾 을 길이 없는데, "주를 두려워하는 것이 곧 지혜요 악을 싫어하는 것이 곧 슬기다"라고 합니다.

주를 두려워하는 것, 하느님을 두려워하는 것, 하느님을 경외하는 것이 바로 지혜라는 것입니다. 그리고 악을 싫어하는 것이 바로 슬기라는 것입니다.

욥과 세 친구는 길고 긴 변론을 끌고 가는데 소바르는 하느님을 두려워하는 것이 바로 지혜라고 하느님께서 말씀하셨다고 결론을 내립니다. 예수의 말씀을 마음에 새기는 사람은 바로 하느님을 두려워하는 사람이요 지혜 있는 사람입니다. 하느님을 두려워하기에 하느님이 원하시는 일을 하는 살리미가 되려는 것입니다. 살리미는 지혜로운 사람이요 진리를 아는 사람입니다.

또 사도행전에서 바울로는 아테네를 돌아보고 도시가 온통 우상으로 가득 차 있는 것에 격분했습니다. 그러나 우상으로 가득 찰 만큼 지혜를 찾아 헤매는 아테네 사람들로 볼 수도 있습니다. 아테네의 철학자들은 예수의 부활을 말하는 바울로를 이해할 수 없었습니다. 단순한 떠버리 같기도 하고 다른 나라의 신을 이야기 하는 것도 같아 도무지 이해할 수 없으니 더 설명해주기를 바라면서 바울로를 아레오파고 법정에 데려갔습니다. 아테네 사람들과 거기 살고 있던 외국인들은 새 것이라면 무엇이나 듣고 이야기하는 것으로 세월을 보내는 사람들이었습니다. 바울로는 거기서 예수를 증언합니다.

"… 내가 아테네시를 돌아다니며 여러분이 예배하는 곳을 살펴보았더니 '알지 못하는 신에게'라고 새겨진 제단까지 있었습니다. 여러분이 미처 알지 못한 채 예배해온 그분을 이제 여러분에게 알려 드리겠습니다. 그분은 이 세상과 그 안에 있는 모든 것을 만드신 하느님이십니다. 그분은 하늘과 땅의 주인이시므로 사람이 만든 신전에서는 살지 않으십니다. 또 하느님에게는 사람의 손으로 채워드려야 할 만큼 부족한 것이라고는 하나도 없으십니다. 하느님은 오히려 사람에게 생명과 호흡과 모든 것을 주시는 분이십니다. 하느님께서는 한 조상에게서 모든 인류를 내시어 온 땅 위에서 살게 하시고 또 그들이 살아갈 시대와 영토를 미리 정해 주셨습니다. 이리하여 사람들이 하느님을 더듬어 찾기만 하면 만날 수 있게 해주셨습니다. 사실 하느님께서는 누구에게나 가까이 계십니다."

제가 1997년 여름 아테네에 갔을 때 관광명소가 되어 있는 그 법정 자리에 가보았습니다." 여기가 바로 바울이 변론하던 그 유명한 아레오파고 법정입니다."라고 하던 안내원의 말이 생각납니다. 지금은 다 폐허가 된 곳이지만 거기서 예수를 증언하느라 변론하던 바울의 모습을 그려볼 수 있습니다. 오직 예수를 전파하기 위하여 이방으로 나가서 낯선 곳을 찾아다니며 예수를 증언한 바울은 바로 진리를 알게 되어 자유로워진 예수의 제자입니다. 또한 하느님을 두려워하는 지혜로운 사람이며 하느님을 더듬어 찾아서 만나고 하느님이 가까이 계심을 믿고 사는, 성령이 이끄시는 삶을 사는 사람이었습니다.

바울은 알지도 못하는 신에게도 예배하는 아테네 사람들에게 예수의 복음을 전하려는 간절한 마음으로 하느님을 알려주면서 "사람들이 하느님을 더듬어 찾기만 하면 만날 수 있게 해주셨습니다. 사실 하느님께서는 누구에게나 가까이 계십니다."라고 말합니다. 아테네 사람들은 수많은 신들을 만들고, 신들을 찾아다녔습니다. 그래도 자기들이 신을 바로 찾았다는 확신이 없었던 것입니다. 그래서 '알지 못하는 신'에게까지 예배하는 불안한 상태였습니다. 바울은 수많은 우상을 두고도 하느님을 알지 못하는 아테네 사람들에게 복음을 전했습니다. 사람들이 더듬어 찾기만 하면 만날 수 있는 분, 누구에게나 가까이 계신 분임을 증언했습니다. 그러한 바울의 증언을 듣고 아레오파고 법정의 판사와 디오니시오(최초의 아텐 감독, 순교자)를 비롯하여 다마리스라는 여자와 그 밖에도 몇 사람들은 예수를 믿게 되었습니다. 그 중에서도 디오니시오라는 사람은 아테네에서 최초의 감독이 되었고 예수를 믿는 신앙 때문에 순교하였습니다. 진리를 알게 되고 진리로 자유로워진 사람이요, 하느님을 더듬어 찾아 만났고, 가까이 모시고 산 사람의 모습입니다. 성령이 이끄시는 삶이 아닐까 생각합니다.

저는 때때로 제가 생각지도 못한 일이 일어났을 때 성령이 역사하심이라고 믿고 감격합니다. 여성 평화의 집을 살 때도 몇 년 씩이나 끌면서 집을 마련하지 못하던 일을 제가 이사장을 하면서 해냈습니다. 저는 3년간 오고 간 편지를 다 읽고 그간의 문제를 파악한 후에, 밤도 낮도 없이 그 프로젝트에 매달렸습니다. 그 때 막 컴퓨터를 배우면서 정성을 다해 편지를 썼습니다. 9개 단체가 사무실을 마련하는 일이니 우리의 상황을 간절히 호소하는 편지를 쓰고 독일 후원단체에 팩스로 보내면 다음날 회답이 오고 그 회답에 따라 일을 진행하고 집 보러 다니고, 사람 만나는 일, 은행과의 거래 등, 내가 도저히 감당하기 어려운 일들을 고비고비를 넘기면서 마치 누가 옆에서 거들어주듯이 얽힌 일들이 풀려가는 것을 보며 감격하던 느낌이 지금도 새롭습니다.

여성교회는 하느님을 우리의 창조주로 고백하며 그 하느님이 창조하시고 좋아하신 창조질서를 회복하려고 살리미가 되기로 하였습니다. 여성교회야말로 예수의 말씀을 마음에 새기고 하느님을 두려워하는 지혜로운 사람들의 공동체입니다. 악을 미워하는 슬기로운 사람들의 공동체입니다. 살리미가 되기로 한 여성교회는 이미 바울이 말한 대로 하느님이 가까이 계심을 고백하는 사람들입니다.

오늘 우리는 예수의 살과 피를 나누는 성만찬을 받을 것입니다. 예수의 피와 살을 나누는 자리입니다. 예수께서는 "나의 말을 마음에 새기고 산다면 참으로 내 제자가 될 것이고 그러면 너희는 진리를 알게 될 것이며 진리가 너희를 자유롭게 할 것이다." 하셨습니다. 살리미는 예수의 제자이고 예수의 제자는 진리를 알게 되고 자유로워진 사람들입니다. 하느님의 성령이 우리의 삶을 이끌어 주시기를 바라면서 성만찬을 받는 여성교회 위에 하느님의 은총이 함께 하시기를 축원합니다.

2004-07-04

장애우
(「새가정」 기고)

어느 아파트 단지 내에서 장애우 시설이 들어오는 것을 반대하기 위해 주민들이 시위를 하며 이사 오는 것을 막았다는 이야기가 있다. 이런 이야기는 처음 듣는 이야기가 아니다. 장애우 시설이 들어오면 아파트 값이 떨어진다는 것이고, 장애우와 가까이 지나거나 함께 살기를 거부한다는 것이리라. 그런데 반대하는 사람들 중에는 교회에 열심히 다니는 권사들도 있다고 한다. 굳이 거기에 권사들을 언급한 것은 분명히 권사가 끼어서는 안 될 자리라는 뜻이 담겼을 것이다. 적어도 교회에 다니는 사람은 어려운 사람의 편에 서야 한다는, 서기를 바라는 사람들의 마음을 뜻하는 것이다. 도대체 교회에서 어떻게 가르치기에 그 권사들이 장애우의 이웃이 되기를 반대하는 시위에 동참하는 것일까?

요즈음은 장애인을 장애우라고 표현한다. 병신에서 불구자로, 불구자에서 지체부자유자, 그 다음에 장애인으로 바뀐 지도 얼마 되지 않는다. 중국에서는 잔질인殘疾人이라고 한단다. 장애우라는 표현이 잔질인보다는 낫고, 장애인보다 훨씬 친밀감이 느껴져서 좋다. 사용하는 어휘가 이렇게 바뀐 것을 보면 사회적인 이해도 많이 바뀐 것 같다. 내가 어릴 때는 병신이라는 말을 많이 썼다. "병신같이", "병신 육갑하네" 따위의 말을 아무 거리낌 없이 썼었다. 우리 옆집에 일어서지도 못하고 전신을 바닥에 깔고 살던 아이가 있었다. 학교에도 못가고 얼마나 답답할까 싶은데 온 집안 식구들이 귀찮아하면서 구박하는 것이 무척 안쓰러웠다. 그리고 길가에 벙어리며 장님이 많았어도 그저 그런가 보다 하고 살았다.

27년 전에 나는 15살인 만딸의 뇌수술을 앞두고, "이 아이가 반신 불수가 될지도 모른다."는 의사의 말을 들으면서 벌벌 떨리는 손으로 수술 승낙서에 서명을 했다. 남편이 그 시간에 병원에 올 수 없었기 때문에 엄마인 내가 서명을 하는데, 우선 살려야겠으니 수술을 허락할 수밖에 없었다. 수술은 성공적으로 끝났다고 하는데, 아이는 오른팔을 전혀 쓰지 못하게 되었다. 차츰 회복될 것이라고 했지만 밥도 왼손으로 먹어야 하고 글씨도 왼손으로 익히느라 애쓰는 것이 애처로웠다. 왼손으로 무거운 책가방을 들고 몸이 비뚤어지도록 힘들게 걸어가던 모습이 지금도 눈에 선하다. 수술 후에 8개월을 살았는데, 나중에는 목 아래로 모두 마비되어 전혀 몸을 가누지 못하였다. 그 아이가 떠난 후에 길에서 장애우를 보면 마음이 아려오고 혹시나 넘어질까 봐 얼마쯤 따라가며 걱정하곤 하였다. 저 엄마는 얼마나 마음이 아프고 쓰릴까 하고 함께 아팠다. 내 자식이 몸을 마음대로 쓰지 못하던 것을 보고 아파했던 마음이 장애우의 아픔을 내 몸으로 느끼게 해 준 것이다. 그 후로는 병신이라는 말을 쓰지 않으려고 노력하게 되었다. 어쩌다가 무심코 "병신같이" 라는 소리를 하고는 소스라치게 놀라서 자책하게 되었다. 본인들이 그 말을 들을 때 얼마나 가슴이 아프랴. 그 즈음에 우리 이웃에 등이 굽은 선배 언니가 있었다. 어릴 때 아이 보는 이의 등에 업혔다가 떨어져서 다친 것이 척추가 굽어진 것이란다. 그 언니와 시장에 가면 사람들이 슬금슬금 피해가며 곁눈질하는 것을 느끼게 되었다. 언니가 그 눈길을 의식할 것이 너무나 마음 아팠다. 저런 눈길을 평생 받고 살았을 것을 생각하면 그 언니가 참으로 위대해 보였다. 나는 일부러 그 언니 손을 잡고 크게 이야기하며 지나갔다. 자꾸만 그 언니에게 마음이 쓰여서 어디라도 같이 가자고 했고 더욱 가까이 지내게 되었다.

예수께서 지금 여기 계시다면 무슨 말씀을 하실까? 요한복음 9장 1절에는 예수께서 소경으로 난 사람을 만나신 이야기가 나온다.

"선생님, 저 사람이 소경으로 태어난 것은 누구의 죄입니까? 자기의
죄입니까? 부모의 죄입니까?"
"자기 죄 탓도 아니고 부모의 죄 탓도 아니다. 다만 저 사람에게서
하나님의 놀라운 일을 드러내기 위한 것이다."

제자들은 사람이 죄를 지으면 벌을 받아서 장애우가 된다고 생각하였던 모양이다. 지금 우리도 흔히 그렇게 생각한다. 무슨 불행한 일이 생기면 벌을 받아서 그렇다고 설교하는 사람도 있다. 그러나 예수의 대답은 부모의 죄도, 본인의 죄도 아니고, 하나님의 놀라운 일을 드러내기 위함이라고 하셨다. 하나님의 놀라운 일을 드러내는 것을 하나님의 영광을 들어내기 위함이라고 해석하기도 한다. 예수께서는 이 사람의 눈을 뜨게 해주셨다. 사람들이 눈 뜬 그 사람을 보고 놀라서 야단이었다. 하나님의 놀라운 일이 드러나니 사람들이 놀라워했다.

우리의 일상생활에서 어떻게 하면 하나님의 영광이 드러나게 할 수 있을까? 장애우가 바로 그 장애 때문에 사람들로부터 후한 대접을 받고, 불편한 몸에 도움을 받고, 어려움 없이 살 수 있는 세상이 된다면 그것이 바로 하나님께 영광을 돌리는 일이 아닐까? 장애우를 통해서 장애가 얼마나 불편하고 힘 드는 상황인지를 알게 되고, 그래서 그 어려움과 불편을 덜어주기 위해 일하는 사람들이 생기고, 도움을 주고받으며 서로 흐뭇한 사랑을 경험하고, 그 사랑은 또 불어나서 사랑이 번져가고… 그러면 하나님께서 영광을 받으시리라.

TV에서 팔 다리가 하나도 없이 몸통만 있는 일본인 장애우를 본 일이 있다. 그는 아주 해맑은 웃음을 웃으며, 입에다 붓을 물고 누구 못지않은 훌륭한 그림을 그리는 것을 보았다. 아무것도 할 수 없을 것 같은 몸의 장애를 딛고 일어서서 다 갖춘 사람보다 훨씬 더 멋지게, 신나게 살고 있었다. 그리고 전 세계의 장애우들의 모범이 되어 사람들로부터 존경과 사랑을 온 몸에 받고 있는 것이었다. 이 얼마나 아름다운 인간 승리인가? 이런 것이 바로 하나님의 영광을 드러내는 것이 아닐까?

아침에 소경을 보면 그날 재수 옴 붙었다고, 재수 없다고 침을 탁 뱉는 사람이 있다. 그것이 우리 문화의 현실이다. 장애우를 박대하고 천시하는 사회는 약자를 억누르는 사회이다. 내가 여성 의식에 눈을 뜨게 되고, 여성들이 세상에서 약자로서 억압당하는 현실을 알게 된 후에는 여성뿐이 아니라 누구든지 천부의 인권을 누리지 못하고, 억울하게 사는 사람의 문제를 여성 문제와 동일시하게 되었다. 변두리로 밀려나는 사람들은 다 중심에서 휘두르는 사람의 횡포를 당하게 된다. 여성 문제로 아픈 마음이 이 사회의 가진 자의 횡포에 밀려난 사람들과 함께 아파하는 마음이 된다. 변두리로 밀려나는 사람들이 사람다운 대접을 받는 세상이 되면 그것이 바로 예수께서 바라시는 참 좋은 세상이다. 예수께서는 사회에서 밀려나는 사람들이 사람 대접받는 세상을 만들어가기를 원하신다. 예수를 믿는다고 고백하는 사람은 예수께서 관심하던 모든 사람에게 관심을 가져야 할 것이다.

우리나라에, 이 세상에 수많은 장애우들이 그런 관심을 기다리고 있다. 장애우는 바로 하나님이 하시는 일을 드러낼 사람들이다. 그들을 나와 똑같이 소중한 사람으로 존중하면서, 그들이 장애우이기 때문에 더욱 대접 받고 신나게 살 수 있는 세상을 만들어 가는 것이 여성신학을 사는 삶일 것이다. 여성신학뿐만 아니라 모든 신학의 길은 예수께서 만들려고 하신 차별 없는 세상, 하나님의 영광이 드러나는 삶으로 이어져야 하리라.

2002. 2.

막달라 마리아
(「새가정」 기고)

얼마 전에 고등학교 동문회 게시판에 '막달라 마리아'에 대한 이야기가 나왔다. 교회에 다니지 않는 친구가 '간음하다 현장에서 잡힌 여인'을 막달라 마리아로 표현한 일이 있어서 그 여인은 막달라 마리아가 아니라고 밝혀주었다. 그랬더니 자기가 알고 있는 것에 자신이 없어서 교회 다니는 친구들에게 여러 번 확인해서 쓴 것이라고 하면서 막달라 마리아에 대해 자세히 알고 싶어 했다. 그 친구뿐만 아니라 막달라 마리아에 대해서는 오해도 많고 말도 많다. 찬송가에도 막달라 마리아가 향유 부은 여인이라고 써 있어서 그 찬송을 부를 때마다 걸리곤 한다. 향유 부은 여인에 대하여는 베다니 동네의 시몬의 집에 들어온 어떤 여자(마 26:6-13, 마 14:3-9)이거나 베다니의 마리아라는 기사(요 12:1-8)가 있고, 죄 많은 여인이라는 기사(마 7:36-50)가 있을 뿐이다. 근래에 여성신학자들 간에 막달라 마리아에 대한 연구가 많으니 살펴보기로 하자.

막달라 마리아의 이름은 복음서에 12번 나오는데 누가복음 8장 3절을 제외하고 11번은 다 예수의 죽음과 무덤에 묻힐 때와 빈 무덤과 부활에 관한 기사에 나온다. 누가복음 8장 1-3절에는, "그 뒤에 예수께서는 여러 도시와 마을을 두루 다니시며 하나님의 나라를 선포하시고 그 복음을 전하셨는데 열 두 제자도 같이 따라 다녔다. 또 악령이나 질병으로 시달리다가 나은 여자들도 따라 다녔는데 그들 중에는 일곱 마귀가 나간 막달라 여자라고 하는 마리아, 헤로데의 신하 쿠사의 아내인 요안나, 그리고 수잔나라는 여자를 비롯하여 다른 여자들도 여럿 있었다. 그들은 자기네 재산을 바쳐 예수의 일행을 돕고 있었다."라고 나온다.

여기서 처음으로 막달라 지방의 마리아가 '일곱 마귀가 나간 막달라 마리아'로 등장한다. 일곱 마귀는 요즈음 용어로는 정신병이라 할 수 있을 것이다. 정신병은 대개 머리가 좋고 예민한 사람들이 걸린다고 한다. 자기의 이상과 현실이 맞지 않을 때, 어처구니없이 부당한 대우를 받을 때, 인생의 문제를 놓고 씨름할 때, 사람이 감당할 수 없는 한계에 부딪히면 더 이상 견디지 못하고 정신이 나갈 수 있고, 미칠 수 있다. 여기서 일곱 마귀라는 것은 막달라 마리아가 얼마나 여러 가지 인생 문제로 시달렸는지를 알 수 있다. 악령이나 질병으로 시달리던 여자들이라고 했으니 막달라 마리아는 분명히 육체적인 질병이 아니고 정신적인 고민이었을 것이다. 그렇게 인생을 고민하던 마리아가 예수를 만나 참 인생의 길을 찾은 것이다.

위의 본문을 보면 여자들의 이름이 셋이나 나온다. 여성들은 사람의 숫자에도 끼지 못하던 시대에 그들의 이름이 밝혀졌을 뿐만 아니라, 그들의 재산을 예수 일행을 돕는데 쓰고 있다는 기사이다. 예수에 의해 해방된 여성들은 막달라 마리아와 같이 새로운 인생을 찾았다. 자기들을 살려낸 예수를 위해서라면 아까울 것이 없는 사람들이었고 자기들의 삶의 의미를 찾았으니 그 얼마나 신나고 즐거운 삶이겠는가? 예수를 믿는다는 것이 얼마나 즐겁고 의미 있는 삶인지를 그들은 자신들의 삶에서 보여주고 있다. 그 여인들은 예수가 어디를 가든지 따라다니면서 그 일행이 필요한 것을 보급하고 예수의 교역에 동참한 예수의 파트너들이었다.

이 여성들이 바로 갈릴리에서부터 예수를 따라와서 예수가 골고다의 언덕을 오를 때 가슴을 치며 통곡하던 사람들이다. 예수가 로마 군인들에게 잡혀서 빌라도의 재판을 받고 형장으로 끌려갈 때, 예수의 제자로 선택받아 삼 년이나 예수와 함께 지내던 남자들은 요한을 제외하고는 다 도망가서 아무도 나타나지 않았다. 그런데 이 여인들은 바로 그 골고다의 길에서 예수의 억울한 죽음을 슬퍼하며 통곡한 것이다.

그들은 예수가 십자가에서 숨을 거둘 때, "멀리서 이 광경을 바라보고 있었고 거기에는 막달라 마리아도 있었다"(마 28:56, 막 15:40, 요 19:26). 예수의 시신을 무덤에 모실 때 "막달라 여자 마리아가 예수를 모신 곳을 지켜보고 있었다"(마 27:61, 막 15:47). 안식일 다음날 이른 새벽에 막달라 마리아가 무덤에 가보니 시신이 보이지 않아 베드로에게 달려가 알렸다(요 20:1).

빈 무덤 안에서 예수의 부활을 알리는 천사의 말을 듣고, "여자들은 예수의 말씀이 생각나서 무덤에서 발길을 돌려 열한 제자와 그 밖의 여러 사람들에게 와서 이 모든 일을 알려주었다. 그 여자들은 막달라 마리아와 …였다"(눅 24:10, 막 16:1, 마 28:1).

막달라 마리아에게 나타나신 예수(막 16:9, 요 20:18)의 기사까지

11군데에 막달라 마리아의 이름이 나온다. 여기서 그의 이름만이 여러 번 나오는 것을 보면 막달라 마리아야말로 그 여인들의 총지휘자가 아니었을까 싶다.

특히 요한복음 20장 11-18절에 상세한 상황 설명이 있다. 빈 무덤을 확인한 베드로가 그냥 돌아간 후에도 마리아는 무덤에 남아서 예수의 시신을 찾으려고 동산지기에게 간청하고 있었다. 그런데 부활하신 예수가 "마리아" 하고 부르셨다. 그 음성을 바로 알아들은 마리아는 "랍비여"하며 부활하신 예수를 확인하였다. 부활하신 예수는 3년이나 함께 지내면서 가르친 제자들을 제쳐두고 마리아에게 제일 먼저 나타나셨다. 또한 예수는 마리아를 자기의 부활의 증인으로 제자들에게 파송하신다. 마리아는 슬퍼하면서 울고 있는 제자들에게 가서 예수가 살아나셨다는 것과 갈릴리로 가서 예수를 만나라는 것을 전하였다. 이것을 교회의 시작이라 보는 학자도 있다.

엘리자베스 벤델이 쓴 『예수 주변의 여인들』의 Pistis Sophia에서 베드로는 "주님, 더 이상 이 여자에 대해 참을 수 없습니다. 이 여자는 우리들이 말할 기회를 모두 빼앗아 갑니다. 이 여자는 입을 다물 때가 없습니다."라고 예수께 호소하는 기록이 있다. 예수께 이 여자를 야단 좀 쳐달라고 호소하는 듯하다. 이 내용을 보면 마리아가 베드로의 잘못을 지적하였거나 베드로를 공격했던 것으로 보인다. 또 마리아 복음에는 "도대체 주께서는 여성과 비밀리에 만나셨다는 말인가? 왜 우리는 그녀로부터 그 모든 것을 들어야 한단 말인가?" 하고 베드로가 탄식하기도 한다. 이러한 자료들은 막달라 마리아가 얼마나 뛰어난 인물이었는지를 짐작할 수 있게 한다.

사도행전 2장 22-23절에 보면, 가룟 유다의 자리를 채울 사도의 자격에 대하여 다음과 같이 규정하고 있다. "예수께서 우리와 함께 하는 동안에 늘 우리와 함께 다닌 사람으로 부활을 증언할 수 있는 사람"이라고 한다. 막달라 마리아는 누구보다도 이 자격 요건에 합당한 인물이요, 마땅히 사도로 피택될 만한 사람이었다. 그러나 예수의 남자 제자들은 그러한 막달라 마리아를 사도로 선택하지 않고 마티아를 12사도에 끼워 넣었다. 그 때에 막달라 마리아가 사도로 선택되었더라면 지금 우리가 여성신학을 하지 않아도 되지 않았을까 하는 생각도 든다. 예수께서 해방시킨 여성들은 그의 제자들 시대와 바울의 시대를 지나면서 다시 성차별의 굴레 속으로 되돌아갔기 때문이다. 그리고 지난 2000년의 교회역사는 가부장적인 제도로 유지되어 왔다.

위에서 훑어본 대로 막달라 마리아는 예수의 복음으로 거듭난 삶을 산 사람의 본보기가 되고 있다. 예수를 따라 살려는 사람들에게 이런 좋은 본보기가 있다는 것은 얼마나 다행한 일인가. 새로운 삶을 개척하는 어려움을 거치지 않고 바로 따라 살 수 있는 막달라 마리아의 존재에 대하여 새삼스레 고마운 마음이 든다.

2002. 5.

예수의 오심
(「새가정」 기고)

12월이 되면 대림절이 시작된다. 예수의 오심을 기다리는 계절이다. 우리는 '왜 해마다 예수의 탄생을 기리면서 예수의 오심을 기다리고 있는가? 예수는 왜 세상에 오셨는가?'라는 질문을 하게 된다. 세상을 창조하신 하나님은 당신의 모습으로 사람을 만들고 이 세상을 돌보라고 맡기셨는데 그들은 하나님이 먹지 말라는 생명나무의 열매를 먹고 에덴에서 쫓겨났다. 이집트에서 종살이 하던 히브리인들이 못살겠다고 아우성치는 소리를 들으신 하나님은 그들을 구출하여 "나는 너희 가운데 살며 너희 하나님이 되고 너희는 나의 백성이 되리라."(레 26:12)고 계약을 맺으셨다. 그러나 이스라엘 백성은 끊임없이 하나님과의 계약을 어겼고 하나님은 계속해서 선지자를 보내시어 당신과의 계약을 지키라고 일러주시며 당신의 백성을 찾아오셨다. 마침내 하나님은 사람의 몸을 입고 이 세상에 오시게 된다.

바울은 그 성육신의 사건을 빌립보서 2장 6-7절에서 이렇게 설명한다. "그리스도 예수는 하나님과 본질이 같은 분이셨으나 굳이 하나님과 동등한 존재가 되려 하지 않으시고 오히려 당신의 것을 다 내어놓으시고 종의 신분을 취하셔서 우리와 똑같은 인간이 되셨습니다."

미국의 여성신학자 로즈마리 류터[Rosemary Ruether]는 그의 책, 『성차별과 신학』(Sexism and God-Talk, 안상님 역, 7-9쪽)에서 하나님의 성육신을 다음과 같이 이해한다.

"모든 등급의 천사들이 끊임없이, 오로지 그에 대해서만 찬양하고 있는 동안에도 하나님 아버지는 자기 뜻이 땅 위에서 이루어지도록 하지 못하고 있다는 자신의 무능력에 대해 좌절을 느끼고 있었다."

"그들은 나를 아버지 혹은 통치자 등으로 부르면서 내가 하늘나라를 다스리듯이 그들이 지상을 다스릴 권력을 요구한다. 그들의 발아래에는 온갖 등급의 노예들이 마치 천사들이 내 앞에서 절하는 것과 똑같이 절을 하지. 남자는 나를 따라서 지상에서 여자에게 그들의 자리를 가르친다…."

"예전에 나는 신이 되는 또 다른 방식들을 알고 있었다. 강자들을 그들의 권좌에서 끌어내리고 억압당하는 자들의 편에 서며 갇힌 자들을 감옥에서 풀어주는 것이었지. 나는 신이 되는 이러한 방식들을 또다시 생각해봐야 되겠다…. 한 줄기 섬광이 하늘 한쪽 끝에서 다른 한쪽 끝으로 휙 스쳐지나갔다. 마치 유성처럼 순식간에 땅으로 사라져 갔다."

그 섬광은 땅에서 마리아의 수태로 이어진다. 남자 없이, 이제까지의 기득권을 가지고 지배자의 자리에서 이 세상을 잘못 이끌어 온 사람의 참여 없이 이루어지는 새로운 질서가 선포되었다. 20세기의 위대한 신학자라는 칼 바르트^{Karl Barth}는 그의 『교회교의학』 중 '크리스마스의 기적'에서 "성령으로 잉태된 처녀 탄생 사건에서 남성성은 완전히 배제되었다."고 썼다. 우리가 아직도 고치지 못하고 있는 가족법에 대해 유림이 반대하는 가장 큰 이유는 '남자의 씨'이다. 예수는 그렇게 위대한 '남자의 씨' 없이 처녀의 몸에 잉태되었다. 나는 여성 의식이 생기면서 예수가 남자 없이, 성령으로 잉태되어 여자의 몸에서 태어났다는 것이 그렇게도 신나고 좋았다. 후에 바르트의 책을 읽으면서 이 부분에 이르러 참으로 감격스러웠다. 내가 느꼈던 것을 남자 신학자의 글에서 발견한다는 것이 그리도 놀라웠다. 그리고 로즈마리의 글에서 성육신의 의미를 비로소 깨달았다. 신학교에서 성육신을 배울 때는 그저 막연하던 것이 "아하! 그래서 하나님이 사람의 몸으로 세상에 오셨구나!" 하고 하나님의 뜻을 깨닫지 못하는 사람을 위하여 오신, 예수의 오심이 분명히 내 마음 속에 각인되며 바울의 말(하나님의 자기 비우심)도 이해되었다. 그가 태어날 때에는 말구유에서 유대인이 아닌 동방박사들과 양치는 목동의 경배를 받는다. 이 세상에서 가장 낮은 사람의 모습으로 오신 하나님을 우리는 하나님으로 인식하지 못한다.

그가 나사렛 회당에서 두루마리를 읽으실 때 이사야 선지자의 글을 펴고 61장 1-2절을 선택하셨으니 그 유명한 나사렛 선언이다. 그것은 예수의 교역의 핵심이다. 예수의 삶과 가르침 전부가 이 말씀에 집약된다.

"주님의 성령이 나에게 내리셨다. 주께서 나에게 기름을 부으시어 가난한 이들에게 복음을 전하게 하셨다. 주께서 나를 보내시어 묶인 사람들에게는 해방을 알려주고 눈먼 사람들은 보게 하고, 억눌린 사람들에게는 자유를 주며 주님의 은총의 해를 선포하게 하셨다."

예수께서 두루마리를 말아서 시중들던 사람에게 되돌려 주고 자리에 앉으시
자 회당에 모였던 사람들의 눈이 모두 예수에게 쏠렸다. 예수께서는 "이 성
서의 말씀이 오늘 너희가 들은 이 자리에서 이루어졌다." 하고 말씀하셨다.
(공동번역, 누가 4장 18-21절)

그전에는 이 말씀이 그저 거기 해당되는 사람들에 대한 것이고 나
와는 별 상관없는 말씀으로 들렸었다. 그러나 여성의 입장에서 생각해
보니 바로 나 자신에게 해당되는 말씀이었다. 나는 남성이라는 기득권
이 없으니 가난하고, 여성이라는 성차별의 굴레에 묶여 있고, 남성이
앞을 막으니 그 뒤에서 앞이 보이지 않는 장애인이고, 가부장제에 억눌
려 있는 사람으로 예수의 기쁜 소식이 절실히 요구되는 사람이었다.
그리고 바로 예수의 복음으로, 여성신학의 해석을 통해서 새로이 들은
복음을 알게 되었다. 이 말씀에 예수께서 이 세상에서 하고자 하신 모
든 일이 포함된다. 가난한 사람은 돈이 없는 사람만 가리키는 것이 아
니다. 무엇이고 모자라는, 이 세상에서 살기 힘든 사람을 모두 포함한다.
　여자는 남자라는 성이 아니어서 남성이 누리는 기득권을 가지지 못
해서 가난한 사람들이다. 얼굴이 못생긴 사람들이 성형수술로 새로운
인생을 산다고 할 정도로 요즈음은 인물을 중요시하는 세상이니 잘 생
긴 사람은 그만큼 기득권을 가진 것이다. 공부를 못한 사람도, 건강이
모자라는 사람도, 나이가 많거나 어린 사람도 다 사회에서 소외된다.
나라나 지역이나 그가 태어난 곳 때문에 힘들게 사는 사람도 있다. 재

능이 없는 사람도 다 이 세상의 기준으로 보면 모자라는 사람이다. 그 모자라는 사람이 모자라는 것 때문에 불이익을 당하지 않는 세상이 된다면 그것이 기쁜 소식이다. 가부장제에 갇혀 있는 여성들이 예수께서 남자 없이 태어난 의미를 알고 거기서 벗어날 용기를 가지면 풀려날 수 있는 것이다.

성차별에 묶여 있는 사람들이 '성차별은 하나님이 원하시는 질서가 아니다'는 선언을 듣고 그 차별을 극복하면 해방되는 기쁨을 누리는 것이다. 앞을 볼 수 없던 장애인, 들을 수 없고, 걸을 수 없는 장애인이 복음을 듣고 그 장애를 뛰어넘어 새로운 삶을 살 수 있다. 그리고 희년, 50년마다 자기의 기득권을 포기하는 일을 선포한 것이다.

누가복음 19장에 보면 키 작은 삭개오가 예수를 자기 집에 모셔 들이고, 자기 재산의 절반을 가난한 사람에게 주겠다고 한다. 그때 예수께서 "오늘 네 집에 구원이 이르렀다."고 선언하신다. 유대인들의 미움을 받으며 세리장으로 기를 쓰고 모은 돈을 가난한 사람과 나누겠다는 것이다. 그럼으로써 이웃과 막힌 담이 헐리고, 동시적으로 하나님과의 관계가 바로 되는 것이다. 예수께서는 그 일을 위해 세상에 오신 것이다.

우리는 매일 주기도문으로 기도한다. "나라가 임하옵시고." 그 나라는 바로 예수께서 선포하신 모든 사람이 자유로이 평화롭게 사는 세상이다. 그런 나라를 몸으로 살고 보여주신 예수를 우리는 올해도 기다리고 있다.

2002. 12.

이선애 목사에 대한 추모사

이선애 목사님!

하늘이 저희들의 눈물을 흘리고 있습니다.

살아생전에 한번이라도 더 찾아뵈었어야 했는데

저희 모두 죄인이라고 가슴치고 있습니다.

10년을 하루같이 목사님을 간호해온 남편을 혼자 두고

차마 발길이 떨어지시든가요?

아직 결혼하지 않은 막내를 두고

어찌 눈을 감으셨어요?

여성신학이 퍼지려면 아직도 멀었는데

아시아 여성들이 허리 펴고 번듯하게 살날이 까마득한데

동서남북이 통일되기를 그리도 간절히 바라셨는데

이 많은 일들을 뒤에 두고 어이 그리 떠나십니까?

크리스마스가 가까운 어느날 저희는 목사님을 뵈러 갔었습니다.

저희들이 어린애처럼 재롱을 부리며 캐롤을 부르니

목사님의 감은 눈에서 눈물이 주르르 흘렀습니다.

저희 노래를 들으셨구나 싶어서 더 소리 내어 불렀었지요.

얼마나 저희에게 할 이야기가 많으셨겠어요?

여성신학 열심히 하지, 뭣들하고 있느냐고.

빨리빨리 번역해서 해외로 보내라고.

우리 자료 많이 모아서 책을 만들라고.

지금도 계속해서 말씀하고 계시는군요.

우리는 여성신학으로 만나게 되었습니다.

한국에 여성신학 하는 사람들이 있다니까

한달음에 달려오셨나 봅니다.

만나자 마자 여성신학 정립 협의를 해야 한다고 몰아치셨습니다.

저희 사무실에 오시면 들어서자마자 여기저기 전화부터 거시고

마음이 급해서 푸근히 앉아 있지도 못하셨었지요.

지원금을 받아올테니 여성신학 세미나를 하자고 성화를 하셨습니다.

저희는 태어 난지 얼마 되지 않아서 천방지축 헤매는 어린 아이 같 았는데

저희를 여성신학이다 제3세계 신학이다 하며 몰아가셨습니다.

겨우 눈을 뜨고 걸음마를 하려니까 저희를 아시아로 몰고 다니셨습 니다.

1986년 마닐라회의에서 여성 문제로 한마음이 된 참가자들이

아시아 여성들도 '세계여성의 날'을 지키자고 하였지요.

다음해 3월 8일부터 한국여성단체연합은 '세계 여성의 날'을 지키 고 있습니다.

세계를 돌아다녀 보면 한국 여성들의 활동이

별로 알려져 있지 않아서 참으로 안타깝다고 하셨지요.

그래서 60년대 70년대의 지옥 같은 노동 현장에서 산업선교에 몸

을 바친 조화순 목사의 이야기는

그 서슬퍼런 폭압의 시대에, 아무도 모르게 해낸 우리들의 승리였
습니다.

어느날 녹음 테이프 10개를 싸들고 오셔서, 책을 만들자고 하셨지요.

여러 사람의 손을 거쳐 겨우 원고가 정리 되었는데

한국에서는 아무도 출판하지 않겠다고 했습니다.

저희는 수많은 밤들을 지새우며 영어로 번역을 했지요.

그 원고를 끌고 아시아로 미국으로 돌아다니시더니

마침내 *Let the Weak Be Strong*이라는 책을 들고 오셨는데

그 때 목사님은 정말 개선장군 같으셨습니다.

1988년에 NCC에서 평화통일 세미나를 할 때 여성 프로그램을 하
루 먼저 했지요.

목사님은 신이 나셔서 그 자료를 몽땅 In God's Image에 실으셨
어요.

한국여성들의 일이라면 밤도 낮도 없이 뛰어다니셨는데

그 일 다 두고 어찌 이리 떠나시나요?

여성신학 교육의 자리를 만들자고, 사방에다 지원을 호소하셨지요.

우리들의 작은 힘을 모아서 아시아여성신학교육원을 시작할 때

목사님의 그 모금이 기둥 하나를 세웠습니다.

또 여성신학을 하다 보니 목회 현장이 있었으면 했지요.

우리끼리 모여 앉아 여성신학 설교를 해보자고

여성들의 이야기 마당도 열고,

한 서린 가슴들을 풀어주자고

노래와 춤이 어우러지는 예배도 드리자고
그러다가 여성교회를 시작하자고 했지요.
참 많이 몰려다니며 신나서 떠들어댔었네요.
여성교회에서 드라마 예배를 드린다니까
"어머 그거 나도 끼워줘! 내가 드라마를 쓸까?"
그러고 나서 한 번도 못 오시고 말았네요.
오셨더라면 참 멋진 드라마를 해냈을텐데.
목사님의 머리속엔 무궁무진한 아이디어가 들어있는데
그걸 다 어디에 쌓아두고 이렇게 떠나시나요?
평생을 해외에서 살았으니 이젠 서울에다 뿌리를 내리겠다고
녹번동 집을 헐고, 새로 지을 때 무척이나 좋아하셨지요.
"오늘 우리 집 상량 올렸어! 내가 막걸리랑 돼지고기랑
뭐 좀 가져갔는데 참 잘들 먹더라?"하면서 자랑하셨잖아요?
새색시처럼 새집 꾸미는 재미에 폭 빠지셨었어요.
마당가에 밭을 일구고 꽃도 심고 채소도 심었다며
저에게 깻잎 모종이랑 한보따리 싸주셨어요.
다음에 만나니까 그 모종들 잘 자라느냐고 물으셨지요.
그래서 저의 집 옥상 밭에도 목사님 이야기가 서려있습니다.
이제는 목사님이 그토록 애쓰시던 일을 저희들이 계속해 가겠습니다.
하나님이 처음에 만드신 세상,
여성과 남성이 나란히 서서 조화를 이루는 세상,
힘없고 약한 사람도 기를 펴고 신나게 살 수 있는 세상,
아름다운 자연 속에서 모두 다 어우러져 즐겁게 사는 세상,

하나님이 원하시는 그런 세상을 저희가 만들어 가겠습니다.

목사님!

이제 우리를 낳아주신 하나님 어머니 품으로 편안히 가십시요.

이선애 목사님! 안녕히 가십시오.

안상님 드림

1999-05-24

풍물

따르릉.

"오늘 계약했습니다."
"네, 잘 되었네요."
"선생님만 믿고 했습니다."
"네. 잘하셨어요."

드디어 국악사 장소를 계약했다는 소식이다. 참 걱정스러운 일이
벌어졌는데 이상하게도 나는 무척 기분이 좋다. 이렇게 되면 나는 이
일을 밀고 나갈 수밖에 없게 된다. 할 수 있으면 피하게 되기를 바라면
서도 그래도 해야지 하는 생각에 밀려서 여기까지 왔는데. 지난 한 달
동안 내 마음을 짓누르던 농악대 문제가 이제 결정 단계에 이른 것이
다. 사실은 또 계약을 못하게 되기를 바라는 마음이 한 구석에 있었다.
이 나이에 내가 알지도 못하는 새로운 세계에 밀려들어가는 것이, 이런
일에 끼어드는 것이 두렵기도 하였다. 그러면서도 농악대를 조직하여
대선을 돕겠다는 회원들의 간절한 마음을 외면할 수가 없었다. 금방
전에도 바로 이 농악대 문제로 여성특위 실무자와 실랑이를 하다 바득

바득 덤벼드는 것이 싫어서 마음대로 하라고 전화를 끊었다. 윗사람이라는 게 그런 것 하나 못 참고 화를 낸 내 꼴이 한심하기도 하지만 그렇게 자기주장만 해대면서 위원들의 마음을 건드려 놓는 것이 못마땅해서 나도 내 의사를 밝혀야 했다. 이렇게 곡절 많은 일이 결정되는 찰라인데 기분이 좋으니 나도 참 문제인가 보다.

  여성정치아카데미 제1기를 종강하고 나니 후속 프로그램으로 어떻게 수료생들을 모이게 할까를 의논하는데, 농악대를 만들자는 제안이 있었다. 다가오는 대통령 선거를 위해 여성 농악대를 만들어 유세장의 흥을 돋우어 대세를 유도하자는 야무진 꿈이다. 그것 참 좋은 생각이라고 해서 채택이 되었는데 아무도 추진하지 않고 한 동안이 지났다. 부위원장인 나로서는 이 일이 시작되도록 일을 꾸려가야 했다. 교회 생활에만 익숙한 나로서는 교회에서 이단시하던 국악에 문외한일 뿐만 아니라 울긋불긋한 농악대 옷차림에는 무의식적인 거부감이 있었다. 근래 세계 신학의 흐름이 토착 문화의 중요성을 인식하게 되면서 우리 문화를 이단시했던 선교사들의 신학이 고루한 편견이었음을 깨닫게 되었다. 이제라도 우리 것을 찾고 가까이 해야겠다는 생각을 겨우 가지게 된 나로서는 농악대를 조직해서 끌고 가야 할 일이 관심은 있으면서도 여간 버거운 일이 아니다. 우선 30여명의 사람이 함께 움직이려면 재정적인 지원이 필요할 텐데 우리 당에는 그런 예산을 기대할 형편이 안 된다. 아무도 해 본 일이 아니니 맨바닥에서 시작해야 할 일이 그저 엄청나기만 해서 도무지 엄두가 안 나는 일이다. 사람을 모으는데도 어디서, 누구에게서, 어떻게 배울 것인지에 대한 계획이 분명해야 한다. 그 다음에 각 지구당과 시도지부에 안내문을 보내서 교섭을 하고 신청을 받자고 하니 그렇게 하면 공식화되어서 꼭 집행해야 하니까 곤란하다고 실무자들이 제동을 건다. 한 쪽에서는 누구 공로 세우는데 들러리 서려 드느냐고 빈정댄다. 제 나름대로 자기를 부각시키는 데 부심하는 정당의 생리를 보는듯해서 쓸쓸한 마음이 들었지만 그런 저런 말짓거리에 다 신경 쓰다 보면 아무 일도 할 수 없다. 처음 만난 30여 명의 인원을 움직이는 일이 그리 쉬울 리가 없으며 끝까지 해낼 사람이 몇이나 되겠느냐는 회의론도 대두되었다. 누군가가 이 짐을 져준다면 나는 옆에서 거들기나 하려는 마음이었다. 결국은 위원회 사업안으로 농악대를 두기로 하고 문화 부위원장이 담당하도록 결의하였다.

여성특위 사업으로 특위위원, 아카데미 동우회원이나 지구당원이나 비당원이나 선이 닿는 대로 사람을 모으도록 하였다. 그런데 여성특위를 확대하는 방향으로 부위원장의 수를 늘리자고 열을 내던 위원장이 당에서 그 안이 아직 받아들여지지 않는다며 별무소식이다. 문화 부위원장을 선임하지 않으니 현재 하나 밖에 없는 부위원장인 내가 추진하지 않으면 아무도 건드리려 하지 않는다. 처음에 열심히 하자고 제안한 사람도 별로 움직이는 것 같지 않다. 우선 농악연구소에 알아보니 기본 교육이 3개월인데 월 수강료가 5만원이라고 한다. 단체로 30명 이상이면 3만원까지 해줄 수 있다고 한다.

북아현동 추계예술학교 앞에 있는 연구소를 방문했다. 지하실이 한 25평쯤 된다. 장구며 징 북 꽹과리 등 악기가 있고 종이 꽃송이를 단 모자도 있다. 두 사람이 장구를 연습하고 있는데 얼마나 배웠느냐니까 얼마 안 되었다고 하더니 국악과 학생이라고 한다. 그러면 그렇지, 초보자가 저렇게 잘 칠 수 있나 하면서 우리는 어느 천 년에 저만큼 배울 수 있을까 싶었다. 내가 너무 문외한이어서 좀 상식적인 것이라도 알아야 하겠기에 여성단체에서 풍물놀이를 주도하는 후배를 찾았다. 우리 계획을 이야기하니 여성 풍물패가 생긴다니 참 좋다면서 여러 가지 일러주었다. 자기네는 시작한지 11년이 되었는데 점점 운영하기 어려워진다고도 했다. 사물놀이는 네 사람이 무대에 앉아서 연주하는 것이고 우리가 하려고 하는 것은 풍물놀이로 그 둘이 다르다는 것도 처음 알았다.

드디어 나는 돈 천만 원을 들고 황재기 선생님을 만났다. 어쩐지 혼자 가기가 싫어서 풍물에 열을 올리는 곽 선배에게 동행을 청했다. 점심을 먹으려고 YMCA에서 삼계탕을 시켜놓고 황재기국악사로 가려고 연락을 했더니 그 선생님이 오시겠단다. 웃어른을 오시라고 하기가 좀 미안했지만 거리로 봐서 우리가 거기까지 갔다가 다시 그 근처로 오는 것보다는 합리적이겠기에 미안한대로 오시라고 했다. 셋이 변호사 사무실에 가서 공증을 받고 그 돈을 황 선생님에게 넘겨주면서도 과연 내가 잘하는 짓인지 자신이 없었다. 공증하는 데서는 이자까지 쳐서 1500만 원으로 어음을 끊어야 한다고 했지만 내가 괜찮다고 1000만 원으로 하고 반환할 날짜도 쓰지 않았다. 어차피 공증이란 것은 형식이고 공증경비 33,000원만 날아갈 수도 있다. 내가 왜 이 돈을 얻어다 주면서 또 속 썩을 일이 될지도 모른다고 고개를 갸우뚱할까? 물론 못 들은 척 할 수도 있었다. 평생을 풍물로 보내고 이제 한국국악 대상까지 받은 분이 내가 평생을 헛살았다며 돈 1000만원이 없어서 자기가 원하는 방을 얻지 못한다는 한탄소리에 내 마음이 저렸다. 아무도 알아주지 않는 풍물에 미쳐서 얼마나 고생을 했을까? 고운 얼굴에 잔주름이 진 그의 부인 모습이 더 내 마음을 두드렸다. 저 남편 만나서 아이들

기르며 얼마나 한숨을 많이 쉬었을까에 생각이 미치자 그냥 가슴이 저려오는 것이다. 내가 은행에서 1부 정도로 얻어다 줄 수 있다니까 그렇게만 해주면 농악 가르치는 것은 얼마든지 해주겠다며 활짝 웃었다.

　내가 왜 또 이런 생각을 할까? 삼년 전에도 사글세를 못 내서 안달하는 사람에게 전세금으로 빌려 준 돈도 지금까지 못 받아서 내가 이자를 내고 있으면서 이 돈 얻어다 주고 또 얼마나 속을 썩이려고?

1997-02-28

지 은 이

안상님 安相任 AHN, SANGNIM

출생일: 1936년 2월 5일 서울출생

E-mail: sangnima@naver.com

학 력

1949 돈암초등학교 졸업

1952 경기여자중학교 졸업

1955 경기여자고등학교 졸업

1961 한국신학대학 신학과 졸업

1978 보세이 에큐메니칼연수원(제네바), 수료

1988 이화여대 대학원 기독교학과 졸업, 문학석사

1995 샌프란시스코 신학교, 목회학 박사과정 수료

2000 예수교장로회(연합장신) 목사 안수 받음

경 력

1973-78 기장여신도회전국연합회 실행위원, 교육총무

1975-85 한국교회여성연합회 실행위원, 회장

1980-05 한국여신학자협의회 실행위원, 총무, 공동대표

1986-88 한국기독교교회협의회 실행위원, 여성위원장

1987-94 한국여성단체연합 집행위원, 지도위원

1989-2015 아시아여성신학교육원(기독여성살림문화원) 이사, 원장, 이사장

1990-96, 2004 여성 평화의 집 이사, 이사장

1991-99 신민주연합당-민주당-새정치국민회의 당무위원, 여성위원회 부위

원장

2001-03 한국기독교학회 여성신학회 회장

2002-04 여성교회 담임목사

2002-2009 기독교환경운동연대 밥상위원

2005-11 장공기념사업회 이사, 부이사장

2000-15 살림이재단 이사

논문, 저서

논문 -성차별과 여성신학의 과제 (석사논문), 1987

저서 -여성신학 이야기, 1992

편저 -신학영어사전(10쇄), 1975

번역서

- 교역자 부인의 역할, 1975

- 삶의 교차로, 1979

- 여성해방의 신학, 1979

- 성서속의 여성, 1979

- 예수의 교훈(Ⅰ,Ⅱ), 1981

- 성차별과 신학, 1985

- 새로운 여성심리학을 향하여, 1988 (공역)

- Let the Weak Be Strong(조화순 이야기), 1988

기독여성살림문화원
(Salim Culture Center of Christian Women)

주소: 서울 종로구 창덕궁길 87

전화: 02-764-5036

cafe.daum.net/salimculture

걸어온 길

1989년 아시아여성신학교육원: 원장/ 이우정(1989), 안상님(1990), 한국염
(1994)

여성의 관점에서 성서를 읽고 여성주의적 실천을 배움

1999년 아시아기독교여성문화연구원(개명): 원장/ 최만자(1999),
임희숙(2002)

기독교 여성문화와 아시아 여성연대에 주력

2009년 기독여성살림문화원(개명): 원장/ 임희숙

생명을 살리는 여성들의 지혜와 살림문화를 창조
"평신도 여성을 중심으로 자연과 사람을 살리는 '살리미' 신학과
살림 운동을 전개합니다. 특히 여성, 약자, 비주류에게 가해진 억
압의 틀을 깨뜨리기 위해 여성신학을 생활화하고 다양한 대안문
화를 형성하는 데 이바지할 것입니다."

살림살이의 방식

- 생명살림의 문화: 살림의 지혜로 실천하는 여성신학
- 신도중심의 열린 공동체: 즐거운 참여와 상호성장
- 움직이는 소모임: 〈따로 그리고 함께〉의 상호학습

- 소통과 창조: 기독여성살림문화원의 카페

(cafe.daum.net/salimculture)

살리미들의 마당

- 살림밥상: 자연친화적 밥상차림과 공동식사
- 살림포럼: 연례적인 배움과 친교 마당
- 성서바로읽기: 민영진 박사님과 함께
- 몸살림: 월례 연습과 공연
- 살림나들이: 영감과 열정의 길 떠나기
- 성서사랑방: 신우회의 예배와 교제
- 마음살림: 주제별 학습과 활동
- 살림예배: 여성신학적 예배의 연구와 실천
- 살림독서: 상호배움과 성찰
- 생명살림: 살림 프로젝트의 개발과 나눔

이사회 살리미들

안미영(이사장) 안상님 이숭리 김명현 이경자 문화령 김영선 한현실 주리애

최경숙 윤경원 성효제 서연주 김태희 임희숙(원장) 윤문자(감사)

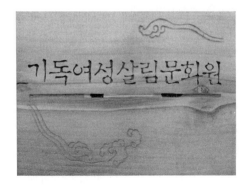

출 판 을 도 운 사 람 들

출판위원장:　　이숭리

편집위원장:　　임희숙

원고 정리/읽기/편집/교정/표지:

　　　　　　　안상님 안미영 이숭리 김명현 김영선 문화령

　　　　　　　한현실 최경숙 윤경원 성효제 권경신 임희숙

표지 글쓰기:　　한현실

아스팔트를 뚫고 나온 여린 순처럼
― 살리미로 살아온 여신학자 이야기

2015년 12월 21일 초판 1쇄 인쇄
2015년 12월 24일 초판 1쇄 발행

엮은이 기독여성살림문화원
지은이 안상님
펴낸곳 도서출판 동연
펴낸이 김영호
등 록 제1-1383호(1992. 6. 12)
주 소 (우 03962) 서울시 마포구 월드컵로 163-3
전 화 02-335-2630
전 송 02-355-2640

ISBN 978-89-6447-294-1 03800